СЕКРЕТЫ
ДАМСКОЙ
ОХОТЫ

ЧИТАЙТЕ

О СЕКРЕТАХ ДАМСКОЙ ОХОТЫ ЗА МУЖЧИНАМИ
И ПРИКЛЮЧЕНИЯХ В СМЕШНЫХ ДЕТЕКТИВАХ
ДАРЬИ КАЛИНИНОЙ!

Kalinina

ДАРЬЯ КАЛИНИНА

КРАСОТКА
НА ВСЕ РУКИ

МОСКВА 2007

УДК 82-3
ББК 84(2Рос-Рус)6-4
К 17

Оформление серии Д. *Сазонова*

Калинина Д. А.

К 17   Красотка на все руки: Повесть / Дарья Калинина. —
М.: Эксмо, 2007. — 352 с. — (Секреты дамской охоты).

ISBN 978-5-699-24510-9

Любите халяву? Готовьтесь платить втридорога! Киру и Лесю в компании бывших одноклассников пригласили в роскошный загородный дом. Территория — супер, интерьер — высший класс. Вот только за оградой бегает неуловимое чудовище — громадная собака с кошмарными челюстями. Ну и невеста хозяина Светлана будоражит общественность: то неземную любовь к жениху демонстрирует, то рога ему норовит наставить. Отдых называется! Светку вскоре находят с перегрызенным горлом. Но собака ли это? У милиции есть большие сомнения, а уж у жен очарованных Светкиными прелестями гостей и подавно. Сыщицы-любительницы Леся и Кира хватаются за расследование, как за соломинку. Только так можно спасти гостей и самим в живых остаться...

УДК 82-3
ББК 84(2Рос-Рус)6-4

ГЛАВА ПЕРВАЯ

Лето наконец вступило в свои права, а подруги — Леся и Кира — до сих пор так и не удосужились устроить себе отпуск. Только все собирались. Поздней весной, в чудесном месяце мае собирались поехать в гостеприимную Турцию. В июне планировали прокатиться по Европе с чудесным отдыхом на морском побережье Италии. В жарком июле пришли к выводу, что куда-то за тридевять земель тащиться просто глупо, так как и в Ленинградской области стоит жара и имеется вполне пригодный для купания Финский залив с живописными дюнами и песочными пляжами. Чем не море?

Однако к тому моменту, когда подруги дозрели до отдыха в любимом отечестве, выяснилось, что не они одни такие умные. Многочисленные толпы соотечественников, спохватившихся, что лето скоро может кончиться, раскупили под носом у подруг все привлекательные и недорогие местечки. В избытке оставались лишь пансионаты, двухнедельное пребывание в которых обходилось почти втрое дороже поездки на юг.

— Но когда мы летим на юг на чужбину, в путевку входит стоимость перелета, трехразовое питание и прочие радости жизни вроде трансфера до отеля, — возмущалась Леся. — А тут они что предлагают?

— Что? — вяло отреагировала Кира, которой уже надоело перебирать варианты отдыха, а хотелось просто отдыхать.

— Да почти что ничего! — воскликнула Леся. — Приедем мы сами, никакого.тебе трансфера от аэропорта, потому что и аэропорта не предполагается. За бассейн там будет взиматься отдельная плата, с кучей медицинских справок замучаешься. Кормить будут так, чтобы только не умерли с голоду. А насчет напитков за столом, ясно — компот, кисель или в лучшем случае сок.

Но Киру больше возмущало другое.

— Мы с тобой уже почти три года работаем в туризме, отправили кучу народу за границу, сумели организовать свой бизнес, наняли даже трех сотрудников, планируем расширяться. И что? Сами даже не можем обеспечить себе приглянувшуюся путевку в пансионат!

— Сапожник всегда без сапог. Это всем известно.

— А мне неизвестно! И я хочу отдыхать! Как все нормальные люди!

Но потратить почти тысячу долларов на десятидневный отдых ни у одной из подруг рука не поднималась. Слишком хорошо они знали цену деньгам. И слишком хорошо знали, как трудно их заработать. И понимали, что хотя сейчас дела у них идут прекрасно, однако всегда следует думать о будущем. Иметь в виду запасы на тот самый «черный» день.

Но выход нашелся как всегда там, где его не ждали. Нежданно-негаданно подругам позвонила Танька и предложила встретиться внизу на лавочке.

— Есть дело, — таинственно произнесла она при этом. — Надо обсудить.

Так как день был выходной и никаких особых планов у подруг на него не имелось, то они выползли во двор. И устроились на лавочке, где их уже с нетерпением поджидала Танька. Про эту девушку следует рассказать отдельно.

С Танькой Кира и Леся подружились еще в школе. То есть не так, чтобы очень уж дружили, но, во всяком случае, приятельствовали. Главным смыслом жизни Таньки был и до сих пор оставался поиск сплетен, слухов и всевозможных шокирующих историй.

Еще в первом классе, шепелявя и не выговаривая букву Р по причине отсутствия передних зубов, Танька возбужденно докладывала, что Ермарков из 2-го «Б» класса нашел в столовской котлсте — представьте себе!!! — самого настоящего червяка. Родители собираются подавать в суд на школу. А у химички, которая ведет занятия у старшеклассников, сын женится на совсем неподходящей особе. Почему неподходящей? Ну, завуч так сказала. А сама Танька думает, что это из-за разницы в росте. Сын химички был длинный и худой, а невеста маленькая и уже толстенькая.

Если же подходящих историй не подворачивалось, Танька их придумывала сама.

Поэтому никто и никогда особенно к ее болтовне не прислушивался. Однако надо отдать ей должное, и подруги отдавали, под нагромождением вранья всегда скрывалось хоть и крохотное, но все же зернышко истины. Вот и сейчас, не успев поздороваться, она вывалила на головы подруг целое ведро свежих, старых и уже совсем протухших сплетен, ловко мешая правду и вымысел.

— Наш Валька из двадцать второй квартиры умудрился закадрить Светку из сорок первой! Он за ней уже три года ухлестывал, а она все с Колькой, да с Колькой. А тут Колька возьми и появись во дворе с какой-то мымрой крашеной.

— Да ну! — не поверила ей Леся. — Колька к свадьбе со Светой готовился. Он мне сам говорил.

— Когда это было?

— Около полугода назад.

— Так с тех пор много воды утекло. Не будет у Светки с Колей свадьбы!

Коля, Света и Валя — это также бывшие одноклассники подруг. Жили они все в одном большом доме, расположенном буквой П. И потому все более или менее знали, как у кого из них идут дела. Стараниями все той же Таньки, разумеется. Она не могла оставить своих бывших одноклассников без внимания. И регулярно навещала.

— Я Кольку с этой мымрой своими глазами видела! — горячо воскликнула Танька. — Идут, обнимаются, целуются почти взасос! При всех!

— Фу!

— Клянусь вам! Вот как вас сейчас вижу, так и их видела!

— И что было дальше?

— Ну, что? Светка, ясное дело, свадьбу отменила. И с Валькой встречаться начала.

— А кто ей рассказал про Колю и его мымру?

— Нашлись честные люди, — подозрительно быстро отведя глазки в сторону, произнесла Танька.

Сама Танька не была ни хороша собой, ни фигуриста, ни образованна. В принципе, если бы она следила за собой хоть немного, то даже из ее расплывшейся фигуры, тонких волосиков и бледного лица можно было бы соорудить нечто приемлемое.

Расплывшиеся формы, к примеру, запихнуть в корсет, а выпирающие безобразные складки прикрыть какой-нибудь шалью или просторной накидкой. Надеть туфли на каблуках вместо раздобанных шлепанцев. На волосах сделать «химию» и придать им хоть какой-то объем. А бледность легко исчезла бы под легким слоем розовых румян или после четверти часа пребывания в солярии.

Но дело было в том, что Танька не следила за собой никогда. Да и до того ли ей было, когда все ее силы уходили на сбор и передачу сплетен!

Так она и жила — большая, толстая, с тускло-рыжими волосиками, свисающими вдоль круглого бледного лица. Да еще и нос картошкой, обсыпанный обильными веснушками. Ужас! К тому же Танька вечно забывала чистить зубы и постоянно жевала шоколад с орехами, которые застревали у нее там, и время от времени крошки орехов вылетали у нее изо рта вместе с очередным сенсационным известием. Что поделать, Танька была эмоциональна.

В общем, это еще тот подарок женского рода. И неудивительно, что даже ее старенькая мама не питала иллюзий насчет будущего дочурки. И настаивала, чтобы Танька получила хотя бы образование, раз уж выйти замуж ей все равно не светит. Образование Танька получила. Но и на работе продолжала заниматься своим излюбленным занятием — сбором сплетен.

И отдавалась этому делу со всей душой. При этом не делала никакой разницы между приходящей поломойкой и начальником своего собственного отдела. И если уборщица могла стерпеть Танькины россказни про ее неудачника-мужа, явившегося вчера на работу к жене пьяным в стельку и разбившим витрину в магазине внизу, то начальство на попытки Таньки потрясти его грязным бельем среди сослуживцев всегда реагировало однозначно и негативно. В связи с чем Таньке уже неоднократно, не реже трех раз в год, предлагали сменить место работы «по собственному желанию».

Но сейчас Таня обсуждала своих бывших одноклассников. И уж в этом ей не мог помешать никто!

— И стала наша Светочка гулять с Валей, — с оттенком грусти в голосе произнесла она.

— А Коля что?

— Да что Коля! Локти себе кусает. Но дело-то не в этом!

— А в чем?

— Валька тоже сделал Светке предложение! И она согласилась.

— Как? — ахнули подруги. — Сразу согласилась? Она же его терпеть не могла!

— Ну, не сразу, — призналась Танька. — А после того, как он ей машину подарил.

Тут уж подруги и вовсе ахнули.

— Машину?

— Новенькую «десяточку». Своими глазами видела, как он ей ее из салона пригнал. И еще розовым бантом перевязал. Красиво! Машина серая, блестит. Бант шелковый, огромный. И еще букет роз под дворником на лобовом стекле. И записка: «Любимой от любящего!»

— По-моему, это уже где-то было, — с сомнением пробормотала Кира. — В смысле — записка с таким содержанием.

Леся молчала. В отличие от подруги, она была существом доверчивым. И почти всегда попадалась на Танькины байки. И сейчас сидела, не в силах вернуть на место отвисшую челюсть, выпавшую у нее в тот момент, когда на горизонте появился автомобиль с розовым бантом. Заметив, что с подругой происходит неладное, Кира потрясла ее за плечо:

— Леся! Вернись!

— А! — очнулась Леся. — Слушайте, это же потрясающе! Какая романтика! Машина! Розы! Любовная открытка! У них же настоящий роман!

— Ага. Здорово!

— Здорово, это не то слово! Я восхищена! Живут же люди, да, Кира? Не то что мы с тобой!

Кира с Лесей находились в перманентном состоянии поиска своей второй половинки. Но если Танька вообще не забивала себе голову мыслями о принце, разве что наедине с самой собой и крепко запершись в своей комнате, то Кира с Лесей секрета из своих поисков не делали. И потому теперь могли удивляться, восхищаться и завидовать вполне искренне и не таясь.

— Никакой не роман. Он ей просто глаза своими деньгами застил! — припечатала Танька, уязвив их одноклассника Валю — мелкого черноглазого и черноволосого армянина.

Верней, армянином он был лишь наполовину. И то его армянская половина исчезла почти сразу же после рождения ребенка. И потому Валю воспитывала его русская мама и русские же бабушка с дедушкой, которые были на тот момент еще достаточно сильными, чтобы отвоевать внука у заезжего папы, который рвался забрать мальчика с собой в горы, где и проживал со своими родителями.

Сам он ничего дурного в своем поведении не видел. Наверное, он был совсем неплохим человеком. Но... но коренная питерская семья его жены, состоящая из мамы, папы и бабушки с дедушкой, пришла в ужас, узнав, что, оказывается, сразу же по приезде на место родни мужа их дочери предстоит доить коз с овцами. И самое главное, что отвратило их от этой поездки, было то, что их дочери во всем, буквально во всем надо будет подчиняться мужу и свекру со свекровью. Которые хотя и были тоже по-своему прекрасными людьми, но все-таки с трудом закончили только начальную школу, не видя в этом ничего плохого. Ну, не было в их жизни места для алгебры и геометрии. И еще много для чего не было места — для музеев, театров, книг и даже кино.

Вот дочь и осталась в Питере. А оскорбленный в лучших своих чувствах папа уехал в свои горы, где вскорости и женился назло Евгении — маме Вали.

Но как бы там ни было, а от армянской родни у Вали остался только нос, глаза и любовь к широким шикарным жестам. Одним из таких жестов он и покорил наконец роскошную блондинку Светку, за которой ходил по пятам с самого пятого класса.

Хитрая Светка, да еще и натуральная блондинка, любовь Вали использовала в корыстных целях. Списывала у него контрольные по арифметике. Использовала Валю, когда ей была необходима тягловая сила для переноски пакетов с продуктами. Маленький худенький Валя был на удивление вынослив. И когда требовалось что-то починить или исправить в их доме, призывался Валя.

А вот гулять Света предпочитала с мальчиками более видными. Но после окончания института Валя пошел в гору. Гены образованной русской мамы в сочетании с генами оборотистого прагматика-отца дали удивительное сочетание и сделали Валю пробивным и успешным. Закончив судостроительный факультет, Валя навсегда связал свою жизнь с водой. Только не с соленой, а с обычной питьевой.

Сначала он перепродавал минеральную воду других заводов, потом купил участок земли и уже добывал воду из собственных скважин. Затем он стал готовить лимонады, квасы и прочие напитки. Но главным источником его доходов так и оставалась обычная питьевая вода, которая на заре третьего тысячелетия вдруг стала цениться людьми необыкновенно дорого.

В общем, дела у него шли хорошо. И Светка начала подумывать о том, а не погорячилась ли она, дав согласие Коле. Ее красавец звезд с неба, прямо сказать, не хватал, работал автослесарем. Зато бабником, как выяснилось, был успешным.

— Одним словом, — продолжала свой захватывающий рассказ Танька, — теперь Валя женится на Светке. А нас всех приглашают к ним на день рождения.

12

Концовка была несколько неожиданной. И подруги даже сначала ее не поняли.

— Кого приглашают? — тупо переспросила Кира.

— Нас всех! Всех одноклассников!

— Куда?

— На день рождения Вали!

— Но он же у него только в конце месяца.

— Плевать! Он сказал, что хочет заодно отметить и новоселье.

— Так он переехал? — удивилась Кира.

— А я его только вчера из окошка во дворе видела! — добавила Леся.

— Тут он и живет! А новоселье будем отмечать в его новом загородном доме. Он его только-только успел построить. И теперь зовет весь наш класс к себе.

— Весь класс?! — изумилась Кира.

Честно говоря, это было весьма неожиданное приглашение. Насколько она помнила, Валя не был ни на одной из встреч выпускников. И вдруг — новоселье и день рождения! Было от чего изумиться.

— Надеюсь, ты помнишь, что в этом году у нас юбилей? — допытывалась тем временем Танька. — Помнишь, сколько лет, как мы окончили...

— Помню я, помню! — воскликнула Кира. — Молчи, Танька. Не надо этих мерзких цифр!

Танька удовлетворенно кивнула головой. Ей все-таки удалось вывести Киру из равновесия. И Танька, мысленно поздравив себя с успехом, продолжила:

— Дата хотя и не круглая, но отметить ее можно.

— Можно отметить, а можно и не отмечать.

— Валя хочет отметить, — с нажимом произнесла Танька. — И зовет нас всех. Заметь, не в складчину пировать будем, а за его счет.

— Я не Светка, за чужим куском не гонюсь, — пробормотала Кира.

— Не понимаю я тебя! — возмутилась Танька. — Чем ты недовольна? Ты что, не хочешь посмотреть на Валин дом? Говорят, он огромный!

Конечно, Кира хотела. Ей до смерти хотелось посмотреть, как и что получилось у тихого незаметного Вали и глупой красивой Светки. Просто она боялась, что выдаст свое, скажем так, не совсем красивое чувство зависти, которое ее внезапно охватило. Подумать только, Светка, эта пустышка и безмозглая кокетка, с которой ни один нормальный парень не мог протянуть и месяца из-за ее глупой болтовни, отхватила себе жениха с машиной, загородным домом и самоотверженной мамой, которая мечтала о внуках и клялась, что будет их нянчить в любых количествах.

Это было просто ужасно. Удар по Кириному самолюбию. Она-то считала себя куда умней и удачливей Светки. И кавалеры у нее всегда были куда интереснее. И вдруг такой облом. Кира целых четыре дня мужественно сопротивлялась попыткам Леси уговорить ее. Но потом ей лично позвонил Валя. И к четвергу, когда на город навалилась совсем уж невыносимая жара, а все их одноклассники словно с ума сошли, все только и твердили о пикнике и новом загородном доме Вали, даже твердокаменная Кира сломалась.

Нет, свое мнение о Светке и ее новом женихе она не изменила. Но сказала примерно следующее:

— Черт с ними, всеми. Плевать! Поеду и буду наслаждаться жизнью. Сделаю вид, что мне ничуточки не завидно.

Надо сказать, что получилось это у Киры с трудом. Едва подъехав к коттеджному поселку, в котором проживала ныне Валина семья, Кира ощутила первый неприятный укол. На входе стояла строгая охрана. А высокая ограда пресекала даже мысли о том, что в поселок можно проехать за здорово живешь, минуя будку охраны.

Сам поселок был чистенький, с опрятными дорожками, обсаженными цветами и фигурно подстриженными кустами. Была тут площадка с декоративным фонтанчиком, который стекал в маленький бассейн в форме ракушки. Так что, в отличие от многих поселков такого же типа, тут не было нужды сидеть на своем участке. Вечером можно было и прогуляться по поселку, и посидеть у фонтанчика, и выйти к озеру.

Озеро было великолепным. Оно сверкало, подобно большой голубой капле в золотой оправе песчаных пляжей.

Впрочем, Кира озеро видела лишь мельком. Все ее внимание было сосредоточено на том, чтобы не пропустить нужный дом. И по дороге ей было нанесено еще несколько ощутимых уколов. Все соседи как на подбор оказались людьми весьма и весьма обеспеченными. Новые дома стояли на огромных участках. Так что соседи совершенно не мешали друг другу.

Кира наконец увидела нужную табличку. И остановила машину.

— Какая красота! — вырвалось у доброй Леси, которая все еще глазела на озеро.

Потом она перевела взгляд в другую сторону и восхищенно ахнула:

— Ой! Это их дом, да? Просто хоромы! Чудо!

Кира промолчала. Не потому, что вредничала. Просто у нее не было слов. Не было, и все тут. Да, дом был просто великолепен. Каменный, трехэтажный, он сверкал новенькими стеклопакетами с чисто вымытыми стеклами. Его черная черепичная крыша как нельзя лучше гармонировала со светлыми гладкими стенами. На этом доме было буквально все — балкончики, колонны, украшенный натуральным камнем фронтон, статуи в нишах, спутниковая тарелка и прочие атрибуты сладкой жизни.

Но при всем при этом дом был мрачен. Подруги затруднялись объяснить, почему создавалось такое впечатление. Но оно создавалось. И даже лучи солнца не в силах были придать строению оттенок жизнерадостности.

Внизу, в цокольном этаже, дом был облицован диким камнем. А к дверям вело широкое двустороннее лестничное крыльцо. К нему с двух сторон подходила красиво изгибающаяся вдоль дома дорога. Так что въезжающие в широко распахнутые ворота гости могли в лучших старинных традициях российского гостеприимства доехать до самого порога, а не топать пешком, беспокоясь о судьбе оставленных без присмотра железных «лошадок».

Ну а на самом крыльце, встречая гостей, стояли Валя со Светкой.

— Вот уж странная парочка, — раздумчиво произнесла Лёся.

Кира не могла не согласиться. Парочка в самом деле получилась странной. Он — маленький, черноволосый и уже успевший обзавестись первыми морщинами и облысеть на макушке. И она — стройная шикарная блондинка в умопомрачительном платье и брильянтами в ушах, которые сверкали и переливались в лучах солнца.

Кира с сожалением вынуждена была признать, что симпатичный ей трудяга Валя выглядит куда хуже, чем в их последнюю встречу. А мерзкая кривляка Светка, палец о палец за всю свою жизнь не ударившая, просто светится от такого же мерзкого, как и она сама, самодовольства.

— Тьфу! — вырвалось у Киры. — Глаза бы мои на

16

это не смотрели! Бедный Валя! Эта стерва его доконает!

— Тише! — испугалась Леся. — Мы же у них в гостях!

И девушки поднялись по широким ступеням, чтобы приветствовать хозяев.

— Проходите, проходите! — пропела Светка. — Очень рады!

Валя ограничился тем, что кивнул головой. Но в этом кивке было куда больше сердечности, чем в Светкином приветствии. К тому же голос у нее был высокий и пронзительный. И Кира невольно подумала, насколько бы Светка выиграла, если бы хоть немного помолчала.

— Осматривайте наш дом! — продолжала верещать назойливая красавица. — Проходите, осматривайтесь. Видите, какой он большой. Нам пришлось повесить специальный план в каждом коридоре, чтобы гости не заблудились.

— Какой богатый дом! — искренне радовалась Леся. — Поздравляю тебя, Валя!

— Да! — тут же вклинилась в разговор Светка. — И я буду тут жить! На первом этаже я сделаю гостиную, где буду принимать своих друзей. Мой салон. А справа от дома огромный бассейн. Там я буду принимать солнечные ванны.

И ни слова не было сказано о Вале, его маме и его дедушке. Словно их тут и вовсе не было. Только она одна — Светка — самовлюбленная красавица. Ее поведение было откровенно неприличным. И кажется, Валя это тоже понимал. Во всяком случае, во взгляде, которым он одарил свою невесту, никакого восторга не читалось. Одна усталость и нечто похожее на недоумение.

— А ведь она еще даже не стала его женой! — прошептала внезапно появившаяся с бокалом шампанского возле подруг Танька. — Представляете, что тут будет, когда они поженятся!

И, выразительно закатив свои блеклые, чуточку порозовевшие от спиртного глазки, Танька скрылась в толпе гостей. Народу оказалось куда больше, чем предполагала Кира. Оказалось, что многие их одноклассники уже обзавелись парами. И не преминули захватить свою пару с собой. Некоторые приволокли и еще каких-то родственников — братьев, сестер, племянников и просто знакомых.

Что поделаешь, русский человек охоч до халявы. А когда эту халяву выставляет бывший одноклассник, которого ты в школе обзывал и всячески над ним издевался и третировал, то тут уж просто грех не попользоваться дармовым угощением.

— Зря Валька весь этот сброд созвал, — с сожалением прошептала Леся, оглядывая особенно нагло держащуюся группку. — Витька Елин недавно из тюрьмы вышел. И женушку себе под стать подобрал. Такая же оторва, как и он.

— Витька без жены.

— Все равно она у него оторва. И еще дружков своих назвал!

— И держится, вроде это его дом!

— Да нет. У себя дома он бы так гадить не стал. Вон посмотри, хабарик прямо на ковер кинул. На новый ковер! И уже дырка получилась! Ой, он в вазу с цветами высморкался!

— Быдло! — припечатала Кира.

В общем, компания подобралась пестрая. Но все же большинство бывших Кириных одноклассников стали вполне нормальными людьми. Они с осуждением поглядывали на гогочущую и перебрасывающуюся нарочито вульгарными шуточками толпу, окружившую Витьку.

Витька — это была отдельная страница их класса. Хулиган и задира, он тем не менее пользовался популярностью у одноклассников за лихую привычку запивать холодным пивом только что выкуренную болгарскую сигарету «Опал». То есть пользовался в школьные годы. После школы он ничего так и не добился. Продолжал курить и пить, но во взрослой жизни это уже такого восторга у окружающих не вызывает.

Потом за хулиганскую драку Витька угодил за решетку. Он всегда отличался буйным нравом, совершенно не умея контролировать себя. И, уже выйдя из тюрьмы, окончательно упал в глазах добропорядочных одноклассников.

— И как Валя не побоялся пригласить Витьку? — продолжала недоумевать Леся.

— Никто его и не приглашал, — снова словно из-под земли возникла Танька. — Валя же не дурак, чтобы приглашать к себе в дом разный сброд!

На этот раз она была с бокалом виски. И глазки у нее окончательно покраснели и заплыли. Но это не помешало ее языку болтать без умолку.

— Валина мама сегодня все утро у плиты вместе с нанятыми поварами простояла, чтобы для всех закуску приготовить, — прошипела она. — А эти жрут и даже хозяев не благодарят.

Чтобы не смотреть на наглого Витьку и его компанию, девушки отправились на экскурсию по дому. Он в самом деле оказался великолепен. Но Кира не могла отделаться от мысли, что он какой-то несчастливый.

— Мрачно тут, да? — словно прочитав ее мысли, неожиданно произнесла Леся.

— Да!

— Но участок огромный!

— И тоже мрачный.

Подруги стояли возле окна второго этажа. Отсюда открывался великолепный вид на всю округу и на участок в частности. Не менее чем полгектара участка было покрыто густой травой, кустами и деревьями.

— Наверное, Валя еще не успел привести все в порядок.

И в самом деле, благоустроена была только ближайшая к дому территория. А дальше начинались непролазные джунгли из сорняков, дикого шиповника, чахлых березок и высоких елей.

— Может, это ели придают всему такой мрачный вид?

— Ели находятся на приличном расстоянии от дома. Вряд ли дело в них.

Подругам надоело гулять по комнатам. Многие были еще пустыми. А в некоторых еще не до конца закончили отделку. Так что смотреть тут было не на что. И подруги вышли во двор. Перекинувшись несколькими словами с вновь прибывшими, обогнули дом и внезапно оказались в поистине сказочном уголке.

— Ой! — восхищенно всплеснула руками Леся. — Это тут что такое?

— Это наш скотный дворик.

Подруги обернулись и увидели позади себя Валину маму — Евгению Валентиновну.

— Нравится? — спросила она, улыбаясь. — Это Валя для нашей Светочки приказал устроить. Она как-то проговорилась, что обожает птичек и кроликов. Вот он и расстарался. Только Светочке до них дела нету. А я привязалась. Да и как не полюбить такое чудесное место?

Что верно, то верно. Кролики жили в специально огороженных вольерах из резного дерева. А чтобы они не устроили подкопа и не удрали, под слоем земли и

20

дерна был проложен металлический каркас. Но внешне все выглядело чудесно. Крохотные домики, горки, поилки, кормушки и даже игрушечный волк, на которого кролики с большим воодушевлением запрыгивали и потом скатывались вниз.

— Игривые такие, — умиленно произнесла Евгения Валентиновна. — Впрочем, это вы еще наших кур не видели! Пойдемте!

И она отвела подруг к соседним домикам. Они выглядели как сказочные избушки на курьих ножках. И из многочисленных окошек то и дело выглядывал любопытный круглый глаз. Возле избушек бегали маленькие разноцветные курочки. В шоколадных тонах. Начиная от совсем слабого молочно-кофейного цвета и заканчивая темно-коричневым, почти черным, глянцевым. Но у всех алые гребешки и такие же яркие лапки.

— Они и летать могут, — сказала Евгения Валентиновна. — Только совсем немного. В прыжке себе крыльями помогают.

— В прыжке? Они что у вас еще и прыгают?

— Сейчас покажу.

И в руках у женщины появились могучие стрелки зеленого лука. Едва куры увидели лакомство, как в стайке поднялся переполох. Они подскочили к довольно высокой резной ограде и принялись подскакивать, стараясь достать зеленые стрелки в руках у Евгении Валентиновны.

Получалось у них это до того потешно, что подруги не выдержали и расхохотались. Но куры ничуть не испугались. И продолжали свои акробатические выкрутасы. Ноги у них были сильные, и в прыжке они зачастую брали высоту в два метра. Учитывая их карликовый размер, это был совсем неплохой результат.

При этом щебетали они совсем не по-куриному.

— Видите, что делается? — смеялась Евгения Валентиновна. — Умора с ними!

И, кинув остатки лука через забор, она смахнула с себя двух устроившихся на ее плечах курочек.

— Кыш вы, неугомонные!

Потом Евгения Валентиновна посмотрела на подруг и неожиданно произнесла:

— Хорошо выглядите, девочки.

— Спасибо.

— Вы же не замужем? Одни живете?

— Да.

— Так погостите у нас!

— Что? — изумились подруги. — То есть мы и так у вас гостим.

— Подольше останьтесь. Можете?

— Ну-у, можем, — нерешительно протянула Леся.

— Я не могу, — сказала Кира. — У меня дома кот остался. Его кормить надо. И вообще.

Кот Фантик был лучшим и единственным существом мужского рода, которому удавалось так долго существовать под одной крышей с Кирой. Кот всегда становился на ее сторону, был молчалив и чуток. Одним словом, куда лучше, чем любой мужчина.

Кира своего Фантика обожала. И прощала ему многое. Простила она ему в том числе и женитьбу на безродной подвальной кошке. И хотя в глубине души Кира, как и полагается ехидной свекрови, считала Фатиму недостойной парой ее замечательному Фантику, но, видя, как тот счастлив, постепенно и сама привязалась к чужой кошке.

И теперь эта парочка сидела запертая в городской квартире Киры. И ждала ее возвращения.

— Кошек может покормить моя мама, — сказала Леся. — Она ведь сейчас в городе. Ты же знаешь.

Кира кинула на подругу проницательный взгляд.

Ну да, как она могла забыть такое? В самом деле, неделю назад Лесина мама приехала на побывку из Турку от своего финского мужа. И за это время успела основательно достать любимую дочурку, которую считала необходимым неустанно поучать. Конечно, Леся постарается сделать все от нее зависящее, чтобы сократить время своего пребывания вместе с мамулей. Ее бы воля, она бы вообще тут осталась до мамочкиного отъезда в Финляндию.

— А зачем вам нужно, чтобы мы остались?

— Трудно мне со Светочкой общий язык найти, — вздохнула Валина мама. — Наверное, она хорошая девочка. И Валя ее очень любит. Я знаю, со школы только о ней одной всегда и мечтал. Но... Но трудно мне с ней.

— А мы чем можем помочь?

— Вы же ее подружки.

Кира с Лесей переглянулись. Да у Светки отродясь подруг не водилось. Ни одна девочка не хотела дружить с этой задавакой и эгоисткой. И сама Светка не нуждалась в дружбе. Ей вполне хватало общества самой себя, любимой. Подруги постарались довести эту простую мысль до сведения Евгении Валентиновны, но та лишь твердила:

— Гости разъедутся к вечеру или завтра с утра. А вы останьтесь. Очень вас прошу. Иначе обижусь!

Что было делать? И подруги дали свое согласие. Евгения Валентиновна мигом повеселела. И тут раздался переливчатый звон колокола.

— Что это?

— А это сигнал к обеду. Прислуга дает знать, что все готово. Пойдемте! А то без нас не начнут.

Она обняла подруг, и все трое двинулись к дому. Оставив дворик с животными — прелестный игрушечный уголок, залитый солнцем, — они снова видели перед собой большой Валин дом. И с каждым шагом подругам казалось, что его громада нависает над ними и грозит буквально раздавить их своей массой. Жутковатое впечатление.

Но завернув за угол и столкнувшись с другими гостями, подруги забыли о том гнетущем чувстве, которое только что испытали.

ГЛАВА ВТОРАЯ

Обед, который закатил Валя для своих однокашников, больше напоминал пиршество. Столы по случаю хорошей погоды были выставлены во дворе. Разумеется, в той его части, которую уже успели благоустроить, облагородить и засадить экзотическими растениями вроде пальм в кадках, кактусов в кашпо со специальным песчанистым грунтом и неприхотливых мелких орхидей, которые вполне благополучно покачивались на ветках пальм, создавая почти полную иллюзию тропиков.

Кроме того, на облагороженной части участка в виде газона отлично соседствовала оранжевая календула, темно-коричневые ноготки и еще какие-то незамысловатые цветочки цвета яичного желтка. Садовнику удалось добиться, чтобы растения цвели пышно, несмотря на то, что были посажены очень густо. И благодаря этому казалось, что прямо за расставленными столами начинается цветочный ковер, выдержанный все в той же благородной желтовато-оранжево-коричневой гамме.

Помимо приглашенных Валиных одноклассников, за столом также присутствовали его мама и дед Валя. Тот самый, в честь которого назвали внука. И тот самый, который когда-то давно решительно запретил переселение своей дочери и новорожденного внука в далекие армянские горы.

Гости уже были навеселе, когда садились за стол. Поэтому за тостами дела не стало. Пили за новоселье. Пили за счастье молодых. Пили за родителей в лице мамы именинника и деда Вали, в честь которого назвали внука. Кто-то провозгласил тост за будущее прибавление семейства. Тут Валя покраснел. Евгения Валентиновна побледнела. А Светка сделала вид, что это к ней отношения вообще не имеет.

Вообще Светка больше времени уделяла своему соседу справа — Сергею, который заявился на торжество в одной майке и джинсах и теперь поигрывал могучими бицепсами, которые играли под его загорелой кожей. Сергей когда-то давно тоже числился в свите Светкиных поклонников. Но потом женился и потерял к бывшей пассии интерес. Однако оказалось, что не навсегда. И сейчас даже молодая беременная жена, сидящая рядом с ним, не мешала Сергею вовсю ухаживать за Светкой.

— Не понимаю, — прошептала Леся на ухо Таньке, которая таинственным образом вновь оказалась рядом с ней за столом, — зачем Валя связался с этой вертихвосткой?

— Это еще мягко сказано! — хмыкнула порядком набравшаяся к этому времени Танька. — На нашей Светочке просто пробы ставить негде! Шлюха!

Последнее замечание вырвалось у нее слишком громко. Валя вздрогнул. И посмотрел в сторону подруг.

— Вы что-то сказали?

Леся онемела от ужаса. А Танька от неожиданности. При этом многие гости тоже слышали Танькино замечание, сорвавшееся с ее губ, и теперь с интересом уставились на нее, ожидая пояснений. Танька молчала. И с каждым мгновением молчание ее становилось все красноречивей. Валя побагровел. И Кира поняла, что пора прийти на выручку подругам.

— Таня сказала, что красиво у вас тут! — воскликнула она. — Лихо ты тут все организовал!

— Мне послышалось другое.

— Нет. Она так и сказала! Лихо!

Валя кивнул. Но его темное лицо потемнело еще больше. И светлеть явно не собиралось. Да и с чего бы? Остальные гости зашушукались. Одной Светке все было по барабану. Она продолжала кокетничать с Сергеем, совершенно не обращая внимания на явное недовольство его жены. Впрочем, Сергей про свою жену тоже забыл. И лишь на мгновение отвлекался от Светки, чтобы налить жене вина, подложить салата или кусочек мяса. И тут же вновь переключал все свое внимание на Светку.

— В конце концов, это просто некрасиво, — прошептала Леся на ухо Кире, не рискуя больше общаться с подвыпившей громогласной Танькой.

— Нас с тобой это не касается, — ответила Кира, жуя салат и чувствуя, как ее настроение с каждой минутой улучшается.

Все-таки права она была! Права! Светка — круглая дура! Надо же, в кои-то веки вытянула счастливый билет. И тут же собирается разменять его на какие-то пустяки, на мелочовку. Ведь ясно же, что Сергей свою беременную жену не бросит даже ради ста тысяч таких Светок. А то, что он сейчас весело с ней болтает, — это вообще ничего не значит. Просто мужик подвыпил. На жаре его развезло еще больше. А рядом с ним оказалась красивая женщина, которая к тому же безудержно строит ему глазки.

Мало кто из мужчин в такой ситуации не позволил бы себе чуточку игривости. Несколько комплиментов, легкий флирт, пара вздохов. Но и только! Ничего серьезного из этого застольного флирта получиться не могло. И это было ясно любой женщине. Только не такой самовлюбленной тупице, какой показала себя Светка.

Но это было еще далеко не все. Собрание бывших одноклассников было не полным. Не хватало еще одного человека. И внезапно над столом пронесся дружный вздох:

— Коля! Коля приехал!

Подруги тоже метнулись взглядами к воротам. Туда въезжал «БМВ» «пятерка». Довольно свежий и еще вполне дорогой. Разумеется, автослесарь Николай не мог бы приобрести себе такую машину на собственные накопления.

— Наверняка у кого-нибудь из своих клиентов позаимствовал! — прошипела злобная Танька. — Только интересно, а хозяин машины об этом знает?

Подруги тоже поняли, что Коля взял машину, чтобы не ударить в грязь лицом перед соперником и бывшей невестой. Впрочем, приехал Коля не один. Рядом с ним маячила фигура девицы, в которой Танька быстренько опознала ту самую мымру, с которой давеча видела Колю у них во дворе.

— Ой, чует мое сердце недоброе, — прошептала Леся. — Валя зверем смотрит на Колю и Сергея. Светка выделывается из последних сил перед своим ухажером. Жена Сергея уже чуть не плачет. А Коля явно притащил свою мымру только для того, чтобы насолить Светке.

Волны агрессии и взаимной неприязни, шедшие от этих шестерых, были настолько сильными, что все гости неизбежно должны были их почувствовать. Они и почувствовали. И в восторг явно не пришли. Застолье неожиданно быстро завершилось. И гости начали торопливо разбегаться в разные стороны. У кого-то нашлись дела в городе. Кто-то решил прогуляться по окрестностям и под этим предлогом благополучно удрал. Другие неожиданно плохо себя почувствовали. У кого-то разболелся зуб, у кого-то началась мигрень и даже расстроился желудок.

В общем, не прошло и часа с момента появления за столом Коли, как от многочисленных гостей осталось совсем немного. Сидели лишь самые стойкие. Витька со своей компанией, которой по фигу были эмоциональные переживания окружающих. Кира с Лесей и Танькой, которая, оказывается, тоже пообещала Евгении Валентиновне остаться и повлиять на Светку. И, разумеется, те три парочки, которые составляли между собой уже не треугольники, а такие головоломные геометрические фигуры, что в них сам черт бы голову сломал.

Евгения Валентиновна раздавала указания нанятой на этот вечер прислуге. Так что за столом горячее чинно-благородно сменилось десертом и кофе. И подруги заскучали. Они откровенно не понимали, почему должны сидеть тут, если Светка все равно целиком занята Сергеем и никого вокруг просто не видит. С момента появления Коли она буквально вцепилась в мужика. Не забывая посылать воздушные поцелуйчики и Вале.

Валя от этих ужимок своей невесты мрачнел, и под его кожей играли желваки. Он морщился, едва сдерживая негодование.

— Не хочу я тут сидеть! — закапризничала Леся, обращаясь к матери Вали. — Можно мы поедем?

— Ни в коем случае! — взмолилась та. — Останьтесь. Поговорите со Светочкой. Она хорошая девочка. Просто ей нравится внимание других мужчин. Не спорю, она красавица. И заслуживает их восхищения.

Но... Но она, наверное, просто не понимает, насколько сильно своим поведением обижает моего сына.

Кира хотела сказать, что все Светка прекрасно понимает. Просто ей наплевать на чувства Вали, как и на чувства всех окружающих. Для Светки существует один-единственный пуп земли. Это она сама.

Но Евгения Валентиновна смотрела на подруг с такой мольбой, что они опять сдались. А сдавшись, остались в доме у Вали до вечера. И им даже удалось отвлечь внимание Карины — жены Сергея, уговорить ее прилечь, а его самого заманить в комнату жены и оставить там. Светку они приставили к Вале, купировав ее попытки наговорить гадостей белобрысой мымре, которая приехала с Колей.

Впрочем, новенькая при ближайшем рассмотрении оказалась очень даже ничего. Конечно, не такая красавица, как Светка. Но и не такая надутая задавака. Звали ее очень просто — Наташа. И на Колю она смотрела с искренним теплом. И кажется, откровенно не понимала, что происходит вокруг.

Незаметно подкрался вечер. За это время три девушки успели прогуляться по округе. Сходили они и к озеру, которое называлось Мутным, хотя было совершенно чистым и прозрачным, с песчаными берегами. Там девушкам удалось познакомиться с несколькими старожилами из соседнего поселка.

Он-то как раз был далеко не элитным и даже не коттеджным. В свое время он возник в бывшем колхозе, а ныне ООО «Заря». Обитали в нем работяги, живущие плодами земли и рук своих. Обычные простые люди, которые в летний вечер пришли к озеру, чтобы освежиться и поесть жаренного на углях мяса.

Вот с ними и познакомились подруги. Это оказалась четверка относительно молодых мужчин, расположившихся прямо на травке и весело выпивавших теплую водку из пластиковых стаканчиков. Для удобства и комфорта у них было подстелено принесенное с собой одеяло. Тут же лежала немудрящая закуска из огурцов, ржаного хлеба и порезанной толстыми кусками колбасы. А чуть в стороне шипел, брызгаясь свиным жиром, переносной мангал с уже поджарившимися на нем кусками мяса.

Солнышко садилось, жара спала, а с озера тянуло прохладным ветерком. Водка, шашлык, тихо, тепло. Одним словом, мужики кайфовали. Для полного счастья им не хватало только женских улыбок. И тут три девицы сами к ним подвалили.

— О, девчонки! — обрадовался один из аборигенов, вскакивая на ноги при виде проходящих мимо подруг. — Давайте к нам! Накапать вам по пятьдесят грамм?

В руках у него был стаканчик с водкой и соленый огурец.

Предложение, подкупающее своей искренностью, заставило Таньку неожиданно изменить маршрут и двинуться к мужчинам. А ее подруги... Что же, ее подругам только и оставалось, что недоуменно пожать плечами и пойти следом за Танькой. Не оставлять же ее одну в компании незнакомых мужчин!

Впрочем, те оказались совсем не опасными. Но узнав, к кому приехали в гости подруги, многозначительно переглянулись и резко замолчали.

— Что случилось? — поинтересовалась Кира, которой это молчание активно не понравилось.

— Да так, — пробормотали трое из аборигенов.

Но четвертый, самый решительный, произнес:

— Вы хоть знаете, что с этим участком нечисто?

— Его долгое время никто не хотел брать.

— Да? А почему?

— Нечисто там.

— А нам все равно, — безмятежно откликнулась Танька. — Мы там просто в гостях. Завтра уедем.

Однако Кира с Лесей заинтересовались:

— А что с ним все-таки нечисто?

— Привидение там живет, — сказал один из мужиков.

— И вовсе не привидение, что ты врешь! Хрень там какая-то поселилась. Вполне живая!

— Привидение!

— Монстр!

— Призрак!

— Призраки следов на земле не оставляют!

Подруги слушали и изумлялись. У их новых знакомых приступ белой горячки? У всех сразу? Эта болезнь заразна? Но вроде бы симптомы белой горячки совсем другие. Больным должны мерещиться зеленые чертики. Ну, ладно, чертиков, при желании, легко можно заменить на призрака-монстра. Но человек в состоянии белой горячки должен быть агрессивен. А четверо аборигенов выглядели вполне мирно.

— О чем вы говорите? — не выдержала Кира. — Какой еще призрак?

— Да не призрак это! — заявил один мужик. — Призрак собачьи следы не оставляет. И скотину не задирает! Привидение — оно ведь существо безобидное. А эта тварь — сущий демон!

Подруги не знали, смеяться или пугаться.

— Интересно, они это всерьез говорят? — прошептала Леся на ухо Кире.

— Для них же самих в первую очередь будет лучше, если нет, — тоже шепотом ответила Кира подруге, а вслух спросила совсем другое.

— О чем вы говорите? — обратилась она к мужчинам. — Какой еще демон? Откуда он тут взялся в вашей глуши?

— Ну, демон не демон, — неожиданно вмешался в разговор четвертый, наиболее трезвый из компании мужчина, к словам которого подруги сразу же прислушались. — А чертовщина-то у нас в поселке и в самом деле творится!

— Какая чертовщина?

— А вот такая. Следы собачьи на земле — это раз. Огромные следы! Скотина пропадает — это два.

— Силуэт собачий под утро в тумане видели, — вмешался в разговор первый мужик. — Огромная псина! Таких пород и не водится вовсе! Зубы скалит, слюна с них капает. Страх смотреть!

— Да ты и не смотрел! — перебил его приятель.

— Я — нет, а вот дед Михалыч своими глазами видел. И потом всей деревне рассказывал.

— Врал небось, — предположила здравомыслящая Танька. — Или с перепою причудилось.

Но ее предположение вызвало неожиданно сильное возмущение у всей компании.

— Да ты че! Михалыч — он никогда не врет.

— Михалыч — сурьезный мужик.

— И со зрением у него полный порядок. Он — охотник. До сих пор зайца на бегу снять может!

— А вы говорите, почудилось ему!

Мужики так серьезно обиделись за своего Михалыча, что подруги поторопились сгладить возникшее напряжение:

— Хорошо, допустим, Михалыч видел нечто странное. Он один видел?

— В том-то и дело, что не он один.

— А кто еще?

— Да много кто! Почитай, каждый третий житель поселка эту тварь хоть раз, да видел.

— А вой по ночам все слышали!

— Это ваши же собаки и воют! — рассердилась на глупых пустобрехов Танька.

— Не-а, — помотали головами мужики. — Наши псы сами ее боятся. Раньше свободно по деревне бегали. А нынче, как ночь, так все поближе к дому жмутся.

— И что? — с интересом спросила Кира. — Уже и жертвы есть?

Ее вопрос вызвал легкое замешательство среди собравшихся. Они принялись снова спорить, можно ли считать таковой пропавшего третьего дня у бабки Валерианы теленка. Или это, скорей всего, дело рук заезжих узбеков, которые крыли у бабкиных соседей крышу. А потом уехали, да в ту же ночь пропал и теленок.

— Но узбеки и так хорошо заработали, зачем им с теленком связываться? Нет, точняк, Лесси его уперла!

— Кто? Кто такая Лесси?

— Да эта тварь неведомая — Лесси.

— Почему Лесси?

— Мы тут ее так прозвали. Вроде бы сначала в насмешку. Настоящая-то Лесси была милая да пушистая. А эта... у-у-у... чудище!

— Ну, знаете! Довольно нас пугать! — вскочила на ноги Кира.

— Чушь это все! — решительно поддержала ее Танька.

В ответ на их вспышку мужики лишь нехорошо ухмыльнулись.

— Может быть, оно и чушь, — произнес один из них. — Только вам это должно быть интересней всех точно знать.

— Почему это нам? — передумали уходить подруги.

— А потому!

— Почему? Это вы тут живете, вам и карты в руки. Узнавайте про Лесси. Ловите ее.

— А вот и нет!

— Почему же нет?

— А потому, — ответил тот же мужик. — Потому что псину эту на вашем участке-то чаще всего видели.

И не успели подруги обдумать это заявление, как второй мужик прибавил:

— Логово у нее там, не иначе.

— Али приплод.

На этом месте Танька поднялась и твердо заявила, что ей и подругам пора домой. А то уже начинает темнеть. А им еще возвращаться обратно. В логово неведомого монстра.

— Кстати, если увидим немыслимое чудище, передадим ему от вас привет, — ехидно проронила она напоследок.

И подруги ушли, сопровождаемые жалостливыми взглядами местных мужиков.

— Не поверили они нам, — со вздохом произнес один из них.

— Их дело. Сами в темноте увидят нашу Лесси, так пожалеют, что над нами прикалывались.

Обратно в дом Вали подруги вернулись в смятенных чувствах. История про страшное чудовище казалась им до невозможного глупой. Однако, если там они бодрились и смеялись над рассказом аборигенов, то, вернувшись домой, начали по-другому воспринимать слова местных чудаков. Дом навевал на них тоску. А участок за ним, погруженный во тьму, и вовсе пугал.

— Местечко-то Валя и в самом деле выбрал мрачное, — заявила Кира.

— И участок весь деревьями и кустарником зарос. Мог бы и почистить.

— Такие дебри любой зверь может облюбовать. Хотя бы даже и медведь.

— Медведь — это ты загнула!

— Ну, не медведь, так большой волк. Сразу за участком Вали дикий лес начинается. Между ним и участком даже ограды еще нету!

— В деревне есть старый охотник, — напомнила подругам Леся. — Вряд ли он спутал бы собачьи следы со следами волка.

— Собака и волк очень похожи!

— Но следы у них разные!

— Только самую малость. Мог и спутать!

И во избежание ненужной ссоры подруги решили обратиться к арбитру — Евгении Валентиновне. К удивлению подруг, услышав про непонятное чудище то ли собачьей, то ли волчьей породы, женщина побледнела. И, приложив руку к сердцу, тихо осела на стул.

— Значит, и они ее видели! — прошептала она едва слышно. — Ой, какой кошмар! А я-то думала, мерещится мне!

— Евгения Валентиновна! — затеребили ее подруги. — Тетя Женя! Вы это о чем?

— О ней! — посмотрев на них глазами, в которых теперь отчетливо виднелся страх, произнесла женщина. — Об этой твари. Как ее местные, вы говорите, прозвали? Лесси?

— Да.

— То-то на меня местные так странно в магазине поглядывают! — продолжала причитать Евгения Валентиновна. — А я-то, дура наивная, думала, что это они ко мне просто приглядываются. А они вон что! Жалели меня, выходит.

— За что жалели-то?

Неожиданно Евгения Валентиновна резко выпрямилась. И взглянула подругам прямо в глаза.

— Видела я ее!

2 *

— Кого? Лесси? Так это не ложь?

— Не ложь, — твердо произнесла женщина. — И не выдумка. Я ее своими собственными глазами видела. На нашем участке. Вон там!

И она махнула рукой в сторону зарослей, за которыми начинался лес.

— Днем она не показывается, а ночью выходит. Я ее из окна много раз видела. Только думала, мерещится мне. Обман зрения.

— Почему же?

— Так ведь не бывает таких огромных собак.

— Может быть, волк?

— И волков таких не бывает. Говорю вам, она огромная. Гораздо больше дога.

— Вы нас пугаете, да?!

— Не пугаю. Как есть, так и говорю. Ходит тут какая-то тварь. Большая и тяжелая, словно танк. И шерсть густая, как у медведя!

Подруги переглянулись. Неожиданные слова тети Жени навели на них куда больший страх, чем все россказни местных. И недаром! Тетю Женю подруги знали с первого класса. С самого нежного возраста. Привыкли ей доверять всегда и во всем. И уж если тетя Женя сказала, что Лесси существует, значит, так оно и есть. Существует. И мало того, обитает где-то поблизости.

— А Валя знает?

— Я ему говорила. Но сам он ее не видел.

— А она... она страшная?

— Жуть! — передернуло тетю Женю. — Отвратительная тварь! Клыки, слюнявая пасть. А уж запах! Воняет, как от целой животноводческой фермы!

— И, говорите, она живет где-то у вас на участке?

— Или сразу за ним, — кивнула головой Евгения Валентиновна. — Вряд ли много дальше. Потому что она почти каждую ночь тут шастает.

Все рассказанное заставило подруг задуматься.

— Если это такая большая собака, то и еды ей нужно много, — произнесла Кира. — Чем же она питается?

— Наверное, в лесу пропитание себе ищет.

Внезапно за спинами подруг раздались шаги. И чей-то голос спросил:

— О чем это вы тут таком интересном разговариваете?

Обернувшись, подруги увидели Сергея. Того самого, с которым так беззастенчиво заигрывала Светка во время обеда. И беременная жена которого сейчас отдыхала в одной из гостевых комнат. По идее, Сергею полагалось бы сейчас быть рядом с Кариной. Но он, видимо, решил иначе.

— Свету не видели? — спросил тем временем Сергей.

Кира от такой наглости даже рот открыла. Но гневные слова так и не сорвались с ее языка, потому что ее опередила хитрая Леся:

— Не видели. А ты вот лучше послушай, тетя Женя рассказывает, что в округе жуткий монстр появился.

Сергея эта история заинтересовала. И он предложил рассказать ее остальным гостям. Те тоже с интересом выслушали рассказ о монстре. Один лишь Валя был настроен скептически.

— Ну что ты, мама! — произнес он. — Какая еще дикая собака! Откуда бы ей тут взяться? Глупости это все! Тебе померещилось!

— А вот и нет, сынок!

— Мама, но это же чушь! Откуда тут взяться неведомому чудовищу?

— Да! — неожиданно поддержала жениха Светка. — Если бы было чудовище, особенно такое страшное, были бы и жертвы!

Тетя Женя в ответ на замечание будущей невестки лишь поджала губы и промолчала. А все остальные еще долго спорили. Но, как показало время, замечание глупой Светки не было лишено здравого смысла. Пока же время не пришло, и они спорили.

— Я тоже уверен, что его нет! — заявил Коля.

— Почему все мужчины такие скептики? — пропищала его подружка, Наташка.

Девушка требовала, чтобы ее звали Нико. Только так, и никак иначе.

— Это так романтично! — восторженно попискивала она. — Коля и Нико!

Вообще, Нико была существом романтическим, склонным к прогулкам при звездах и луне. И уж вовсе не пара прагматику Коле, привыкшему больше иметь дело с разводным ключом, нежели с неосязаемыми предметами. Что могло быть общего у этих двоих, никто из подруг так и не сумел понять. Хотя они по очереди поговорили с Нико и попытались выяснить, что у них там происходит с Колей.

От Нико все они услышали одно: такой душевной, тонкой и чувствительной натуры, как у ее Коли, нет ни у одного мужчины в мире. Учитывая, что подруги знали Кольку с детства, они также знали и про его натуру буквально все. Любимой шуткой юного Коли было макнуть какого-нибудь первоклашку головой в унитаз, а потом вместе с дружками облепить бедного мокрого пацаненка с головы до пят полосами туалетной бумаги. Очень душевная забава.

— А чё тут такого? — оправдывался Коля, стоя перед директором. — Пусть спасибо скажет, что мокрым на мороз не отпустили. Сушили мы его! Иначе заболеть бы мог.

— Лично я считаю, что любой спор — это глупость! — неожиданно произнес Витька, про которого

все как-то забыли. Вся его компания уже благополучно отдыхала под столом, оглашая окрестности громким пьяным храпом. На ногах оставался один Витька.
И именно он внес здравое предложение:

— Я считаю, что нужно пойти и самим проверить.
Если эта тварь существует, то мы обязательно найдем
ее следы.

Все вдруг начали кричать, восхищаться предложе-
нием и собираться в поход на Лесси.

Все дружно решили прогуляться по участку и заодно попытаться найти таинственную Лесси.

Сопротивлялся один Валя.

— Глупость все это несусветная! — твердил он. —
Глупость придумали про эту Лесси!

— Другими словами, твоя мать дура? — поинтересовалась у него Танька, и Валя моментально за-
ткнулся.

Свою маму он обожал, даже мысль о том, что он
может ее обидеть, приводила его в ужас.

— Пойду вместе со всеми! — тут же заявил он.

Перед тем как отправиться в поход, все гости хорошенько заправились — кто коньяком, кто водочкой, а
кто и захватил облюбованную бутылочку с собой. Людей можно было понять. К вечеру ощутимо похолода-
ло. А прогулка не обещала быть короткой.

ГЛАВА ТРЕТЬЯ

Вначале все шло хорошо и даже весело. Выпитое
спиртное будоражило кровь и согревало. Да и осве-
щенный огнями дом был в относительной близости.
Но по мере отдаления от него гости все чаще и чаще
начинали поеживаться и с тоской оглядываться назад.

Вокруг шумели кусты и деревья, которые становились все гуще, темней и, соответственно, страшней.

В них слышались какие-то непонятные шорохи, скрипы и голоса. А когда в отдалении раздался вой какого-то животного, то над толпой тут же пронесся испуганный громкий крик. И хотя вой тут же сменился собачьим лаем и ему ответил другой собачий голос, и стало ясно, что это собаки в поселке переговариваются, или, может быть, переругиваются между собой, страх уже прочно овладел всеми искателями приключений.

— М-может быть, п-пойдем д-домой? — предложила Евгения Валентиновна.

Все покосились на нее с явным осуждением: сама, мол, подняла эту «собачью» тему, а теперь трусит. Светка косилась на будущую свекровь с таким видом, словно была твердо уверена, что тетя Женя затеяла этот поход с одной-единственной целью — скормить ее, Светочку, собственноручно прикормленному чудовищу. Чушь конечно. Но мотив у тети Жени явно имелся.

Однако за что же должны страдать остальные? А они, без всякого сомнения, страдали.

Да, всем было страшно. Однако первым признаться в том, что ему страшно, никто не собирался.

— Только вперед! — заявил Валя.

И в самом деле двинулся вперед. За ним последовала тетя Женя, не пожелавшая оставить сына одного. А за ними и все остальные. Светка тронулась с места последней. И то лишь только после того, как поняла, что в любой момент может остаться в гордом одиночестве.

— Как думаете, в такой темноте мы что-нибудь увидим? — спросил кто-то.

Конечно, поисковая группа захватила с собой фонарики и даже факел. На самом деле это был не настоящий факел, а вполне современный светильник, выполненный в виде факела. Он и второй такой же украшали подъезд к Валиному дому, добавляя его и без того мрачной готической архитектуре лишние штрихи. Но все эти светильники оказались бесполезными против навалившейся со всех сторон темноты.

— Я ничего не вижу, — пожаловалась юная беременная супруга Сергея, которая поперлась вместе со всеми, явно не желая оставлять мужа со Светланой.

В принципе, подруги ее понимали. В темноте ведь так легко отбиться от остальных. Зачем? Да хотя бы для того, чтобы без помех предаться адюльтеру. Опасность быть застигнутыми лишь горячит кровь. А потом, вернувшись к остальным, можно делать наивные лица и спокойно врать, что потерялись. Заблудились. Так в темноте это неудивительно.

В общем, Карина бдительности не теряла. Тут ей можно было поставить пятерку. Но в то же время наличие в отряде беременной женщины накладывало на всех, кроме Сергея, дополнительные обязанности. Мало ли чего... А Сергей, скотина такая, совсем ополоумел от внезапно нахлынувшей на него страсти. И все время старался держаться поближе к Светке, оставив Карину на произвол судьбы.

— Тихо! — внезапно произнес Витька, который по неизвестной причине взял на себя роль лидера и теперь двигался во главе отряда. — Там кто-то есть!

Все затаили дыхание. И принялись вглядываться в темноту.

— Никого там нету.

— Есть!

— Нету!

И словно в подтверждение слов Витьки в этот самый момент из кустов раздалось сдавленное кряхтение.

— Ах! — взвизгнула Танька и неподъемной колодой рухнула на землю.

Кира наклонилась к подруге, но быстро поняла, что та находится в обмороке. Впечатлительная натура Таньки не выдержала встречи с жутким монстром. Пока Кира пыталась привести Таньку в чувство, все пристально вглядывались в темноту.

— Эй, кто там?

В ответ стон и какие-то шорохи.

— Кто там?

И наконец раздался сдавленный голос:

— Помогите!

Голос, безусловно, был человеческим. К тому же полным страдания. Принадлежать собаке он не мог. И потому все приободрились. И кинулись на помощь неизвестному.

— Сюда. Помогите мне.

Заросли колючего кустарника были очень густыми. И пробраться туда было трудно. Но все же друзья выволокли пострадавшего из кустов и ахнули:

— Боже! Посмотрите на него!

— Да он весь в крови!

Найденный ими бедолага был мужчиной лет тридцати пяти. По всей видимости, не местный. Слишком чисто выбрит. И к тому же одет в костюм. Правда, сейчас от костюма остались лишь лохмотья. Но когда-то, и совсем недавно, он был элегантной и достаточно дорогой вещью этого господина.

Его руки, лицо, шея были покрыты кровоточащими мельчайшими царапинками, полученными от соприкосновения с шипами кустарника. Костюм пострадал там же. Но, кроме того, у мужчин была располосована рука от запястья до локтя. И эту рану мелкие шипы кустарника нанести ему никак не могли.

— Что с вами случилось?

Но мужчина лишь стонал и бормотал нечто невнятное.

— У кого-нибудь есть что выпить?! — спросил Сергей.

— Нашел время! — громким шепотом одернула его Карина.

— Да не мне, дура! Этому парню нужно выпить. Не видишь, трясется весь!

Спиртное нашлось у Витьки. Оказалось, что он прихватил с собой со стола целую бутылку водки. И сейчас не без сожаления, но все же влил ее остатки в рот пострадавшего. Тот сначала дико раскашлялся, но через мгновение затих и блаженно прислушался к ощущениям. И из его груди вырвался вздох облегчения.

— Спасибо вам! — произнес он затем совершенно нормальным голосом. — Если бы не вы, помер бы! Оно бы меня доконало!

— Но как вы тут очутились?

— Не знаю.

— Не знаете?

— Шел, заблудился, а потом оно...

Мужчина неожиданно замолчал и снова начал трястись. И кроме того, принялся с диким выражением оглядываться по сторонам.

— Нет, нет! — причитал он. — Не дайте ему снова напасть на меня.

— Кому? Кто на вас напал? Кто «оно»?

Но мужчина лишь бормотал одно и то же. Он явно был в шоке. Новый глоток водки прибавил ему сил. И он более или менее связно сумел поведать друзьям свою историю. Оказалось, что он агент по торговле загородной недвижимостью. Не простой агент, а менеджер по работе с крупными клиентами. Другими словами, Олегу, а мужчину звали именно так, достаются только самые сливки. Многоэтажные коттеджи, загородные элитные особняки и усадьбы. Стоимость такой недвижимости зачастую превышает два и даже три или десять миллионов долларов. Так что работа у Олега серьезная и сам он человек солидный.

Все с недоумением переглянулись. Солидный человек сидит в кустах, бормочет и трясется от пережитого ужаса.

Оказалось, что у Олега всего в паре километров от дома его очередного состоятельного клиента сломалась машина. И так как сам он в машинах до такой степени хорошо не разбирается, чтобы заглянуть под капот до отвала нашпигованного электроникой «Нисана», то принял решение пойти к клиенту пешком.

— А почему вы ему не позвонили? Он бы мог прислать за вами помощь.

Олег смущенно закашлялся, но все же ответил:

— Понимаете, в нашем бизнесе я мелкая сошка. Клиента совершенно не колышет, как и каким образом я доберусь до него. В назначенное время я должен быть в указанном месте. И точка. Мои проблемы — это только мои проблемы. И ничьи больше.

В общем, придерживаясь такого принципа, Олег пошел пешком. Но так как он предполагал срезать часть пути, то пошел через лесок.

— Другими словами, через мой участок? — спросил Валя.

— Это ваш участок? — удивился Олег. — Извините, не знал.

— Ничего. Он еще не огорожен.

— Да, конечно, дело в этом, — вежливо согласился Олег.

Одним словом, Олег спокойно шагал себе и шагал. И вдруг позади него послышалось какое-то пыхтение. А когда он обернулся, то на него набросилось нечто огромное, мохнатое и дурно пахнущее. И это существо — животное — вцепилось ему в руку и располосовало ее до крови.

— Ах! — вырвалось у всех остальных. — Животное!

— Ужас!

— Оно на вас напало?

— Где это было?

— Как оно выглядело?

— Оно вас не сожрало?

— Как вы спаслись?

Олега спасли густые заросли кустарника, возле которых и произошло нападение. После первой атаки ему удалось сбить огромное четвероногое с ног. И кинуться от него прочь. Он проломился в кустарник и бежал, не чувствуя боли. А вот страшное существо, напавшее на Олега, не обладало такой решительностью.

Некоторое время Олег еще слышал его сопение и тяжелые шаги за спиной. А потом существо рыкнуло. И стало удаляться прочь. Однако перепуганный Олег не решился выбраться из спасших его зарослей. И решил пересидеть в них до рассвета, прижимая к груди раненую руку.

— Если бы не вы, я бы умер от страха или от потери крови, — прошептал он и сделал попытку лишиться сознания.

Так как компания уже имела на руках одну полубесчувственную особу по имени Танька, то попытка Олега успехом не увенчалась. Витька без всякого сочувствия влепил ему пару крепких оплеух. И Олег падать в обморок передумал. Вместо этого он начал судорожно рыдать:

— Уведите меня отсюда! Умоляю! Спасите!

Что было делать? Отряд потерял одного бойца в виде обморочной Таньки и приобрел раненого. Одним словом, экспедиция двинулась в обратный путь. Оставаться среди зарослей кустарника, в которых бродил дикий зверь, никому не хотелось.

Подняв Олега и Таньку, все дружной толпой двинулись в обратный путь. Оказалось, что обратно идти куда легче. Ноги двигались словно сами собой. И, ворвавшись в дом, Валя первым делом крепко запер за собой дверь.

— Уф! — выдохнул он, повернувшись к Евгении Валентиновне. — Прости меня, мамочка, что я сомневался в твоих словах.

— Ничего, — откликнулась женщина, сама дрожа от пережитого страха. — Рада была бы ошибиться, да видишь...

— Возможно, были и другие жертвы, — прошептала Кира. — Надо бы узнать у наших местных друзей, не пропадали ли в поселке люди.

Лесе стало страшно. А еще страшней ей стало, когда Светка, осматривающая рану Олега (она была по образованию медсестрой и потому на нее возложили миссию по оказанию ему первой медицинской помощи), решительно заявила:

— Это следы зубов какого-то животного! Хотя сама рана неглубокая. Думаю, что можно будет обойтись без швов.

Она ловко скрепила края раны пластырем, так что они ровно сошлись. И получилась единая длинная и тонкая красная линия, ничем не хуже, чем со швами. В качестве анестезии Олегу дали еще выпить. На этот раз коньяка из личных запасов хозяина дома. И потом уложили пострадавшего спать в одной из спален второго этажа.

От звонка в милицию мужчина решительно отказался. Позвонил лишь своему клиенту и сказал, что на него напали грабители, ранили его и сегодня он точно не приедет.

— Когда рассветет, нужно будет пойти на то самое место и проверить... — На этом месте Валя помрачнел еще больше и замялся, — ...проверить, что там случилось на самом деле.

— Да что ты, Валя, дурачком-то прикидываешься! — воскликнула Карина. — Все и так ясно! Эта тварь, которую мы искали, да так и не нашли, опередила нас и напала на Олега!

— Это он так сказал!

— А какой смысл ему врать?

Валя побагровел, но спорить с беременной Кариной не стал. Лишь упрямо повторил:

— Когда рассветет, пойду и проверю.

Но до утра всем предстояло пережить еще одно приключение. Не успели все разойтись по своим комнатам, улечься и заснуть, как окрестности огласил громкий душераздирающий вой. Леся от этого воя пулей вылетела из постели. Кира свалилась на пол. А Танька судорожно затряслась вместе с раскладушкой, на которой устроилась на ночь.

— Ч-что эт-то б-было? — простучала зубами Леся.

Ей никто не успел ответить. Потому что за окном раздались другие голоса. Перепуганное кудахтанье и хлопанье крыльев.

— Куры! — вскочила на ноги Кира. — Эта тварь добралась до кур тети Жени! Это они кричат!

И она кинулась к дверям. Но ее опередила Евгения Валентиновна, которая выскочила из своей спальни, одетая в ночную рубашку с кружевами и шелковой вышивкой. Рубашка была потрясающе красива, но все же не настолько, чтобы в ней шастать перед всеми. Но женщине было сейчас все равно. Она рвалась к дверям, которые Валя предусмотрительно запер на ночь.

— Где ключ?! — заламывая руки, кричала Евгения Валентиновна. — Сынок, открой дверь! Скорее!

Но Валя, который хотя и прибежал вместе со всеми, лишь беспомощно хлопал себя по карманам.

— Ключа нет. Потерялся.

— Как потерялся? — ахнула его мать. — Поищи лучше! Сынок! Ведь она их всех погрызет!

— Ну, что я могу поделать! — чуть не плакал Валя. — Я положил ключ вот в этот карман в брюках. А теперь его тут нету.

— Может быть, ты его потерял, когда снимал штаны? Вернись и поищи!

Валя послушно отправился в свою спальню. А Кира обратилась к мечущейся без всякого толку по просторному холлу женщине:

— Тетя Женя, а что, другого ключа от входной двери у вас нет?

Та уставилась на девушку совершенно непонимающим взглядом.

— Что?

— Запасной ключ от двери!

— Кирочка! Ты — молодец!

И Евгения Валентиновна с посветлевшим лицом метнулась куда-то в соседнюю комнату. И через минуту оттуда раздался ее горестный вопль:

— Пропали! Все ключи пропали! Кто мог их взять?

Вопрос был чисто риторическим. Во всяком случае, отвечать на него никто не торопился.

— Господи! — снова заломила руки вернувшаяся к входной двери тетя Женя, одновременно с ужасом прислушиваясь к птичьим крикам за окном. — Гуленька! Пташка! Путанка! Грымзочка! Маленький Балабончик! Они же все погибнут!

Пока тетя Женя перечисляла куриные клички, подруги успели сбегать к Вале в комнату. Парень сидел на кровати и удрученно смотрел в одну точку.

— Нет ключей! — подняв голову, произнес он. — Я все обыскал. Но... Черт, как я мог забыть!

С этими словами он вдруг сорвался с места и побежал в соседнюю комнату. Подруги решили, что он вспомнил, куда спрятал ключи. И бросились за ним. Валя рылся в письменном столе. Дрожащими руками он отпер нижний ящик письменного стола и извлек оттуда... Нет, не ключ. А самый настоящий пистолет. И с этим пистолетом устремился обратно к подругам.

— Ой, — шарахнулась от него в сторону Леся.

Но Валя пробежал мимо, не обратив внимания на испуг девушки. Подбежав к окну, он распахнул его. И несколько раз выстрелил в темноту. Туда, где возле курятника происходило куриное смертоубийство. На некоторое время все затихло. Но потом вой раздался снова. Только на этот раз он прозвучал в отдалении от дома. Во второй раз он раздался еще дальше. И стало совершенно ясно: выстрелы напугали Лесси. И кем бы ни было это чудовище, сейчас оно улепетывает во все лопатки прочь от грохочущей штуки.

— Победа! — закричала Светка и захлопала в ладоши. — Валя, а как нам теперь выйти из дома?

— Взять запасные ключи.

— Их нету.

— Как?

— Нету. Пропали.

— Надо искать! — озаботился Валя. — Без ключей мы все окажемся запертыми. Придется вызывать МЧС, чтобы нас отсюда вызволили.

Но до таких крайностей дело не дошло. Запасные ключи вскоре обнаружились.

— Видимо, кто-то случайно задел полочку. И все три комплекта свалились на пол и закатились под тумбочку, — предположил Валя, первым обнаруживший пропажу.

Тетя Женя, не рассуждая, нетерпеливо вырвала ключи из рук сына и выскочила во двор. Как была, в одной ночной рубашке.

— Ой! — раздались ее причитания. — Ой, что же это делается?! Ой, беда-то какая!

Подруги поспешили за ней. Первое, что они увидели, это были перепуганные куры, тесно скучившиеся на крыше самого высокого домика на птичьем дворе. Птицы выглядели несчастными, взъерошенными, но их количество, насколько могли видеть подруги, осталось почти тем же самым.

— Хохлушка. Петенька. Валентинка, — называла курочек по имени тетя Женя. — Все тут!! Живы! Ой, горе какое!

И не успели подруги удивиться ее странному высказыванию, как увидели кроличий вольер. Даже ко многому привыкшая Кира пошатнулась. Леся побледнела. А Танька поступила и того проще — снова грохнулась в обморок.

Да и то сказать, было отчего. Весь вольер был устлан мертвыми кроликами. Маленькие тельца лежали, застыв в трагических позах. На траве тут и там были видны пятна крови.

— Пышка! Рамик! — плакала тетя Женя. — Отзовитесь!

Нет, ни один из хорошеньких безобидных кроликов не уцелел. Монстр, нагрянувший под пологом ночи, погубил их всех.

— И что за тварь такая! — простонала Евгения Валентиновна, вытирая слезы. — Ведь ни одну тушку с собой не взяла. Выходит, ради забавы убивала!

От этих слов Кире стало окончательно худо. Одно дело, когда собака или даже волк нападает на кроликов. Что же, в конце концов, такова природа хищника — нападать и такова судьба грызуна — быть съеденным. Любой кролик знает, если ты недостаточно ловок, то рано или поздно погибнешь в пасти хищника. Но нормальный хищник убивает только ради собственного выживания. И ровно столько, сколько сможет съесть. Убийство наживы или забавы ради — это извращение. И нормальные животные его не знают.

— Это не собака, — прошептала Леся. — И не волк. Это... Это какой-то выродок!

В свете фонарей, которые горели возле вольера для кроликов, можно было увидеть следы огромных лап. Они в самом деле напоминали собачьи или волчьи. Но были раза в два больше следов крупной овчарки.

— Какая махина! — прошептала Кира. — Ужасно!

Спасшиеся благодаря своей прыгучести курочки начали по одной пикировать к своей хозяйке. Все они были целы. Ни одна не попалась на зуб страшному монстру. И все же тетя Женя плакала.

— Милые мои, — причитала она. — Немедленно заберу вас в дом. Пока по округе ходит эта тварь, побудете у меня.

— Мама, перестань! — с раздражением произнес Валя. — В конце концов, это только куры. Мы же их взяли, чтобы осенью съесть!

— Что ты говоришь! Как съесть?

— Как съедим наших кроликов, — пробурчал Валя, поднимая с земли одну тушку и внимательно ее разглядывая. — Отличный получится... паштет.

Евгения Валентиновна снова залилась слезами. И ушла в дом, не забыв забрать с собой всех уцелевших питомцев.

Валя остался. И принялся немедленно отдавать распоряжения. Убитых кроликов он отдал повару. Тот тоже ночевал в доме. И прибежал по тревоге вместе с остальными.

— Освежуй и разделай, — велел ему Валя, вручая несчастных. — Справишься?

Повар — мрачный детина, которого лично сама Кира не только к приготовлению ее обеда, но и к осмотру собственной машины бы не допустила, лишь молча кивнул в ответ:

— Сделаем.

— Они еще совсем маленькие. Так что их можно будет запечь со сметаной или сделать паштет.

— Будет исполнено. Приготовлю в лучшем виде. Пальчики оближете. Чем зверек моложе, тем вкусней.

И кролики исчезли вместе с поваром. А Валя повернулся к оторопевшим гостям:

— Полагаю, теперь ни для кого не станет откровением, если я признаюсь, что был не прав. Этот монстр существует. И скажу даже больше того, он куда опасней, чем описывали местные жители.

Все были в шоке. И потому молчали. Одна Кира задумчиво покачала головой:

— Интересно, откуда он взялся?

— И это все, что тебя интересует? — ядовито осведомилась у нее Светка. — Подумай лучше, как мы будем от него обороняться!

— Я хочу уехать! — воскликнула Карина. — Сергей, иди и подгони нашу машину. Я иду собирать вещи!

Но у Сергея были другие планы.

— Как мы оставим друзей? — возмутился он. — Карина, ты что? Это же трусливо — уехать и бросить Валю одного в беде.

Но при этом Сергей упорно смотрел на одну Светку. И всем было ясно, что плевать он хотел на Валю. Это перед Светкой он играет в благородство. Кажется, Карина это тоже поняла. Во всяком случае, она обиженно поджала губы. И метнула на Светку убийственный взгляд, полный такой ненависти, что подругам стало не по себе.

Кажется, Кариночка от души желала бы, чтобы на месте погибших кроликов оказалась Светка. Вот на ее похороны Карина с удовольствием осталась бы.

— Я никого не держу, — произнес Валя, обращаясь к своим гостям. — Понимаю, жизнь в моем доме перестала казаться приятной. Так что вы можете уехать.

— Мы остаемся, — раздался хор нестройных голосов. — Конечно, остаемся!

И даже только что с трудом очухавшаяся Танька не выразила желания уехать.

— Это же так клево! — полувосхищенно-полуиспуганно прошептала она. — Я останусь!

Таким образом, Карина оказалась единственной, кто пожелал покинуть загородный дом Вали. И — оставшись в меньшинстве — даже собственный муж ее предал, надулась и ушла в дом. А оставшиеся принялись обсуждать, как им лучше обезвредить чудовище.

— Надо идти по следам, — предложил Валя. — На этот раз мы не совершим прежней ошибки. Это не развлекательная прогулка, а поход. Так что мы все вооружимся.

— Чем?

— Найду чем, — успокоил всех Валя. — Без оружия к этой твари в лес лучше не соваться. Вооружимся и пойдем прямо завтра с утра на охоту.

Предложение опять же вызвать МЧС в качестве поддержки он твердо отклонил.

— Сами справимся! Не хватало еще людей беспокоить из-за какой-то паршивой бродячей собаки.

Если бы спящий в это время Олег, убаюканный изрядной дозой спиртного, услышал слова Вали, он бы, конечно, постарался отговорить хозяина дома от этой безумной затеи. Но, увы, Олег спал...

ГЛАВА ЧЕТВЕРТАЯ

С рассветом вышли в путь. Вооружились, кто как мог. Разумеется, основной единицей был Валя, у которого было настоящее, к тому же зарегистрированное по всем правилам оружие. Старенький дедушка Вали, услышав про бродящее по округе чудовище, необычайно оживился и извлек откуда-то старую берданку. И напрасно внук пытался растолковать старику, что с дробью идти против громадины размером со взрослого кабана просто опасно.

— Ты меня еще учить будешь, сопляк! — ворчал старик, не желая расставаться с ружьем. — Яйца курицу не учат!

Кира стащила топорик, которым Валя, когда ему в голову приходила такая блажь, колол лучину на растопку. Танька вооружилась свистком, который свистел специально в ультразвуковом диапазоне. Звук не воспринимался людьми, но был невыносим для всех пород собак.

— Мы же собираемся поймать это чудовище, а не отпугнуть его, — заметила ей Леся.

В ответ Танька возразила, что на охоте, как и на войне, нужно быть готовым к любым поворотам. Подруги подумали, подумали и решили на всякий случай держаться поближе к Таньке. Ведь радиус действия ее уникального свистка был не так уж велик. А им очень хотелось в него попасть.

Производители этих чудо-свистков гарантировали надежность и качество товара. Правда, слегка настораживала крохотная приписка внизу. А именно, в случае сбоя работы свистка деньги возвращались на руки только самому покупателю с предъявлением им паспорта, но не его наследникам.

— Будем надеяться, что сбоя не произойдет! — произнесла оптимистка Танька.

Мужчины обсуждали план охоты.

— И куда мы пойдем на этот раз?

— Начнем поиски с того места, где мы нашли Олега.

На этот раз впереди отряда шел Валя. Внезапно зауважавший своего бывшего одноклассника Витька двигался рядом, но все же на полшага сзади. И все время допытывался, где Валя купил оружие, дорого ли дал и трудно ли получить разрешение на его хранение и ношение.

— Жаль, среди нас нету охотников, — внезапно произнес Коля. — Пистолет — это хорошо. Но лучше бы охотничье ружье.

— Ага, или автомат, — откликнулся Серега, за которым тащилась беременная Карина.

Она и на этот раз не отказалась от похода. Это было уже просто глупо. Тем более что мужчины вообще не хотели брать с собой женщин. Но те неожиданно бурно возмутились:

— Ночью брали, а сейчас чего?

— Ночью все пьяные были, — пытались втолковать им мужчины. — И не думали мы, что зверь настолько опасен.

— Ночью брали, а сейчас день. Мы тоже пойдем.

Одним словом, пошли все, кроме покусанного Олега, который благоразумно спал в своей кровати. И знать не знал о предпринятой его новыми знакомыми авантюре.

Идти пришлось долго. Гораздо дольше, чем ночью. Одно время Кире даже показалось, что они заплутали. Но в конце концов впереди замаячило что-то знакомое.

— Ну вот и лесок, где мы нашли Олега, — произнес Коля.

Это и в самом деле был он. На земле еще оставались следы борьбы и пятна крови. А на колючем кустарнике клочья костюма Олега. Из всех собравшихся только Валин дед немного разбирался в премудростях следопытства. Его лицо выражало откровенное недоумение.

— Говоришь, псина напала на человека? — спросил он у внука. — Странно мне это слышать.

— Отстань, дед, — отмахнулся Валя. — И так голова пухнет. А тут еще ты ворчишь!

— Я по делу ворчу! И не ворчу вовсе, а так прямо и говорю! Странно это.

— Папа, что ты там увидел странного? — обратилась Евгения Валентиновна к отцу.

— По следам выходит, что зверь к человеку и не приближался. Как же он его тогда покусал-то?

— Зверь в другом месте напал. А сюда Олег прибежал, чтобы спрятаться в кустах.

Дедушка понимающе покивал головой. Но выражение недоумения все равно оставалось на его лице.

Остальные между тем заспорили, куда им идти дальше.

— Вот туда!

— Нет, туда!

— Надо идти по следам собаки, — настаивал Коля.

— Это и не собака, и не волк, — снова встрял в разговор Валин дед. — Вы уж мне поверьте. Я на своем веку достаточно повидал и тех и других.

При этих его словах все замолчали. И настороженно посмотрели на старого охотника.

— Кто же это тогда? — ощущая в груди холод и неприятное томление, спросила Кира.

— Помесь. Как теперь говорят, метис.

— Монстр?

— Никаких монстров не бывает! Просто очень крупная особь. Нечто среднее между собакой и волком.

— Дед, да какая нам-то разница! — воскликнул с досадой Валя. — Волк, не волк! Эта тварь живая! Она оставляет следы. И нападает на людей. Ее надо пристрелить, а потом уж исследовать.

Предложение было резонным.

После всех споров было решено идти на восток.

Именно туда уходили следы неведомого зверя. Идти пришлось недолго. Вначале почва была влажной, и следы отпечатывались на ней глубоко. Но по мере подъема на холм земля становилась все тверже. И вскоре следы окончательно потерялись.

Валя в растерянности остановился и оглянулся на деда.

— И что делать дальше?

— Пошли назад.

Но Валя мешкал. Он еще раз через бинокль оглядел окрестности, словно это могло помочь ему с решением. И внезапно воскликнул:

— Погодите! А что это там такое?

Все посмотрели в ту сторону, куда он указывал. Но ничего интересного не обнаружили.

— Да вы посмотрите в бинокль! — настаивал Валя. — Там что-то есть. Точно вам говорю!

— Похоже, звериная нора, — заявил Витька. — Логово!

Тут уж все загомонили, требуя дать посмотреть и им тоже. Дед Валя только сердито цыкал. Если бы таинственная зверюга в самом деле обитала где-то поблизости, то уже давно бы услышала шум незваных гостей.

— На зверя такой толпой не ходят! — ворчал дед. — Баб еще с собой набрали! От них на охоте одни визги, никакого толку! Ягоды бы шли собирать. Самое бабское дело!

Однако подругам тоже удалось взглянуть в бинокль. И они были вынуждены признать, что примерно в полукилометре от них в холме в самом деле виднеется какой-то лаз. Возможно, это и была нора неведомого зверя.

— Там он! — возбужденно твердил Коля.

— После ночного разбоя отсыпается!

— Там мы его и сцапаем!

Дед Валя в сердцах плюнул.

— Этот зверь должен быть глухим и полностью лишенным нюха, чтобы вам удалось его сцапать! — сердито заявил он. — Вы же толчетесь тут и шумите, как стадо кабанов. И ветер дует в сторону зверя. Он должен был вас учуять.

Но это здравое замечание никак не остудило головы молодых охотников. Они продолжали возбужденно переговариваться. И прикидывать, как будут выкуривать зверя из норы.

— Нету там никого, юные вы идиоты! — ворчал на мужчин дед. — Чтобы вам удалось кого-то изловить, зверь должен быть еще и слепым к тому же! Торчим тут на самом холме. Нас же как на ладони со всех сторон видно.

Тем не менее он пошел вместе со всеми, как он говорил, юными идиотами к норе. В том, что это именно нора, ни у кого не возникло ни малейших сомнений. Один Валин дед снова был недоволен.

— Не бывает у зверя таких нор! — ворчал он. — Дикий зверь — существо умное. Он такого входа, чтобы со всех сторон его видно было, никогда не устраивает. Это же не нора, а вход в метро! Пару светильников по бокам и сверху — вывеску!

Нора в самом деле выглядела довольно странно. Огромная черная зияющая пасть, уходящая в глубь холма. В такую нору легко мог пролезть человек. Ну да, теоретически мог бы. Но что-то никому не хотелось туда лезть и, быть может, столкнуться в узком темном ходу нос к носу с неведомой тварюгой.

— Чтобы такую нору вырыть, экскаватор нужен, — продолжал бурчать дед Валентин.

— Может быть, это особенный зверь, — предположила Карина, прислушавшись к словам деда. — Ему плевать, видно его или нет.

В это время все мужчины сгрудились возле отверстия в земле. И прислушивались, не раздастся ли каких-либо звуков.

— Зверь там, в норе! — внезапно воскликнул Витька. — Я его чую! То есть слышу! Он шевелится!

— Будем копать! — решительно заявил Коля.

Однако это было легче сказать, чем сделать. Чем копать-то? Ведь никто из отряда не захватил с собой лопат. Оружие, да, захватили. Но никто ведь и не предполагал, что им придется выкапывать зверюгу из-под земли.

— Без лопат нам тут не управиться. Нужны лопаты.

Пришлось отрядить несколько человек в обратный путь к дому Вали, где в пристройке садовника имелось в избытке разного инвентаря. Пошел сам Валя, Сергей и Света. Едва Карина увидела, как соперница собирается отправиться вместе с ее мужем, она попыталась встать и тоже двинуться следом.

— Не ходи, — остановила ее Леся. — Ты вся бледная. И под глазами синяки.

— Знаю, — прошептала, едва не плача, Карина. — Ужасно устала! Ноги просто гудят! И спина разламывается.

— Так не ходи. В твоем положении столько ходить пешком уже вредно.

— Но как я могу оставить Сережку и эту девицу? Ты же видела! Она на него буквально вешается!

— Валя тоже пойдет с ними!

— Я тебя умоляю! — скорчила презрительную гримаску Карина. — Этот Валя, между нами говоря, просто лопоухий веник! Будь на его месте настоящий мужчина, он бы уже давно начистил рыло Светке или Сергею. Или даже им обоим вместе! А этот...

И Карина пренебрежительно махнула рукой.

— Тогда я пойду с ними, — сказала Леся.

На лице Карины промелькнул лучик надежды.

— А ты будешь хорошо за ними следить? Я имею в виду за этой Светкой?

— Будь уверена! Прилеплюсь так, что и захочет, да от меня не отстанет.

И, только заручившись клятвенным обещанием Леси, Карина наконец оставила в самом деле безумную идею двинуться сразу же в обратный путь. Она осталась с частью отряда возле норы караулить, как бы неизвестный зверь не сбежал. Валя хотел оставить свой пистолет, но дед решительно заявил:

— Оставь себе! У меня есть мое ружьишко! Не подведет!

Валя собирался что-то сказать. Но передумал. И молча кивнул.

Раскапывать нору пришлось всем по очереди. Подходящих лопат нашлось всего две штуки. Но зато желающих ими поработать — хоть отбавляй. И постепенно нора стала выглядеть словно воронка, получившаяся от прямого попадания бомбы. Вокруг нее была раскидана земля, корни, камни и куски дерева. Но работа продвигалась вперед. И вскоре стало ясно, что внутри в норе в самом деле кто-то есть.

— Пыхтит!

— И шебаршится!

— И скребется!

— Там зверь! В норе.

И, сделав этот вывод, мужчины поплевали на руки и с новыми силами взялись за лопаты. Нора была очень длинной. И такой огромной, что было просто удивительно, какого же размера должен быть зверь, чтобы ее вырыть?

— Что-то он притих! — озабоченно произнес Коля.

— Выжидает.

— Как бы не набросился.

— Может быть, уже посветить внутрь?

Это предложение поступило от Таньки. Она стояла возле раскопанной норы с готовым фонариком в руках. И тут же, не дожидаясь согласия остальных, она нажала на кнопочку. И луч света ударил внутрь.

— Ай! — взвизгнула Танька. — Монстр! Ай! Ай!

Фонарик выскользнул из ее рук и разбился. А сама ослабевшая Танька снова по укоренившейся уже у нее привычке рухнула в обморок. Но сейчас всем было не до нее. Все желали смотреть на жуткое чудовище, спрятавшееся в глубине огромной норы. Один только дед Валя продолжал бурчать, что дикие звери так себя не ведут. Чувствуя, что их прижали к стенке, они атакуют, а не прячутся.

Про упавшую Таньку все забыли. Не до нее было. У Вали тоже нашелся фонарик. И он направил слегка дрожащий луч света внутрь норы. Вначале ничего не было видно. А потом появилось нечто ужасное, бесформенное и чудовищное. Валя судорожно сглотнул, Кира открыла рот, чтобы завизжать, Карина громко ахнула, и в этот момент прозвучал голос Сергея:

— Это просто тень от корня. А где же сам зверюга?

И в самом деле, испугавшая Таньку фигура была просто тенью от торчащей из земли коряги. Нора же была пуста. Впрочем, нет, не совсем. В самой дальней ее части копошилось что-то маленькое и пушистое. Валя протянул руку. И извлек на свет трогательного лопоухого кролика. Малыш жмурился и шевелил ушами. Его мягкая шерстка была перепачкана землей и песком. Но крови на нем не было. И кролик выглядел целым и невредимым.

— Так вот кто шебаршился в норе! — воскликнул

Сергей. — Надо же! Какой маленький, а сколько от него шума!

— Постойте! — вмешалась Евгения Валентиновна. — Что за кролик? Покажите его мне!

Валя передал кролика матери. Она внимательно оглядела его и кивнула:

— Это наш кролик!

— Наш? — изумился Валя.

— Ну да. Один из тех, кого зверь зарезал сегодня ночью!

— Но он живой!

— Видимо, чудовище принесло его к себе в нору.

— И не тронуло?

— Оставило на десерт... — пожала плечами женщина.

И, прижав к груди перепачканного землей кролика, заворковала над ним:

— Маленький ты мой! Перепугался! Все твои друзья и родственники мертвы. А тебе повезло!

Кролик шевелил ушами. И расстроенным ничуть не выглядел. Видимо, любые перемены в своей судьбе, как хорошие, так и плохие, он воспринимал с похвальным смирением. Евгения Валентиновна унесла спасенного малыша подальше от норы. А ловцы, сгрудившись у норы, принялись обсуждать ситуацию.

Что и говорить, ситуация была не из самых лучших.

— Логово мы разорили, но зверя тут нету.

— Кролик не в счет.

— Разумеется, не в счет! Мы же не за ним пришли.

— А куда делся сам зверь?

— Сбежал!

Один дед Валя не участвовал в обсуждении. Он разглядывал стены норы. И снова бурчал что-то себе под нос.

— Что вы, дедушка, все время сердитесь? — спросила у него Кира.

На то, что сердитый дед снизойдет до ответа, она не рассчитывала. Но, видно, у старика здорово накипело на душе, потому что он в сердцах ответил:

— Если бы не знал, что зверь нору вырыл, то, честное слово, решил бы, что человек тут поработал!

— Почему? — оторопела Кира, в глубине души решившая, что у старика начался старческий маразм, вот ему все и кажется, и чудится, чего не было и быть не могло. — Почему человек?

— А ты сама погляди! Корень в норе как чисто срезан. Словно лопатой его отрубили.

Кира заглянула в нору. В самом деле в глубине ее виднелся срубленный корень. Должно быть, он был большим и крепким. Обогнуть его не получалось, вот и пришлось срубить.

— Разве зверь так может? — допытывался у Киры дед. — Я тебя спрашиваю?

— Нет. Может быть, наши лопатой задели?

— Никто не задевал.

— Но следы вокруг, — развела руками Кира. — Зверь тут жил.

— Да разве же я спорю с этим?! Ясное дело, жил. Только вот вопрос, кто его тут поселил, а?

И дед пристально посмотрел на Киру, словно подозревал, что это ее рук дело. Кира помотала головой. И на всякий случай отступила подальше от сварливого старика.

— О чем это вы тут разговариваете?

Быстро оглянувшись, Кира увидела позади себя Валю. Он незаметно подошел к спорящим и теперь прислушивался к словам деда.

— Что ты тут всех мутишь? — спросил он у старика. — Лучше скажи, в какую сторону зверь ушел?

— Это я тебе скажу! Только тебе это вряд ли пригодится.

— Почему?

— Собака не человек, его преследовать, пожалуй, и замучаешься. Особенно, если навыков у тебя таких нет.

— Дед, но ты же сам старый следопыт, — попытался подольститься к нему Валя.

— То-то и оно, что старый, — сурово кивнул дед. — Поздно мне уже по лесам бегать. А ты, внучок, не в меня пошел. На охоту тебя мать со мной не пускала. Навыков у тебя за зверем идти нету. Так что, считай, упустили мы его.

Валя помрачнел. А дед продолжал:

— И вот что я тебе еще скажу, внучок! Не ждать нам теперь добра!

— Что?!

— А то! Логово мы у зверя разорили! Считай, войну начали.

— Он первый начал! — вмешался в разговор Коля. — Кроликов убил.

— Верно, — поддержала его Нико. — А то, что до курочек не добрался, так это уж их собственная заслуга.

На это дед ничего не ответил. Но вид у него был мрачный. И всю дорогу до дома он, не переставая, бурчал и ворчал себе что-то сердитое под нос.

А дома всю компанию поджидал новый сюрприз. Исчез Олег. Его постель была смята и пуста. Впрочем, ничего удивительного в этом не было. Со всей этой возней с таинственным зверем гости совсем потеряли счет времени. А между тем давно миновал полдень. И Олег, придя в себя после вчерашнего, собрался и отправился по своим делам. Прибраться в его комнате вызвались сами подруги.

Постоянной прислуги в Валином доме пока что не было, не считая повара и двух девушек, специально приглашенных для званого обеда. Так что Евгения Валентиновна пошла на кухню, чтобы поторопить повара с обедом, а также посмотреть, нельзя ли ему чем-нибудь помочь.

— А мы вам поможем с уборкой, — сказала Таня.

И первой отправилась по комнатам. Вообще-то, Олег был аккуратен. Подругам только и нужно было, что снять белье, которое оказалось немножко испачкано кровью из порезов. И закинуть испорченный комплект в стиралку.

Танька предлагала выкинуть, но хозяйственная Леся не дала ей этого сделать.

— Гарнитур — чистый хлопок! — возмутилась она. — А выделка какая! Материал гладкий как шелк. И такую замечательную вещь в помойку?

— Пятна не отстираются. Засохли уже!

— Ты когда в последний раз вообще белье стирала? — сурово поинтересовалась у нее Леся. — Еще в школе дело было?

— Ну, давно, — призналась Танька. — У нас обычно мама стирает. А что?

— А то, что с тех пор бытовая химия ушла далеко вперед. Сейчас такие средства есть, что не только траву с белых брюк или пятна вишни с шелка отстирают, но даже и потекшую пасту от шариковой ручки расщепят так, что и следа от нее не останется.

И Леся бодро запихнула комок с бельем в стиралку, от души сыпанула туда порошка с кислородным отбеливателем из веселенькой голубенькой коробочки. И, лихо включив машину на максимально долгом режиме с предварительным замачиванием, произнесла:

— Десять рублей коробка, которой хватает на десять стирок. Итого, по рублю за раз. Недорого, верно?

Видимо, Таньке стало завидно, как ловко это получилось у Леси, потому что ее тоже обуяла жажда деятельности.

— Тогда я пол помою! Где-то я тут новенькую швабру видела!

Танька умчалась. А через минуту вернулась с хорошенькой веревочной шваброй на красной ручке. К швабре прилагалось такое же красное ведро, в котором можно было эти веревочки отжимать, не пачкая своих белых ручек. Не мытье полов, а сплошное удовольствие!

Что и говорить, наука и техника шагнули вперед так далеко, что невольно становилось жаль наших бабушек и прабабушек. Драили, бедняжки, белье на стиральных досках, возюкая по нему куском вонючего хозяйственного мыла. Еще хорошо, если горячая вода была. А то ведь и в речках стирали. Вообще мрак!

Стиралка мирно жужжала где-то за стеной. Танька возила шваброй по полу. И подруги вели разговор о том, что им пришлось пережить за сегодняшнюю ночь и день.

— Страшно-то как, девчонки! — произнесла Леся. — Это же настоящее чудовище по округе бегает!

— А мы еще тем мужикам у озера не поверили. Посмеялись над ними. Прямо хоть беги и извиняйся перед людьми.

— Ага! Так они тебя там и ждут!

Внезапно Танька перестала возить шваброй по полу и произнесла:

— Ой, а что это тут такое?

— Что?

— Где?

— Ключи вроде бы!

3 – 2

С этими словами Танька подняла ключи.

— Не те ли, что Евгения Валентиновна искала?

— Это не от дома! — возразила Леся.

— Это ключи от машины! Вот и брелок с сигнализацией на них!

— От машины? — удивилась Танька. — От чьей?

— Судя по тому, что брелок с фенькой «Ниссана», то от этой машины.

— А у кого из наших есть «Ниссан»?

Подруги принялись вспоминать. Но счастливый обладатель «Ниссана» им на ум упрямо не шел.

— Минуточку! — внезапно произнесла Кира. — А при чем тут наши? Кто в этой комнате спал?

— Олег спал.

— Стало быть, это его ключи и есть!

— И что, он их потерял?

— Ну да.

— Надо ему их вернуть!

— Да, надо. Но как?

В самом деле, на память о себе Олег не оставил ничего. Ни визитки, ни адреса, ни телефона. Подруги даже его фамилии не знали. Пришел человек, переночевал и ушел, ни с кем не простившись. Некоторое время подруги размышляли.

— А к кому Олег должен был идти? Куда?

— Когда на него зверюга напала!

— А! Так к клиенту!

— И как, он сказал, зовут его клиента?

— Бадякин, — неожиданно произнесла Танька. — И Валя этого Бадякина знает. Во всяком случае, когда Олег назвал эту фамилию, Валя сразу же заметно расслабился. И еще добавил: «А, это у которого желтый дом!»

— Вот! — кивнула головой Кира. — Все и объяснилось. Теперь ясно, как было дело. Олег проснулся, увидел, что нас в доме никого нету. Удивился, вспомнил про свои дела и прямиком к этому самому Бадякину и отправился!

— В тех самых лохмотьях, в которых мы его вчера в лесу нашли?! — ужаснулась Леся. — Не может быть! В таком виде он бы из дома не высунулся!

Но все оказалось гораздо проще. Вчера вечером Евгения Валентиновна — добрая душа положила в комнате их незваного гостя комплект чистой сухой одежды.

— Они с Валей примерно одного роста и телосложения, — пояснила она свой поступок. — А костюм у этого молодого человека пришел в полную негодность. И я его, даже не спрашивая согласия, выкинула. А Олегу дала Валины брюки и его старый пуловер.

Когда вопрос с одеждой, в какой мог уйти Олег, решился, подруги поняли, что остался еще один нерешенный вопрос. Ключи! Ключи от «Ниссана» Олега.

— Бедняга, наверное, не знает, где их посеял! Ходит, ищет, переживает.

— Если бы знать, где он оставил свою машину, мы бы могли отнести ключи туда.

— Лучше отнести их самому Олегу.

— А куда?

— Ну, наверное, он до сих пор у этого Бадякина в его желтом доме. Туда и отнесем.

— Скоро обед. Не успеем.

— Вряд ли тут далеко!

И подруги незаметно выскользнули из дома. Попутно они заметили, что Сергей качает Светку в гамаке, парочка о чем-то оживленно беседовала. А в нескольких метрах от них Валя и Карина делали вид, что любуются кустом роз. Но их перекошенные лица красноречиво свидетельствовали о том, что им явно не до прекрасных цветов.

— И чего Валька с ней цацкается?! — фыркнула Танька. — Тоже мне фифа! Давно бы прогнал взашей, и все дела!

— Не может, он любит ее!

— Любовь! — снова фыркнула Танька. — Да что он понимает в любви! Увидел эту Светку еще в первом классе, и ни туды и ни сюды. Можно подумать, что в мире нет других девушек.

— Зачем ему другие? Ведь любит-то он ее!

— А она его? Ведь ясно же, что — ни капли!

С этим подруги поспорить не могли. Поведение Светки и в самом деле мало напоминало поведение любящей невесты.

— И счастлив он с ней никогда не будет, даже если они и поженятся, — продолжала гнуть свое Танька. — А вот другие... другие могли бы дать ему счастье!

Искренность, с какой произнесла эти слова Таня, заставили подруг по-новому взглянуть на их бывшую одноклассницу. А что? Кто знает, что творится у нее в душе. Что, если под ее тусклой внешностью и слоем жирка бушует огонь страсти?

— Таня, а ты что?.. Ты влюблена в Валю? — в шутку спросила у нее Кира.

— Я?! — преувеличенно громко воскликнула Танька и рассмеялась: — Он же суслик!

При этом даже доверчивой Лесе было ясно, что смех ее насквозь деланый. И смеется Танька откровенно через силу. Зато слово «суслик» было произнесено с такой нежностью, скрыть которую Таньке не удалось.

Подруги переглянулись. Надо же, что творится у них прямо под носом! А они и не замечали. Оказывается, их толстая сплетница и неряха Танька влюблена в маленького Валю, который ей едва до плеча достает. Недаром говорят: мал золотник, да дорог. Так Таньке смысл этой поговорки был до боли ясен: не было для нее на свете дороже мужчины. Но Валя, увы, принадлежал телом и душой другой женщине.

До дома Бадякина подруги дошли молча. Танька была погружена в свои собственные переживания. А Кира с Лесей, сочувствуя ей, не знали, как отвлечь подругу от грустных мыслей.

Дом Бадякина был примечательным во всех отношениях. Начать хотя бы со странного выбора цвета, который говорил скорее об оригинальности хозяина дома, чем о его хорошем вкусе. Одним словом, дом был цвета детской неожиданности. И даже медная крыша не могла изменить общего впечатления. Крыша уже успела покрыться первым слоем окиси и покраснеть, и под лучами полуденного солнца она буквально сверкала.

Сам хозяин оказался дома. Но встретил он подруг неласково. Изо рта у него свисал кусок сала. А жирные руки он вытирал о свое собственное брюхо, туго обтянутое трикотажной майкой. Одним словом, большие деньги явно не смогли привить Бадякину хорошие манеры.

— Ну и чего явились? — поинтересовался он у подруг, обдав их таким густым ароматом чеснока, перегара и копченого мяса, что те зашатались и с трудом удержались на ногах. — Сразу говорю, покупать ничего не буду. Подписываться тоже. Не мешайте отдыхать трудовому человеку!

Огромный светло-бежевый «Мерседес» представительского класса, который просматривался за спиной Бадякина, радовал за судьбу трудового народа.

— Мы ничего и не продаем. Мы вам ключи принесли.

И Кира в знак того, что не врет, продемонстрировала Бадякину ключи от «Ниссана».

— Ну, и чё? Не мои ключики! У меня «мерин» дома отдыхает. А на таком говне я не езжу с восьмидесятых годов!

— Так это и не ваши ключи.

— Ну, ваще! — восхитился Бадякин. — Девчонки, вы с головой дружите или в дурке сегодня выходной? На что мне чужие ключи?

— Это ключи Олега.

— А я тут при чем?

— Отдайте их ему. Он их, наверное, ищет.

— Он их ищет, а я должен теперь Олега искать?!

— А разве он не у вас?

— Да с чего бы это?

— Он к вам собирался!

— Кто?

— Олег!

— Какой еще Олег?

— Ваш агент. Тот самый, которому вы дом собирались продать. Или, наоборот, купить другой.

Внезапно Бадякин побледнел. И, быстро протянув огромную волосатую ручищу, втянул подруг во двор.

— А ну, цыц! — приказал он им. — Кто вам такое настрекотал, будто бы я дом собираюсь толкнуть?!

— Так Олег и сказал. Агент по недвижимости, которого вы наняли. Он к вам шел, когда на него напали.

Некоторое время Бадякин молчал, сосредоточенно сопя. Он даже про кусок сала забыл. Тот так и свисал с одного угла его рта.

— Вот что я вам скажу, — произнес внезапно Бадякин и наконец вытащил сало изо рта. — Никакого агента я не приглашал. И вообще, это страшная тайна!

— Но дом вы продаете, верно?

— А-а-а! — внезапно взревел Бадякин. — Я все понял! Это вас Нинка подослала! Заподозрила, шалава, неладное! Не меня боится потерять, а дом этот сраный. Вот что ей дорого! Дрянь!

И, тесня подруг к выходу, Бадякин прокричал на всю округу:

— Так вы ей так и передайте! Не собирался продавать, а теперь точно продам! Голой от меня уйдет. Такой же, как и пришла! Под забором сдохнет! Тогда научится мужика ценить! Дура!

С этим воплем он окончательно выдворил подруг со своей территории. И захлопнул перед ними ворота. Некоторое время подруги стояли, не в силах шевельнуться. И лишь жадно вдыхали свежий воздух. Наконец чесночно-перегарная вонь немного выветрилась из их ноздрей. И они смогли прийти в себя.

— Что это было? — прошептала Леся. — А?

Но две ее подруги лишь головами потрясли.

— Настоящий мужчина! — произнесла Кира. — Самец!

— Эй! — раздался сдавленный шепот позади них. — Эй, вы!

Подруги обернулись, но никого не увидели.

— Да, вы, вы! Идите сюда!

Теперь подруги увидели, что в зарослях сирени стоит невысокая женщина. Ее круглое миловидное лицо не портили чуточку раскосые глаза и приподнятые скулы, доставшиеся ей от кого-то из восточных предков.

— Это правда, что вас тетя Женя прислала?

Подруги подумали и кивнули. В конце концов, какой вред принесет эта маленькая ложь?

— Слава богу! — воскликнула женщина. — А то я жду, жду! Идите сюда!

И она быстро шмыгнула за невысокую калитку. Подругам не оставалось ничего другого, как последовать за ней. Не оставаться же на улице, когда вас так настойчиво приглашают в дом. Они прошли за маленькой женщиной, которая двигалась так быстро, что уже стояла на крыльце, сжимая в руках что-то белое и продолговатое.

— Идите же скорей! — нетерпеливо поманила она их к себе. — У нас есть несколько минут, пока мой муж не вернулся из магазина.

— А что муж?

— Он дружит по-соседски с этим ужасным Бадякиным. И, конечно, не одобрит, что я приняла сторону Нины. Но что мне было делать? Олег был сам не свой! Сунул мне конверт и убежал. Я даже не успела ему сказать, что понятия не имею, где сейчас Нина.

— А что случилось?

— Ах, бедная женщина! Бедная! Как он на нее орал! А потом просто выгнал ее на улицу! Опозорил перед всеми соседями. Что они могли подумать, слыша его вопли! Ужас, ужас!

И она неожиданно замолчала, словно замерев в трансе. А затем так же неожиданно отмерла, протянула подругам то самое белое и продолговатое, что все время держала в руках, и воскликнула:

— Вот! Передайте это Нине! Срочно!

«Этим» оказался конверт. Белый и продолговатый. Без обратного адреса, без марки, вообще без чего бы там ни было. Зато он был основательно заклеен. Не подкопаешься.

— Скажите ей, что это от Олега! — произнесла женщина. — Ах, какой человек этот Олег! Вот уж кто не похож на Бадякина, так это он! Боже мой, как подумаю, ведь Нина могла бы быть так счастлива с Олегом! И зачем ей понадобилось выходить замуж за этого жуткого хама и грубияна!

— За Бадякина?

— Вы его видели! — утвердительно кивнула маленькой гладко причесанной головкой женщина. — Невыносимый человек!

— Грубоват.

— С посторонними он еще ничего. А с Ниной обращался просто ужасно, чудовищно, отвратительно!

— А Олег...

— Вот Олег, он совсем другой! Настоящий рыцарь. Обязательно передайте Нине его письмо!

И снова мечтательный взгляд куда-то вдаль. Но затем на дороге раздался шорох шин. И Нина затрепетала.

— Ах, ради всего святого! Муж вернулся! Возьмите же этот конверт!

Кира взяла.

— И спрячьте его! Спрячьте!

Кира спрятала.

— И уходите! Мой муж вернулся! И помните, он не должен ничего знать.

И с этими словами трепещущая женщина очень ловко спихнула подруг с крыльца дома. Так что они лишь мельком увидели ее мужа. Он оказался маленьким кругленьким толстячком со славным, немного утомленным лицом. Выгрузив из автомобиля несколько сумок с продуктами, он поволок их в дом. Вот уж кто не тянул на домашнего деспота, так это именно он. Однако его жена трепетала. Впрочем, возможно, что она трепетала не за себя, а за подругу Нину. Девушки уже поняли, что произошло. Видимо, у Бадякина и его жены произошла супружеская размолвка. И женщина ушла из дома своего мужа.

— Не Олег ли послужил тому причиной? — пробормотала Кира, пока они брели обратно к Валиному дому.

— Одно ясно, тут какая-то любовная история. Олег, эта Нина и сам Бадякин!

И глаза Таньки загорелись фанатичным огнем. За неимением собственной личной жизни она была готова довольствоваться проблемами других людей. И теперь с таким вожделением поглядывала на конверт в руках у Киры, что та сочла нужным предупредить:

— Читать чужие письма некрасиво.

И спрятала конверт подальше. Спрятать-то она его спрятала, да что толку? Ведь никто из подруг не знал места обитания Нины, изгнанной жестоким супругом из их миленького желтого коттеджика с красной медной крышей. И куда в таком случае прикажете отправить письмо?

— Вообще не понимаю, зачем ты его взяла? — ворчала на подругу Леся, когда они с трудом избавились от Таньки и под предлогом мытья рук заперлись в ванной комнате.

Эта ванная была совмещена с санузлом. Так что «мыть руки» тут можно было хоть до бесконечности.

— А что мне было делать? — оправдывалась Кира. — Я просто растерялась.

— И как мы теперь найдем Нину?

— Найдем Олега.

— Бедный Олег! — вздохнула Леся. — Шел к своей любимой через лес, через бурелом, чудом избежал смерти от клыков диких зверей...

— Одного дикого зверя, — поспешила вмешаться любящая точность Кира.

— Хорошо, одного дикого зверя. Но ведь он шел к ней! К своей любимой! К Нине!

— Ага, шел. А нам наврал, будто бы агент по недвижимости. Я еще удивлялась, агент, а ездит на такой отличной машине. И костюм у него не меньше чем на штуку баксов потянет. И ботиночки долларов на триста в сезон распродаж. Тоже мне агент!

— Видимо, он все же дошел сегодня до дома Бадякина, — задумчиво произнесла Леся. — Понял, что его Нины там нет, и оставил письмо ее подруге из дома напротив.

— Видимо. А нам что делать?

КРАСОТКА НА ВСЕ РУКИ

Этого Леся не знала. Но считала, что письмо они должны в любом случае передать адресату. А если нет, то в крайнем случае вернуть отправителю. Ведь это было явно любовное письмо. И его потеря могла лишить счастья двух славных и явно обожающих друг друга людей. Опальную Нину Бадякину и спасенного ими от дикого зверя Олега.

— Вдруг он назначает ей там время и место, где они должны встретиться, чтобы сбежать от жестокого мужа!

— Прямо девятнадцатый век! — фыркнула Кира. — Любовные письма! В наше время у всех есть мобильники или Интернет. И любовные письма давно заменили короткие записочки со смайликами.

— А у Нины и Олега, видно, глубокие чувства! Раз они обмениваются настоящими письмами.

Обоим несчастным влюбленным подруги от души сочувствовали. И потому решили:

— Найдем Нину и отдадим ей письмо!

Но это похвальное намерение подруги решили отложить на потом. По крайней мере, на некоторое время. Потому что сейчас они хотели только одного — есть! Причем есть хотелось до такой степени, что подруги чувствовали: еще немного, и они способны слопать даже конверт со всеми любовными признаниями, которые настрочил там Олег.

И чтобы не допустить этого несчастья, девушки закрыли воду в кранах и пошли в столовую.

ГЛАВА ПЯТАЯ

Зверски проголодались абсолютно все. Так что некоторое время за столом было слышно лишь дружное чавканье, чмоканье и восхищенное постанывание. Что и говорить, Евгения Валентиновна и повар превзошли самих себя. Они уж постарались, чтобы сегодняшний обед с лихвой вознаградил бы оставшихся в доме гостей за перенесенные ими страдания. Излишне говорить, что коронным блюдом было кроличье рагу, к которому, как заметили подруги, сама хозяйка так ни разу и не притронулась.

Подруги, как ни было им жалко забавных зверьков, подобной выдержкой не обладали.

— Прямо ем и слезами в душе умываюсь, — призналась Леся после первых двух глотков.

— Голод не тетка, — здраво заметила Танька, тоже с трудом запихивая в себя кусок кролика, еще вчера весело скакавшего по травке.

Кира ничего не сказала. Но ее глаза подозрительно покраснели. Зато все прочие, кто не успел при жизни познакомиться с кроликами, уплетали нежное мясо за обе щеки. Проголодавшиеся мужчины расправились с блюдом в один присест. А Коля с разрешения дам даже протер куском мягкой булки остатки соуса с блюда, чем вызвал страдальческий взгляд Евгении Валентиновны.

Впрочем, блюдо быстро унесли. И на стол поставили вторую перемену, состоящую из молодого барашка в чесночном соусе. Вот барашка не было жалко даже чувствительным подругам. Они его слопали с большим аппетитом, не кривя нос от чеснока. И Евгения Валентиновна тоже уделила этому блюду особое внимание.

Потом ели сладости. И пили крепкий горячий кофе, который был тем приятней, что последовал после барашка. Витька вел себя вполне прилично. После отъезда вчера вечером его дружков он сразу присмирел. И сейчас просто болтал с Колей о достоинствах и недостатках разных марок машин. Обычный мужской треп.

Сразу же после обеда Карина снова начала тянуть своего Сергея домой.

— Поедем, поедем, — ныла она. — Сколько можно надоедать людям.

Но Сергей, кажется, вовсе не думал, что он тут кому-то надоедает. Между ним и Светкой проскочила уже не одна искра, но еще вполне ощутимо искрило. Подруги только диву давались, как этим двоим удается крутить роман прямо под носом у своих половин. Вот уж поистине, наглость — это второе счастье. Во время обеда Сергей уселся по правую руку от Светки, совершенно не обращая внимания на убийственные взгляды жены. И ухаживал он тоже подчеркнуто только за Светкой. Остальных женщин для него просто не существовало.

— Не перестаю удивляться Вале, — прошептала на ухо Кире Леся. — Карина понятно, у нее ребенок. Она боится остаться одна. Вот и терпит. Но Валя? Ему-то это зачем?

Киру тоже удивляла реакция Вали. Он никогда не был ни дураком, ни слепцом. А тут уж и слепой бы заметил, что невеста откровенно кокетничает с другим. Тем не менее Валя не торопился гнать Сергея из своего дома. И даже напротив — когда Карина начала тянуть мужа в сторону их семейного очага, Валя выступил с протестом:

— Зачем вам куда-то ехать? — произнес он. — Вечером поедете!

Все, включая его собственную мать, воззрились на него как на полоумного. Евгения Валентиновна даже тихонько ахнула. А дед Валя, глядя на выкрутасы невесты внука, крякнул, не в силах сдерживать свои чувства.

— Эх, внучок, внучок! — с досадой произнес он. — Не в отца ты пошел. Уж он бы...

Что сделал бы отец Вали, никому узнать в этот раз не довелось. Потому что Евгения Валентиновна поспешно вскочила со своего места и, схватив деда за руку, поволокла прочь.

— Пойдем, папа, тебе надо прилечь! В твоем возрасте вредно переутомляться.

Дед и не думал сопротивляться.

— Пойду! — соглашался он. — Глаза б мои на этого малахольного не глядели! Не в отца наш Валька пошел. Тот джигит был. И не моя в нем кровь. Я-то в молодости о-го-го...

Но что там вытворял дед Валя в молодости, никому, кроме его дочери, услышать не довелось. Дверь захлопнулась, и голос деда затих.

После ухода деда Карина приступила к новой осаде Сергея. Но тот лишь молча отстранил жену, отрицательно покачав головой. Они остаются. И точка.

— Ой, не к добру все это! — прошептала Танька, округлившимися глазами глядя на Валентина. — Помяните мое слово, не к добру. Все перегрызутся.

Однако до вечера ее предсказание не сбылось. Каким-то образом компании бывших одноклассников удалось заново сплотиться. Ну, почти как в школьные годы, когда они единым фронтом выступали против завучихи по прозвищу Гипотенуза, зловредно составлявшей расписание таким образом, чтобы целых два урока физкультуры попадали в середину учебного дня. Нет, чтобы поставить их в конец и дать всем освобожденным от этого мучения ученикам возможность прогулять ненужное занятие.

И вообще, Гипотенуза отличалась редкой злопамятностью. И за одну-единственную кнопку, подложенную ей под попу еще в пятом классе, изводила весь класс «А» до самого его выпуска. То есть еще целых пять лет. Но в этом была и своя польза. Прежде разрозненные ученики сплотились и даже сдружились против своего заклятого врага.

Вот и теперь, когда появилась угроза, пусть и не такая страшная, как в пятом классе, но все равно достаточно жуткая, бывшие одноклассники почувствовали былую сплоченность. И после обеда никто никуда не ушел. Все устроились возле дома в шатре из красивого парашютного зеленоватого шелка. Тут было прохладно и комфортно. А специальная москитная сетка закрывала вход и окна.

Вся компания устроилась на изящных плетеных креслах и стульях. Для желающих поваляться после еды имелся надувной матрас-кровать. Некоторое время в шатре царила тишина. Все были заняты перевариванием пищи и поеданием фруктов, которые принесла им на красивом фаянсовом блюде Евгения Валентиновна.

— Веселитесь, молодежь. Кайфуйте. А я пойду прилягу, — с усталым вздохом сказала она. — В моем возрасте такие приключения уже не вызывают восторга.

Ее никто не задержал. И, помедлив немного, она кинула странный взгляд на Светку, которая устроилась рядом с Сергеем, потом кинула полный сочувствия взгляд на Карину, полный укоризны — на сына, снова вздохнула и ушла. Никто не обратил на ее уход никакого внимания. Каждый был слишком занят своими собственными мыслями.

Первым нарушил молчание Витька.

— Если твой дед прав, то пес теперь еще больше озлобится, — произнес он, ковыряя перочинным ножиком ногти. — Может быть, тебе лучше уехать отсюда? На время?

— Ни за что! — неожиданно твердо заявил Валя. — Это мой дом! Я давно мечтал о своем собственном доме. Я его строил, вкладывал в него силы и деньги. Поверьте мне, и немалые. И теперь, когда дом наконец готов, я никуда отсюда не уеду!

— Сегодня пес зарезал кроликов, завтра доберется до кур, а там... Глядишь, и на людей нападать начнет. На одного человека он уже напал.

— Вот именно! Тот тип сам сказал, что остался жив только благодаря нам. А если бы мы не пришли? Что бы с ним было? Эта зверюга вернулась бы и загрызла парня насмерть!

Витька всего лишь озвучил те мысли, которые бродили в головах у всех. И именно поэтому, услышав произнесенные вслух их собственные мысли, все похолодели. У впечатлительной Леси, представившей себе истерзанное тело Олега, так и вовсе дыхание в груди сперло. И несколько мучительных мгновений ей казалось, что ее легкие окончательно атрофировались и сейчас она задохнется.

Наконец ей удалось справиться с нервным спазмом. Воздух пошел в легкие. И Леся застонала от облегчения. Но остальные восприняли ее стон по-своему.

— Не ной! — раздраженно бросила ей Танька. — Не нагнетай обстановку. Вале и без тебя страшно!

Это было не самое умное ее замечание. Услышав, что его считают трусом, Валя обозлился.

— Я поймаю эту тварюгу! — воинственно заявил он. — Не хватало еще, чтобы мои гости или я сам кого-то опасался на собственной земле!

— Но тварь поселилась тут без твоего разрешения.

— Тем более! Если зверь не хочет добром понимать, кто тут хозяин, то я ему докажу.

— Что докажешь?

— Не докажу, так покажу!

— Что же ты ему покажешь?

— Уничтожу тварь, и все тут!

Лицо Вали при этих словах исказилось от гнева. Глаза сверкали. А брови встопорщились, словно иглы у дикобраза. Несмотря на долгое знакомство, подруги видели Валю если не в ярости, то, во всяком случае, в состоянии, близком к ярости, впервые. И были поражены. Светка, судя по всему, тоже. Ее словно ветром снесло с матраса, на котором она мило ворковала с Сергеем.

— Валя, Валечка, — примирительно забормотала она. — Не злись так. Подумаешь, бродячая собака! Плюнь и забудь! Не стоит так злиться!

Но Валю уже понесло:

— Не допущу! Не допущу, чтобы в моем собственном доме, на моей собственной земле творилось черт знает что такое!

— Валечка! Но что же делать?! — взмолилась перепуганная Танька. — Даже твой дедушка, он охотник, но...

— Валин дед уже старый! — неожиданно громко вмешалась Карина. — Тут нужен профессионал!

Все замолчали и удивленно посмотрели на нее.

— Профессионал?

— Вот именно. И у меня есть один такой на примете.

— Кто он?

— Дрессировщик диких зверей.

Все снова изумленно уставились на молодую женщину. В том числе и Сергей. Этот вообще таращился на Карину с таким видом, словно впервые хорошенько рассмотрел свою жену.

— Что ты имеешь в виду? — строго спросил он у нее. — Где это ты с ним познакомилась? С этим дрессировщиком?

— Не только у тебя одного есть одноклассники! —

отрезала Карина. — Я тоже училась в школе. И тоже дружила с ребятами.

— Так это твой одноклассник?!

В голосе Сергея слышалось одновременно облегчение и пренебрежение. Кажется, одноклассников своей жены он в качестве соперников всерьез не рассматривал. Странно. Ведь сам он...

— Одноклассник, да, Кариночка? — обратилась к ней Леся.

— Ну да. Почти.

— Что значит, почти? — снова насторожился Сергей.

— То и значит! Мы с ним учились вместе до восьмого класса. А потом он ушел в училище.

— В цирковое?

— Почему? — оторопела Карина.

— Ну, ты сказала, что он дрессировщик, — пояснила за всех Танька. — Вот мы и подумали, что он там учился.

Все согласно закивали головами. Мол, верно, все так и подумали.

— Нет. Не там он учился.

— А где?

— Но это же к делу не относится. Просто последние годы он занимается тем, что дрессирует собак. Учит их слушаться команды хозяина, натаскивает собак охранников и сторожей. И всякое такое.

Валя помотал головой:

— Не надо. Я эту тварь дрессировать не собираюсь.

— Так я же не договорила! Он не только этим занимается!

— И что еще?

— Еще Кеша подрабатывает, отлавливая бродячих животных.

— Вот это уже ближе к делу, — заинтересовался Валя. — У него большой опыт работы с ними?

— Достаточный.

— Звони! — решительно велел ей Валя. — Звони и зови его сюда. Немедленно! Скажи, что я заплачу любые деньги. Но чтобы к вечеру этой твари на моем участке не было!

Карина кивнула. И взяла мобильник, висевший до этого у нее на шее на цепочке. Пока женщина набирала номер, Сергей продолжал недовольно таращиться на жену.

— Кеша? — наконец хмуро выговорил он. — Так он тебе еще и Кеша?

— А что такого? Мы же с ним старые приятели.

И на губах Карины заиграла странная улыбка. Кажется, женщина была чрезвычайно довольна собой и тем, в какую сторону развивается ситуация. Подруги тоже порадовались за нее. Почуяв соперника, Сергей мигом забыл про Светку. И теперь не сводил глаз с жены, пытаясь понять, чудится ему это или у его подозрений в самом деле есть основания.

Ура, Карина могла торжествовать! Испытанное средство сработало и на этот раз.

По этому поводу можно сказать только следующее: милые женщины, если ваш муж перестал обращать на вас внимание, не следует лить слезы и надоедать ему своими упреками, являясь из ванной зареванной, с распухшим носом и красными глазами-щелочками. Лучше дать ему понять, что как он ни привлекателен, но в этом мире, кроме него, есть еще и другие мужчины. И они вполне способны занять его место.

Как ни печально это признать, но зачастую ревность и дух соперничества оказываются куда более сильными чувствами, чем жалость и порядочность. Так что мужчина, не пожалев вас, но почуяв, что у него есть соперник, ни за что не оставит вас больше в одиночестве. Куда там, не оставит! Будет дневать и ночевать возле вас, стараясь вычислить, кто же он. И главное, выросли у него самого рога или только еще намечаются.

Однако всегда следует помнить, что ревность — это средство чрезвычайно сильное. И пользоваться им следует буквально по каплям, в микродозах. Иначе ваш брак может скоропостижно скончаться. А оправданная ревность может вызвать летальный исход даже у самой сильной любви.

Лишь легкие подозрения. Причем настолько легкие, что при желании могут быть быстро развеяны. Не следует применять это средство также к людям, страдающим и без того обостренным чувством ревности. Боже упаси! Тут уж последствия могут быть поистине катастрофическими. И вместо любящего и пылающего страстью мужа женщина рискует приобрести разъяренное чудовище и пару сломанных ребер в придачу.

Но пока что Карина двигалась в правильном направлении.

— Кешенька! — прощебетала она в трубку. — Да, это я — Карина. Ты меня узнал? Вот как? Всегда узнаешь? Мой телефон у тебя в памяти? Ах, в памяти телефона. Чудесно. Просто чудесно. Кеша, а ты сейчас занят? Ах, для меня всегда свободен... А у меня есть к тебе маленькая просьбочка. Да нет, ничего личного. Ты должен приехать в одно место и изловить одно животное. Какое животное? М-м-м... Ну, скажем, что это большая собака. Очень большая и дикая. Справишься? Ах, вот как. И с волком справишься. Тогда эта работа буквально создана для тебя. Хорошо, записывай, куда ехать.

И, продиктовав ему адрес Валиного поселка, она снова прощебетала в трубку:

— Все, ждем. Да, муж тоже тут. Хорошо, передам.

Сергей исподлобья взглянул на свою жену.

— Что этот тип велел мне передать?

— Сказал, чтобы ты помнил, какое сокровище у тебя жена! — задорно ответила ему заметно повеселевшая и похорошевшая Карина.

В ответ на слова жены Сергей сердито засопел и заявил, что хотел бы посмотреть на этого укротителя. И сдается ему, что это никакой не дрессировщик, а обычный жулик. А Карина просто дура, если верит всем его россказням о собственных геройствах. Наверняка волка этот мужик и вблизи-то не видел. Разве что в зоопарке.

Наблюдавшие эту сцену подруги переглянулись. Все-таки удивительное дело, эта мужская влюбленность. Даже самая невзрачная девушка может показаться другим мужчинам красавицей, если окружена толпой поклонников. Все дело тут, думается, в стадном инстинкте: куда все, туда и я.

Дрессировщика ждали до вечера. Никто больше не заикался об отъезде. Всем было любопытно, чем же все-таки закончится эта история с собакой-волком.

Наконец долгожданный гость прибыл. На первый взгляд он производил странное впечатление. Конечно, никто из присутствующих до сего дня близко не был знаком с дрессировщиками хищных животных. Но все же всем казалось, что они должны производить впечатление сильных, уверенных в себе мужчин.

Прибывший Кеша оказался невысок ростом, упитан и уже начинал лысеть. Кроме того, его пикап оказался украшен огромной картинкой прыгающей через барьер овчарки. А изнутри разрисован картинками и облеплен наклейками с изображениями хищников. Одним словом, несерьезный такой, забавный фургончик — под стать хозяину.

А вот собака, которая прибыла с дрессировщиком, была хороша. Чудесная, шоколадного цвета такса с черной шелковистой спинкой и маской на мордочке. Чистопородная. Очень крупная и сильная. Густая шерсть, ясные умные глаза, которые внимательно следили за всем вокруг. И большие уши, которые шевелились, когда кто-то начинал говорить. Казалось, собака понимает все, что происходит вокруг нее.

Выходя из машины, Кеша умудрился зацепиться за подножку и свалился в грязь. Подругам показалось, что такса отреагировала тем, что пожала плечами и возвела глаза к небу.

— И вы профессионал, говорите? — недоверчиво произнесла Евгения Валентиновна, которая вместе со всеми с нетерпением ожидала приезда знаменитости и теперь наблюдала, как поднимается с земли порядком перепачканная звезда.

— Уж с вашей собачкой точно справлюсь, — отряхиваясь, бодро заверил ее Кеша. — Кстати говоря, где она?

— Бегает по участку.

И Евгения Валентиновна посторонилась, чтобы дать дрессировщику представление о поле его деятельности. Увидев участок с полем, лесом и ручьем на заднем плане, Кеша оторопел и на некоторое время вообще потерял дар речи.

— А вы можете... можете ее позвать? — произнес он наконец.

Видя, что дрессировщик не вполне врубается в суть происходящего, все одновременно пожелали просветить его. В итоге многоголосый хор слился в одно бессмысленное возбужденное гудение. Кеша переводил растерянный взгляд с одного на другого и бормотал:

— Ничего не понимаю. О чем вы толкуете?

Внезапно вперед выступила Карина. При виде нее

Кеша просиял. И бросился с объятиями. Впрочем, обнимал он ее так бережно и нежно, словно Карина была хрупкой драгоценной вазой. А она, взяв Кешу под руку, отвела его в сторонку. Где и втолковала, что к чему. Обратно Кеша вернулся уже заметно приободренный.

— Теперь я полностью в курсе дела, — заявил он.

— Вы справитесь?

— Уверен! Прямо сейчас начинаю работать!

Он полез в фургон и вытащил оттуда кучу разного хлама. Тут был камуфляжный костюм, капканы различной степени сложности и величины, бутылочки, как объяснил Кеша, с различными запахами — запах свежего мяса, запах слегка подпорченного мяса и запах откровенной тухлятины.

— Зачем столько запахов?

— Смотря, какому зверю, что нравится.

— Но зачем это все?

— Парфюм. Вы, женщины, тоже пользуетесь разными духами. Одни любят ваниль, другие — цветочные ароматы, третьи предпочитают терпко-горьковатые. Вот и звери такие же привереды.

— Так вы это на себя брызгать будете? — ужаснулась Евгения Валентиновна, разглядывая баллончик и вчитываясь в надпись: — «Запах тухлых яиц»?

— И его тоже буду! И на капканы, и на приманку, и на себя тоже. А как же? Зверь человеческий запах не должен учуять.

— Тогда я вас очень прошу, отойдите предварительно подальше.

— Подойду к лесу, там и обольюсь, — пояснил ей Кеша.

И начал напяливать на себя комбинезон. Все тут же зажали носы. Судя по запаху, который исходил от него, лишний раз обливаться «духами» Кеше нужды не было. Воняло от него, как от мясной лавки нерадивого торговца в жарких странах в самый полдень. Не хватало только полчища жирных жужжащих мух. Но за ними, судя по интенсивному запаху, дело не станет.

Все поспешили разбежаться подальше, предоставив профессионалу действовать самостоятельно. Один Валя чувствовал себя в ответе за происходящее и потому интересовался у Кеши:

— А ты уверен, что это сработает?

— Обязательно сработает. А на всякий случай у меня есть новинка!

И Кеша извлек еще один аэрозольный баллончик.

— И что это за штука?

— Не знаю, но продавец в магазине уверял, что ни один зверь, почуяв этот запах, не сможет остаться равнодушным. Прибежит, а тут я его и...

Кеша сделал ловкое движение. И петля на конце его палки туго затянулась.

— А просто пристрелить нельзя? — осведомился Валя, с недоверием глядя на палку.

Она казалась ему уж слишком ненадежной.

— Пристрелить было бы верней, — добавил он.

— Не могу! — заявил Кеша. — Являюсь убежденным противником насилия над дикой природой.

— Как это?

— Помогаю людям, но только в меру своих убеждений. Зверя я вам поймаю. А дальше вы уж сами решайте, что с ним делать.

И с этими словами он обрызгался жидкостью из баллончика. Он старался действовать аккуратно, но несколько капель попало Вале на одежду и руки. Он поднес их к носу и брезгливо принюхался.

— Фу! — вырвалось у него.

Запах и в самом деле был престранный. Трудно было сказать, что в нем было такое намешано. Но Валю передернуло.

— Ладно, удачи вам! — торопливо пожелал он Кеше. — Пойду я, пожалуй.

— Ага, — откликнулся дрессировщик. — Ждите меня с добычей.

И ушел. Валя смотрел ему вслед со смешанным чувством. С одной стороны, вроде бы тот знал, что делает. А с другой... Неудобно отправлять человека совсем одного в пасть к дикому зверю. Да еще человека, который принципиально не убивает животных. Как же он будет действовать, если зверь на него нападет?

— Еще только ранний вечер, — утешил себя Валя. — А сейчас лето, темнеет поздно. Вернется! Заодно, глядишь, и принципы свои пересмотрит. Б-р-р!

И он отправился к гостям, которые были заняты тем, что пытали Карину, точно ли она уверена в профессионализме своего протеже, где он работал раньше и какие заслуги у него на счету.

— Диких собак он ловит уже третий год, — заявила Карина. — Сначала на окладе работал. А теперь сам на себя. Так что опыта у него хоть отбавляй. И вообще, сколько себя помню, он вечно с животными возился. Дома у него и кошки, и собаки, и хомяки, и даже хорек жил. А один раз он из деревни медвежонка привез! Правда, того потом в зоопарк отдать пришлось, больно уж кушал много. Да и гадил тоже.

Подруги молчали и слушали. Вроде бы все было нормально. Волноваться не о чем. К ним приехал профессионал. Но на сердце у них было как-то неспокойно. Внезапно Кира посмотрела на улицу и вздрогнула. Валин участок был отгорожен от улицы дощатым забором, который, по замыслу садовника, должен быть увит плющом, вьюнком, вьющимися розами и клематисом. Эти растения должны были выполнять роль живой изгороди, отгораживая участок от прохожих — декоративно и приятно для глаза. Куда лучше, чем бетонный или кирпичный забор.

Но пока что растения были еще совсем маленькими, росли они первый год и со своей функцией декоративной изгороди плохо справлялись. Да что там говорить, совсем не справлялись. И потому Кира без особых помех смогла увидеть, что сейчас вдоль забора сидят целых пять местных псов и жадно смотрят на участок. Когда Кира посмотрела в другой раз, собак было уже шесть. Кира на всякий случай их пересчитала и снова отвернулась. О-па! Собак стало семь!

— Смотри, — толкнула она Лесю, кивая на забор, — у нас гости.

— Ого! Откуда они тут взялись?

— Сколько их? — заинтересовалась и Танька.

— Семеро.

— Семь?

— Ну да, — кивнула Кира и стала перечислять: — Рыжий барбос, грязный бобик, пуделек, метис колли и овчарки, пятнистый шарик, боксер и еще какая-то мелкая шавка.

— А этот в колтунах и репейнике?

— Ой! Значит, их уже восемь! Новенький.

— И что им всем тут надо?

Но на этот вопрос никто ответить не смог. А сами собаки просто сидели и, тяжело дыша, таращились на участок. Время от времени они делали попытку пролезть под забором. И, потерпев крах, повизгивая, отступали.

— Они хотят сюда.

— Пошли прочь! — первым рассердился на поселковых псов Сергей. — Как ночью тревогу поднять, так вас не добудишься! А теперь приперлись!

Но псы не уходили. И даже брошенная в их сторону палка заставила собак только отбежать. Затем они вернулись вновь, жадно глядя в дырки забора, пытались протиснуться сквозь него.

— Я их прогоню! — вызвался Витька.

Он схватил внушительных размеров балку, которая осталась после строительства и теперь с непонятными целями подпирала стену дома. Стена вполне обошлась без такой подпорки. Витька вооружился и пошел в атаку. Все гости замерли в предвкушении интересного зрелища. Но все получилось не так. Едва Витька открыл калитку, как псы радостно встрепенулись и кинулись в образовавшееся отверстие.

— Эй, пошли прочь! Вон, я сказал!

Витька грозно размахивал дубиной. Но собаки были слишком верткими. Они ускользали от ударов. И наконец большой рыжий барбос прыгнул, подвернулся Витьке под ноги и просто повалил его. Матерясь и призывая проклятия на всю собачью стаю, Витька рухнул носом в пыль. Дубина отлетела далеко в сторону. Но псам было уже не до него. Проход к неведомому маяку был им открыт. И, визжа от счастья, собаки ринулись на участок.

Они мчались наперегонки прямо к тому месту, где стоял Валя.

— Пошли! Пошли отсюда! — пытался отмахнуться от них Валя. — Прочь, шелудивые!

Но псы не слушали его. Они окружили его, подбираясь все ближе.

— Что вам нужно?! — вопил раздосадованный таким повышенным вниманием к своей скромной персоне Валя. — Убирайтесь вон, блохастые!

— Кажется, они думают, что ты их вожак! — хихикнула Кариночка.

И попала пальцем в небо. Оказывается, у псов было совсем другое на уме. В их позах отчетливо читалось ожидание. Чего? Вскоре это стало ясно. Потому что наконец один из псов не выдержал и, подскочив к Вале, весьма недвусмысленными энергичными движениями принялся тереться о его брюки, имитируя сексуальный контакт с сучкой.

— Уберите от меня этого извращенца! — взвыл Валя, стараясь выдернуть из-под пса свою ногу. — Урод!

Евгения Валентиновна схватила со стола чашку. И, примчавшись на улицу, выплеснула ее содержимое на барбоса. В чашке был сладкий, на счастье барбоса, успевший остыть чай. Но от сахара шерсть барбоса слиплась. А вот сладострастия ничуть не убавилось.

Валя вопил и отбрыкивался:

— Сделайте же что-нибудь!

И, видя, что никто из друзей не собирается ему помогать, всех только веселит такая ситуация, Валя изловчился и подхватил барбоса за шкирку.

— Убирайся!

И он отшвырнул пса далеко в сторону. Девушки испуганно ахнули. А Барбос, пролетев пару метров, приземлился на четыре лапы, отряхнулся и кинулся обратно к Вале. Но поздно. Его место уже заняли два пса — бульдог и маленький беленький кобелек, появившийся неизвестно откуда, словно из-под земли.

— Мужики! Уберите от меня этих собак! — взывал Валя. — А то я за себя не ручаюсь!

Видя, что он уже по-настоящему злится, все кинулись ему на помощь. Псы не огрызались. Они были слишком заняты своим делом. Стоило ухватить за шкирку одного, как к Вале подскакивал следующий претендент. Но постепенно всех их удалось выдворить с участка. Последним изловили пуделя. Он оказался самым вертким и ловким. И метался по участку, ловко ускользая из рук людей.

Наконец он помчался к Сергею.

— Держи его! Держи! — надрывалась погоня. — Серега, он твой!

Но Сергей повел себя странно. Вместо того чтобы схватить мчащегося со всех ног пуделя, мужчина поспешно отступил в сторону. Раздался возмущенный стон. А пудель, промчавшись мимо растерявшегося

Сергея, не рассчитал скорости. Так что уже на повороте он врезался в симпатичную кадушку, в которой Евгения Валентиновна выращивала финиковую пальму. Пальма была уже достаточно большой. Кадушка и скорость пуделя тоже. Так что песик треснулся о преграду головой весьма основательно.

Удар смягчили крутые завитушки на голове у собаки, так что ничего страшного не произошло. Но все равно некоторое время он ошеломленно тряс башкой, чем и воспользовался Коля. Изловчившись, он схватил ополоумевшего ухажера под брюхо и вышвырнул за калитку.

— Все! Последний! — гордо заявил он. — Молодец я, да? А ты, Серега, чего лажанулся?

Сергей молча потряс головой. За Сергея ответила Карина:

— Сережа собак не любит. И никогда к ним не прикасается.

— Ну и что? — фыркнула Танька. — Я тоже больше кошек люблю. Чушь какая-то!

— Нет, не чушь! Сережу в детстве собака сильно покусала. С тех пор он их и остерегается.

— Ха-ха-ха! — тут же заржал грубый Витька. — Серега, так ты шавок боишься, так, что ли?

Сергей покраснел и кинул на Светку виноватый и одновременно вопросительный взгляд — не упал ли он в ее глазах. Светка смотрела в другую сторону. И Серега послал еще один взгляд, на этот раз убийственный, своей жене. Мол, кто тебя за язык тянул, дура?

И тут неожиданно выступила Танька.

— Ты, Витька, просто дурак! — спокойно заявила она, глядя прямо в лицо бывшему хулигану и красе всего класса. — А у Сережи настоящая фобия. Это, чтобы вы все знали, вовсе не трусость, а последствия перенесенной психологической травмы.

— Ха! — не сдавался упрямый Витька. — Подумаешь! В детстве его собака укусила! Да меня десять раз кусали разные собаки. И ничего!

— Все дело не в ситуации, а в том, как к этой ситуации отнесся данный конкретный объект. Сережа, собака была очень большая?

— Ротвейлер.

— И он тебя сильно напугал?

Вместо ответа Сергей отвернул рукав и показал старые шрамы. Они были уже белые и давно зарубцевавшиеся. Такие же шрамы оказались у него на бедре и правой ноге. Конечно, на уроках физкультуры и во время пикников все видели у Сереги эти шрамы, но только сейчас все узнали, откуда они у него.

Разглядывая в очередной раз эти шрамы и ужасаясь им, Кира вдруг подумала, что Серега куда более скрытен, чем можно было подумать. Казалось бы, рубаха-парень, душа нараспашку. А оказывается, он долгие годы носил в себе эту тайну.

Тем временем Валя озабоченно рассматривал свои брюки. После общения с псами они выглядели весьма потрепанными.

— Чего смотришь? Их выкидывать впору!

— Не понимаю. Чего они на меня полезли? Мне кажется, это все раствор, которым пользуется наш дрессировщик.

— И что раствор?

— Он приманивает кобелей. На меня попало всего несколько капель, и вот результат.

— Ты стал сексуально привлекателен для всех кобелей в округе! — заржал Витька.

— Иди и переоденься! Да поскорей! — воскликнула Евгения Валентиновна. — А то наш двор станет местом паломничества для всех кобелей в округе. Посмотри, они так и сидят. Ах, бесстыдники!

Валя переоделся, а грязное белье бросил в стиральную машину. И когда зашумела вода, смывая волшебный запах, разочарованные собаки потихоньку затрусили прочь. Делать им тут было решительно нечего.

Леся неожиданно захихикала.

— Ты чего? — спросила у нее Танька.

Леся захихикала еще громче, а потом сказала:

— Представила себе, каким вернется из лесу наш дрессировщик.

Дрессировщик Кеша вернулся только поздно вечером. Но, вопреки ожиданиям, стая кобелей за ним не бежала. И вообще, никакой добычи он не принес.

— Пусто! — разочарованно заявил он. — Видел следы, но они все почти суточной давности. Свежих нету. А вы уверены, что собака осталась тут?

— Куда же ей деваться?

— Не знаю. Логово вы ее разорили. Пес вполне мог перебраться в другое место.

— И что?

— Оставьте все, как есть.

Но Валя был категорически против:

— Я должен быть уверен! Уверен в том, что эта тварь больше не объявится в округе. А для этого есть только один способ — уничтожить ее.

— В таком случае, — пожал плечами Кеша, — завтрашний день все покажет. Я расставил капканы. Думаю, если псина не ушла в другие места, а бродит где-то поблизости, то она в них попадется.

— Вот и отлично!

Все были довольны. Никого не смущала даже новая задержка во времени. Псина должна быть поймана.

Кира с Лесей обратно в город и вовсе не торопились. Проблема кормления Фантика и Фатимы была решена. Евгения Валентиновна находилась в прекрасных отношениях с Лесиной мамой. Она поговорила с ней, объяснила, как чудесно они тут проводят время, и даже пригласила Лесину маму присоединиться к ним. Та приглашение Евгении Валентиновны вежливо отклонила. Однако покормить Кириных кошек согласилась без всяких проблем.

Так что подругам торопиться было некуда. Как и всем остальным. Витька вовсе не работал. Сергей и Валя имели частный бизнес и были сами себе хозяева. А Коля недавно закончил один заказ. И пока что работы у него не было.

— Мы подождем! — заявили все хором.

Кеша вторично пожал плечами. И намекнул, что коли завтра он идет проверять капканы, то, значит, он остается в доме у Вали как минимум до завтрашнего утра. А потому неплохо бы показать ему комнату, где он будет жить.

Евгения Валентиновна повела его в дом. Валя пошел следом, чтобы помочь матери устроить нового гостя. А Сергей, сообразив, что соперник остается, прошипел:

— Да уж, нахальства этому типу не занимать!

— А что вы предложите мне на ужин? — донесся до замерших одноклассников голос Кеши. — Холодное мясо и бутерброды? Хм, знаете ли, я человек неприхотливый. Но когда все по лесам да по лугам, то хочется чего-нибудь горяченького. Тарелки супчика у вас случайно не найдется?

— Наглец! — припечатал Сергей, услышав эти слова.

Никто ему не возразил. Хотя никто и не усмотрел в просьбе Кеши о горячем супчике что-то особо нахальное.

Кира же внезапно вздохнула и задумчиво сказала:

— Что же, хорошо хоть это.

— Что хорошо?

— Хотя бы одно мы теперь про эту зверюгу точно знаем.

— И что же?

Кира улыбнулась и произнесла:

— Она не кобель.

— А кто? — поинтересовалась Леся.

Вместо ответа Кира лишь выразительно взглянула на подругу. И покрутила пальцем у виска.

— Ой, я не то хотела спросить! — спохватилась Леся. — Не кобель, а сучка, это ясно. Но почему ты так решила?

— Потому что, будь чудовище кобелем, то давно бы учуяло этот запах, прибежало бы и набросилось на нашего Кешу. И изнасиловало бы его. И не шел бы он теперь такой довольный ужинать и спать. И мыслей о супчике у него бы тоже не было.

Подруги снова захихикали, как в тот раз, когда на Валю набросились местные донжуаны, демонстрируя ему свою нешуточную страсть. Не хихикала одна Танька. Она с тоской смотрела вслед Вале.

Было уже совсем поздно. И все хотели лечь спать. Подруги ушли в числе первых. Раньше них ушли только Сергей с Кариной. Парочке явно было, что обсудить наедине. И подруги ничуть не удивились, когда услышали из их комнаты громкие голоса. Супруги ссорились. Сергей упрекал Карину в глупости, а она его в ветрености.

Голоса становились все громче. Потом затихли. И раздались женские рыдания. А затем — подруги ничуть не удивились, так всегда и бывает во время супружеских ссор, — послышался шум шагов. Сергей ушел из их спальни. Рассорившиеся супруги жаждали уединения, и Сергей сделал первый шаг.

Через некоторое время следом за ним из комнаты выскользнула Карина. А затем все стихло. И утомленные девушки уснули, так и не проследив до конца конфликт супружеской четы.

98

ГЛАВА ШЕСТАЯ

Следующее утро приятно порадовало всех гостей хорошей погодой. На ярко-голубом небе не было ни облачка. Сияло чисто умытое солнышко, предвещая жаркий денек. Зевая, подруги вышли в сад. Тут уже хлопотала Евгения Валентиновна.

— Я вообще ранняя пташка, — весело смеясь, заявила она подругам в ответ на их изумление. — Проснусь в пять утра и лежу, чтобы никого не потревожить. А сегодня такое чудесное утро, что было просто грех валяться в постели.

И она снова занялась своими цветами. Подруги уже заметили, что Евгения Валентиновна, несмотря на свалившееся на ее голову богатство, ничуть не зазналась. И простой работы не только не чурается, но даже ее любит. Инструменты у Евгении Валентиновны были в идеальном порядке, все под рукой. И секатор, чтобы обрезать побеги у роз. И культиватор, чтобы рыхлить почву. И зверского вида другие рыхлилки, копалки и маленькие грабельки.

— Вы, наверное, не прочь позавтракать? Который час?

Времени было всего девять. Но спать подругам решительно не хотелось. Права была Евгения Валентиновна: спать в такое чудесное утро просто грех. И они отправились в столовую. Там уже собралось большое общество. Солнышко и беззаботное птичье щебетанье разбудили гостей. А чарующий аромат кофе стянул их всех в столовую.

Подруги накинулись на завтрак так, словно весь последний месяц провели на голодном острове. Вот что делает свежий воздух! Девушки с жадностью набросились на омлет с ветчиной и зеленью. И на тосты, и даже многозначительно поглядывали на овсянку на

4*

молоке и со взбитыми сливками. А ведь в городе на завтрак им с трудом удавалось впихнуть в себя чашку чего-нибудь такого жидкого. Кофе, например (хорошо, если с молоком и сахаром), да кусочек печенья.

— Как спалось? — поинтересовалось Леся у Карины, с которой сдружилась за это время.

Карина только вздохнула. Выглядела она неважно. Глаза опухли, лицо отекло, она была бледной и какой-то утомленной.

— Наверное, давление, — пожаловалась она.

Леся вежливо покивала, хотя прекрасно понимала, что это за давление. И от кого оно исходило. Сергей тоже был тут. Леся по привычке поискала глазами возле него Светкину фигуру, но той что-то не было видно.

— Впрочем, Валя тоже еще не встал, — шепнула ей Танька. — А! Вот и он!

Валя спустился вниз один. Поздоровавшись, он сел на свое место и начал намазывать мягкий домашний мармелад, который Евгения Валентиновна сама готовила из клубники, на тонкий золотистый тост.

— А где Света?

Тост в руках Вали дрогнул, и внушительная красная капля мармелада бухнулась на стол.

— Не знаю, — буркнул он.

— Как? — изумилась Таня. — А разве вы со Светой?..

Кира вовремя пнула ее ногой под столом. И Танька осеклась. Валя кинул на нее хмурый взгляд и неожиданно ответил:

— Когда я проснулся, Светы уже не было в нашей комнате.

— Может быть, она пошла прогуляться?

— Тогда это должно было быть очень рано, — вмешалась в разговор подошедшая Евгения Валентиновна.

Женщина уже успела переодеться. И стояла в изумительных свободного покроя брюках цвета нежирного молока. Это была очень тонкая льняная ткань. Такая тонкая, что она казалась шелковой. Блуза из той же ткани была приталена по фигуре. Вообще, у Евгении Валентиновны была фигура двадцатилетней девушки, несмотря на то, что ее возраст перевалил за полвека.

— Я работала в саду с пяти утра, — продолжила Евгения Валентиновна свою мысль. — Света мимо меня не проходила.

Все недоуменно переглянулись. А у подруг как-то вдруг сам собой пропал аппетит. Ну, просто совершенно пропал, будто и не было его. И свежий воздух больше не помогал. На всех надвинулось ощущение чего-то ужасного и, увы, непоправимого!

— Света ушла из дома раньше пяти часов утра и до сих пор не вернулась? — прошептал Валя, растерянно глядя на мать.

— А что тут такого? — раздраженно пожала та плечами. — Между прочим, я тож ушла примерно в то же время. И только сейчас вернулась. Тебя это беспокоит? Нет? А эта особа тебя волнует?!

— Мама! Ты прекрасно понимаешь, о чем я! Ты была в саду. И ты сейчас здесь. А вот где Света?

Все снова переглянулись.

— Знаете, а она ушла гораздо раньше, чем в пять утра, — внезапно сказала Колина девушка Нико.

Вообще Нико была молчаливое существо. Она открыла рот практически впервые. Во всяком случае, подруги впервые услышали ее голос. И были немало удивлены.

— Оказывается, она умеет говорить, — ядовито прошипела Танька. — Слава богу. А то я уж думала, она вовсе немая.

Но Киру с Лесей больше заинтересовало само сообщение.

— Когда, ты говоришь, встретила Свету?

— Не знаю. Но точно раньше, чем в пять утра. Может быть, часа в два. Или в половине третьего. Мы с Колей легли спать около полуночи, в начале первого. Мне долго не спалось. То было душно, потом стало холодно. Потом захотелось попить водички. Я сходила на кухню. Вернулась. Потом захотелось в туалет. И когда я туда пошла, то столкнулась в коридоре со Светой.

— Ну и что? Это вовсе не значит, что она собиралась куда-то уйти.

— Да! Она могла идти туда же, куда и ты. В туалет.

— Света была обута в кроссовки, — ноздри Нико гневно дрогнули.

Похоже, она была не из тех людей, кто терпеливо сносит, когда к их словам или выводам относятся с пренебрежением. Когда мало говоришь, привыкаешь, что твои слова идут уже на вес золота.

— И еще на Свете была легкая ветровка, — продолжила она. — Согласитесь, довольно странно в таком виде тащиться в сортир.

Спорить никто не стал. Все молчали и прикидывали, куда могла запропаститься неугомонная Светка. Сергей вытянул голову. И прислушивался изо всех сил к разговору за столом.

— Выходит, Света ушла около двух часов ночи и до сих пор ее нету?

Едва прозвучал этот вопрос, как всем окончательно стало ясно, произошла беда. Но надежда, как известно, личность живучая. И потому продолжала трепыхаться.

— Валя, может быть, вы со Светой поссорились и она уехала домой?

— Вот еще! — фыркнул Валя. — Не ссорились мы с ней. Поднялись и сразу же легли спать. Я почти сразу отрубился и захрапел.

Коля машинально кивнул в знак согласия. Наблюдавшая за ним Кира отметила этот кивок. Коля с невестой поселился в соседней с Валиной спальней комнате. И должен был слышать, как храпит Валя.

— Я захрапел, а куда Светка делась, я не знаю, — продолжал Валя.

— И что? Даже не слышал, как она ушла?

— Честное слово, меня словно вырубило!

— Соня ты, Валя! — буркнул Витька. — Бабу свою проспал!

— Всегда сплю очень чутко. А тут словно обухом по голове дали. Выпил какао — и бац!

— Какао? Какое какао?

— Светка на ночь принесла.

— Она тебе принесла какао? — изумилась Кира. — И часто она так тебя баловала?

— Никогда. Первый раз принесла.

Подруги переглянулись. Интересные дела! И чего это Светка так расстаралась ради Вали? Не больно-то она с ним цацкалась весь день. А под вечер, нате, пожалуйста: какао вам прямо в постель.

Леся подозрительно взглянула на Валю и спросила:

— И после этого какао ты и заснул?

— Словно младенец!

— А Света ушла!?

— Ну да. Выходит, так.

Карты начинали складываться в любопытный пасьянс. Куда же направилась Светочка, опоив предварительно своего жениха какао? В том, что какао было с начинкой из приличной дозы снотворного, подруги уже не сомневались. Они сами женщины. Слышали про такие штучки. И много раз слышали.

К примеру, Кирина массажистка одно время работала в психиатрической больнице. И, имея мужа — горького пьяницу, горстями тащила домой препараты, которые прописывают буйным психам. Зачем? Для любимого муженька, конечно. После нескольких таких экспериментов своей женушки мужик завязал со спиртным.

Но это, так сказать, сказка со счастливым концом. Бывает, что неверные мужья и жены поят свои половины сильнодействующими снотворными, чтобы беспрепятственно уходить из дома по ночам. Супруг или супруга уснет, а изменник шасть за дверь. А утром успевает вернуться, принять душ, надеть фланелевую пижамку в горошек, и вот он уже дома, никуда и не уходил. Доброе утро, дорогая. Крепко же ты спала!

Ужасное коварство, но похоже, нечто в этом роде Светка проделала и со своим Валей. Оставалось только выяснить, с кем же она ходила встречаться ночью. И все взгляды обратились на Сергея.

— Не знаю я ничего! — воскликнул тот, сообразив, почему на него все таращатся. — Не видел я ее!

Валя первым поднялся из-за стола.

— Нужно ей позвонить.

Увы, такое простое и логичное предложение не принесло ровным счетом никакой пользы. Абонент все время оказывался выключенным или вне зоны действия сети.

— Трубка у нее отключена. Придется идти так.

— Так? Как так?

— Наугад.

— Не надо наугад! — пискнула Карина. — У нас же есть Кеша! И его собака! Она же ищейка!

— Эта такса?

— Отличная поисковая собака! — настаивала Карина.

— Ах вот как? В самом деле?! — обрадовался Валя. — Тогда ладно.

— И где этот Кеша?

Кеша обнаружился в той комнате, где его поселили. Он крепко спал. Утреннее солнышко не возымело на него своего пробуждающего действия. Он спал, и его с трудом удалось разбудить. На это ушло минут десять. Еще десять минут ушло на то, чтобы втолковать дрессировщику, что от него требуется. После этого он вскочил.

— А! Это мы мигом! Вещи ее есть?

— Какие вещи?

— Лучше всего старые и поношенные.

— Лифчик есть, — после секундного раздумья выпалил Валя.

— Отлично! Тащите его сюда!

Лифчик оказался изумительной красоты. Нежно-голубой, с цветастой шелковой вышивкой по шелку и кружевам.

— Интересно, где Светка его оторвала? — прошептала Леся, обращаясь к Кире. — Чудная вещица!

— Спроси лучше, сколько он стоит! — осадила ее вездесущая Танька.

И как ей удавалось быть одновременно всюду? Все слышать? Все успевать? И быть всегда в курсе событий?

— Этот лифчик очень даже подойдет.

Кеша спустился вниз. И вызвал свою таксу. Да, да, именно вызвал.

Собаку звали Мальма. И она всю ночь просидела взаперти в бытовке, которая осталась после строителей. Кеша предлагал выпустить собаку на ночь, чтобы она несла сторожевую службу. Но Валя заявил, что с него достаточно чудовища, которое бегает вокруг его дома. Зачем рисковать собакой? А из бытовки Мальма отлично сможет подать голос в случае тревоги.

— Ищи, Мальма!

И Кеша с заискивающей улыбкой показал Мальме кружевной лифчик, словно она была придирчивой покупательницей в его магазине, а он младшим продавцом, старающимся ей угодить.

Мальма тяжело вздохнула. И, не обращая внимания на лифчик в руках у Кеши, вышла из бытовки. Тут она потянулась, зевнула и, громко клацнув челюстями с белоснежными зубами, потянулась к кусочку цветного кружева в его руках. Понюхала, замерла и затем снова снизу вверх взглянула на Кешу.

«Чего ждешь? — читалось в ее взгляде. — Я уже готова!»

Тем не менее Мальма терпеливо дождалась, когда к ее ошейнику пристегнут поводок, а потом легко пробежалась вокруг дома. И лишь затем уверенно двинулась в сторону леса.

— Что ей там понадобилось?

— Она идет по Светкиному следу!

— Вот я и говорю! Что Светке там понадобилось? В лесу! Да еще ночью!

— Наверное, прогуляться решила.

— Ненормальная!

Но вскоре все оказались под деревьями и примолкли. Мальма спешила вперед, поводок в руках Кеши был туго натянут. Сто метров лесополосы, сто двадцать, сто пятьдесят, двести и пятьсот. Внезапно все изменилось. Мальма остановилась. Села на землю. И, подняв морду к безоблачному чистому небу, глухо завыла. И хотя ярко светило солнце, вокруг словно опустилась тьма. Во всяком случае, в глазах у девушек потемнело.

— Эй! — прошептал Витька сдавленным шепотом. — Чего это твоя псина так воет?

Кеша не ответил. За него ответила Танька. А как же? Она всегда и все знала.

— Не к добру это! — сказала она. — Ой, не к добру!

Закончив выть, Мальма встала и пошла вперед в кусты. Идти туда ей явно не хотелось. Но она была служебной собакой. И свой долг знала отлично. Пошла и замерла, вытянув морду.

— Там! — произнес Кеша и показал дрожащей рукой на кусты. — Ваша знакомая там!

Никто не решался подойти к кустам. Пришлось Вале вспомнить, что он тут главный. И сделать несколько шагов вперед. Внезапно он вскрикнул. Танька тут же очутилась возле него. А следом за ней и остальные.

Да, Мальма не ошиблась. Светка в самом деле лежала в кустах. И в том, что она мертва, ни у кого не возникло никаких сомнений.

Все вокруг было залито кровью. Светина светлая куртка и брюки были изодраны и тоже перепачканы кровью. А на шее зияла огромная рана. Кроме того, над кустами витал сладковатый запах, который нельзя было спутать ни с одним другим. Это был запах крови, запах тления, запах смерти.

Впечатлительная Танька зашаталась и рухнула на стоящего поблизости Колю. Тот то ли от неожиданности, то ли вследствие хрупкости конституции здоровенную Таньку не удержал. И она шлепнулась на землю, где возле нее тут же захлопотали Леся и Карина, успевшие уже привыкнуть к тому, что Танька валится в обморок в самый неподходящий момент.

Карину к кустам и к Светкиному телу не допустили. И она могла только догадываться о том, что там произошло. Сергей и другие мужчины заслонили проход к телу. Присутствие беременной женщины возле изуродованного тела другой женщины (пусть даже и ее соперницы) факт нежелательный.

— Боже! Она вся в крови!

— И вокруг тоже кровь!

— Что случилось? Ее убили? Кто?

— А следы? Есть какие-нибудь следы?

— Кто это сделал?! — вырвалось наконец у Киры, которая стояла ближе всего и могла разглядеть все в подробностях.

— Кто? — спросил Кеша.

И сам же ответил на свой вопрос:

— Зверь и сделал.

— О господи!

— Видите эти следы на ее теле? Это следы зубов!

Танька, которая только что пришла в себя и сидела на травке, услышав эти Кешины слова, издала громкий стон:

— Людоед! В округе появился людоед!

И снова повалилась навзничь.

— Не человеческих зубов! — испугался Кеша. — Боже упаси! Это следы укусов крупного хищника. Волка или очень крупной собаки.

Киру затрясло. Значит, прав был Валя, что не доверял словам дрессировщика, будто бы зверюга Лесси ушла из их мест. Она осталась тут! И уже нападает на людей! Да что там нападает! Она их убивает!

— Боже мой! — прошептала бледная словно полотно Нико. — Эта зверюга загрызла Светку!

— Надо срочно сообщить в МЧС.

— Пусть приедут, оцепят местность, поставят ловушки...

— Да, что угодно пусть сделают, но освободят нас от этой твари!

Валя выслушал возбужденные предложения своих друзей и покачал головой:

— Думаю, что для начала мы ограничимся тем, что просто позвоним в милицию. И сообщим им о случившемся.

Его предложение все восприняли как руководство к действию. Коля стал звонить в милицию. А Витька, продемонстрировав неплохое знание детективов, принялся распоряжаться:

— Ничего тут не трогать!

Будто бы кто-то собирался трогать.

— Не приближайтесь к телу!

Никто и не думал туда больше подходить. Даже Валя переминался в сторонке, не решаясь приблизиться к телу своей невесты, над которой уже стали виться мерзко жужжащие мухи.

— Не затаптывайте следы!

Кирины нервы не выдержали. И она рявкнула на Витьку:

— Хватит! Заткнись! И без тебя тошно!

— А что я? Только хотел, чтобы все было по правилам!

И Витька отошел в сторонку, издалека поглядывая на кусты, где лежала Светка. Его лицо приобрело странное задумчивое выражение. Словно он именно сейчас пытался решить для самого себя, как ему жить дальше. И не знал.

Менты прибыли далеко не сразу, когда подавляющее большинство гостей уже снова находились в доме Вали. У тела Светки остались только Витька и Коля. Но когда менты все же прибыли, то крайне недоверчиво выслушали сбивчивый рассказ Вали о чудовищном звере-монстре, который бродит по округе и уже начал нападать на людей.

— Ничего не слышали о таких нападениях. Жалоб не было.

— А у нас есть! — воскликнул Валя.

— На кого же, кроме вашей невесты, он напал?

— На Олега.

— Можно с ним поговорить?

Вопрос поставил Валю в тупик. Он растерянно оглянулся на своих одноклассников.

— У кого-нибудь сохранились координаты Олега?

Все принялись растерянно трясти головами. Нет, Олег никому не оставил своей визитки или хотя бы номера телефона.

— На какой машине он приехал, вы тоже не знаете?

— У него «Ниссан»!

— Цвет? Регистрационный номер? Серия?

Увы, ничего этого никто не знал. А у подруг мелькнула мысль снова сходить к трепетной подружке Нины — любовницы Олега. Нинина соседка, если она видела Олега и разговаривала с ним, могла видеть и запомнить также и его машину. Или хотя бы снабдить подруг другой информацией об Олеге.

Ментов рассказ об огромной собаке, которая порезала всех кроликов, покусала мужчину и загрызла молодую девушку, в конце концов пронял. Двое отправились на место происшествия. И обратно вернулись бледные, с вытянувшимися лицами. И, не спрашивая разрешения, налили себе водки и хряпнули сразу по половине стакана.

— В жизни такого дерьма не видел! — произнес один из них. — Труп совершенно обезображен! А уж кровищи вокруг! Бр-р-р!

Второй ничего не сказал. По виду он был начальником. Звание у него было — капитан. А фамилия смешная — Воробей. Но воробей или ворона, а он был начальством. И потому взял на себя основное руководство. А именно, кинулся к телефону, чтобы звонить эксперту, фотографу и требовать следователя из города.

— У нас тут ЧП районного масштаба. А может быть, и областного! — громко твердил он в трубку. —

Говорю вам, без опытных специалистов не обойтись. А что я? У меня даже фотографа нету. И эксперт — сопливый мальчишка! Только что после школы! Что он понимает?

В трубке что-то проворчали, и капитан побагровел и заорал в ответ:

— Вспомните вы меня, когда у вас в городе людей начнут с разорванным горлом находить! Эта тварь на девчонке живого места не оставила. Одно сплошное мясо!

Леся поторопилась увести Карину прочь. Такие разговоры были не для ее ушей. Но, как ни странно, Карина уходить не торопилась. Она замерла и внимательно прислушивалась к рассказу капитана, который описывал состояние найденного тела.

На губах Карины играла неприятная злая улыбка. И Леся подумала, что ревность — это страшная вещь. Даже самых лучших людей она превращает в монстров. Но тут Карина наконец отмерла, судорожно всхлипнула и позволила увести себя прочь.

А менты стали допрашивать всех по очереди. В целом ничего нового им узнать не удалось. Никто не смог сказать им, какого дьявола понадобилось Светке глубокой ночью в лесу, в котором, а она это точно знала, бегает дикая и очень опасная зверюга, уже совершившая разбойные нападения.

— Может быть, ваша подруга решила сама поймать зверя?

— Светка была дурой, но не настолько!

— Она не говорила вам, что собирается одолеть зверюгу и прославиться?

— Светке было плевать на эту тварь. И в любом случае она не пошла бы на нее с голыми руками.

— Тогда зачем она пошла в лес? Ее там кто-то ждал?

Все разводили руками и косились на Сергея. В конце концов менты поняли, что лучше поговорить наедине с каждым, и первым отозвали в сторону Валю. За ним Евгению Валентиновну, которая пробыла у них совсем недолго. А потом капитан вышел и с многозначительным выражением лица сразу же пригласил Сергея.

— Мама! — укоризненно произнес Валя, когда за Сергеем закрылась дверь. — Зачем ты им сказала?

— А что такого? Все видели, что он ухаживал за Светой вчера и позавчера.

— Но это не вернет нам Светы. А у ментов может сложиться о ней неправильное представление.

— Не беспокойся! Они сразу поняли, что покойница была редкой шалавой!

Все изумленно вздрогнули. Слышать такие грубые выражения из уст всегда благовоспитанной и учтиво-приветливой тети Жени было непривычно. Хотя все отдавали себе отчет в том, что сказала она про Светку чистую правду. И еще мягко выразилась.

— Даже если Сергей и Света и решились прогуляться ночью по лесу, это ничего не значит, — твердил Валя. — Им не спалось. Вот они и пошли.

Валин дед, услышав такое, крякнул, побагровел и неожиданно гаркнул:

— Молчи, сопляк! Твоя мать права. Ты собирался жениться на шлюхе! Она не просто так пошла в лес с этим мужиком. Вот и пусть теперь ее хахаль объясняется с ментами.

— В чем объясняется?

— Какого черта бросил бабу одну ночью в лесу!

И все замолчали. В словах деда была своя правда. Если Светка пошла в лес с Сергеем, то почему он вернулся целым и невредимым, а она... Они что, поссорились и он ушел?

Но все оказалось куда проще. Когда Сергей присоединился к остальным, он был пунцовым от стыда.

— Прости меня, Валя! — прошептал он. — Но клянусь тебе, у нас со Светой ничего не было!

— А в лес тогда чего с ней попёрся? — буркнул дед.

— Она сказала, что ей необходимо со мной поговорить. Будто бы это что-то крайне важное.

— Так это она тебя в лес потащила?

— Не потащила, но предложила там встретиться.

— Почему там?

— Чтобы нас никто не увидел!

— И ты пошел?

— Пошел, — кивнул головой Сергей.

— Ты чокнутый! И зверюги не побоялся?

— Но в том месте, где мы договорились встретиться, на опушке леса, было не опасно. И от дома не так далеко.

— На опушке? — задумчиво повторила Кира. — Да, на опушке не опасно. Но тело Светы нашли довольно далеко в лесу.

— Знаю. Туда бы я и под страхом смерти не пошел. Вы же знаете, у меня насчет собак того... Фобия.

— Про твою фобию мы уже все поняли, — перебил его Витька. — Рассказывай про Светку!

— А чего про Светку? Я ее долго ждал. Никого не было, только комары. Они меня совершенно искусали. И потому я вернулся домой.

— И не стал искать Свету?

— А где бы я стал ее искать? В спальню к Вале мне нужно было заглянуть? Нет, я решил, что Светка или передумала, или заснула.

— И тоже пошел спать?

— Ну да. Ведь поговорить с ней можно было и на следующий день.

И, помрачнев, Сергей добавил:

— То есть, я думал, что можно будет...

— А о чем Света хотела с тобой поговорить?

— Я не знаю. Она не сказала. Только намекнула, будто бы это очень важно.

— И ты ей поверил?

— А почему бы и нет?

И Сергей отвел глаза в сторону. Что же, по-своему он был прав. К тому же проверить, правду он говорит или врет, было уже невозможно. Но лично Кира сильно сомневалась, что Светка потащила Сергея в лес только для разговора. Другого места, можно подумать, нет! И почему обязательно ночью?! Нет, было в этом ночном походе в лес что-то непонятное и загадочное.

ГЛАВА СЕДЬМАЯ

Весь день округа кипела и бурлила. Едва местные жители узнали о трагедии, произошедшей в доме у Вали, как жизнь в поселке забила ключом. Женщины кликали детей домой, чтобы злобная зверюга не утащила их. Запирали в сараях скотину. А взрослые мужчины, подростки и даже старики собрались на главной улице поселка.

Совместно люди неожиданно припомнили множество случаев, когда злобный зверь хулиганил в их курятниках, свинарниках и коровниках. Или просто пугал припозднившихся мужиков и баб.

— Раньше хоть на людей не нападал!

— А теперь что же, из дому не выйди?

— За детей страшно!

— Раз человеческого мяса попробовал, теперь все! Только на людей и будет охотиться!

— Нужно положить этому конец!

И в конце концов толпа, вооруженная ружьями, кольями, топорами и косами, двинулась к дому Вали.

— Хотим зверюгу найти и убить! — заявил один из поселковых. — Слыхали, будто у вас укротитель в доме живет. Пусть с нами пойдет.

Кеша не протестовал. Валя тем более. Мальма выглядела несколько озадаченной, но тоже была согласна. И вся толпа направилась в лес. Менты энтузиазму местного населения не препятствовали. Они свое дело сделали. Тело Светки уже увезли. С местом, где на нее напала псина, поработал эксперт. Хоть он и был юным и неопытным, но все же догадался, что для начала все нужно тщательно сфотографировать, а потом уж приступать к сбору улик.

Впрочем, улик оказалось немного. Следы звериных лап на мягкой земле. Клок коричневых волос, зажатый в левой руке у Светки. И, разумеется, само тело убитой. Тело Светки как раз увезли, когда возле дома Вали стала собираться толпа жаждущих справедливости.

— Напрасно они кричали, что собака — людоед, — прислушавшись к крикам из толпы, произнес эксперт. — Девушку она загрызла, но есть не стала.

— Просто так загрызла?

— В том-то и странность. Дикие звери обычно так не поступают.

Но переубедить поселковых в том, что собаку необходимо найти и убить, он не смог. Они пошли в лес. А эксперт повез тело Светки в морг на экспертизу для более детального осмотра.

Кира с Лесей в лес с остальными не пошли. Во-первых, они считали, что зверюга услышит гомонящую толпу и успеет удрать. А во-вторых, они элементарно устали. И к тому же Танька и Карина требовали их забот. Обе чувствовали себя неважно. Пережитый стресс сказывался.

— Нервы, все нервы, — пригорюнившись, твердила Леся. — Кариночка, может быть, тебе лучше уехать?

— Ага, когда Светка умерла, тебе не о чем больше беспокоиться!

— Ни за что! Пока Сергей тут, я никуда без него не уеду!

Танька отвернулась в сторону и угрюмо буркнула, что некоторым следовало бы больше думать о себе, а не о мужиках.

— Вы не знаете, какой Сережа доверчивый! — заплакала Карина. — Он всем верит! Его обмануть — раз плюнуть!

Подруги проучились с Сергеем долгое время, но ни одна из них не могла похвастаться, что ей удалось хоть раз обвести того вокруг пальца. Наоборот, они всегда считали Серегу до ужаса ушлым пацаном. Ведь даже за списанную контрольную Сергей неизменно требовал вознаграждение, которое росло и росло из года в год. Пока однажды выведенный из себя Витька не поколотил Сергея. После чего тот предоставлял свою тетрадь по первому требованию не только Витьке, но и всем остальным, кому это было нужно.

С тех пор много воды утекло. Но подруги что-то сомневались, что доверчивость стала одним из основных качеств Сергея. Это уж Карина загибала. К тому же Сергей был весьма успешным бизнесменом. И его бизнес был едва ли не успешней Валиного, хотя и касался совсем другой отрасли. Он занимался строительством. И имел несколько бригад рабочих, которые приносили ему приличный доход.

Но чьи бы руки ни приносили бизнесмену доход, он всегда должен быть настороже. Наемные рабочие не собираются радеть за дело фирмы. Это не их дело, это забота директора. Он обязан быть человеком внимательным, умным и наблюдательным. И уж точно не доверчивым.

Как и следовало ожидать, экспедиция в лес не принесла результата. Зверюгу Лесси, или кем она там была, и в этот раз поймать не удалось. Ни в одном из установленных Кешей вчера вечером капканов ее не оказалось.

— Хотя один капкан защелкнулся, — заявил Кеша, который первым делом явился к своей дорогой Карине с отчетом о проделанной работе.

Подруги сидели в этот момент с ней в одной комнате. И благодаря этому узнали новости даже раньше Вали.

— И следы крови на зубьях капкана были.

— И кто попался?

— Неизвестно. Капкан раскрылся. И зверь убежал.

Тьфу ты, недотепа! Ну, и профессионал! Даже капканы у него и те с брачком.

— Но, судя по огромным следам, которые нам удалось найти, это была она — наша зверюга. И она попалась в капкан. На земле была видна кровь.

Вот это да!

— И вы ее не выследили?

— Следы вели в сторону Подборья.

— Это где? Что там такое?

— Подборье — это давно заброшенная деревушка, — уже просвещенный местными жителями ответил подругам Кеша. — Там никто не живет с самой Октябрьской революции.

— Почти сто лет? И никто не живет?

— В смысле из обычных людей не живет.

— Как это?

— А вот так.

— Кеша! — вскипела Карина. — Не мути! Говори толком!

— Я и говорю! Место это с давних пор считается нечистым.

— Что за бред?

— Не бред. Говорю вам то, что сам слышал! На болоте какие-то синие огоньки появляются. Человек в тех местах по лесу сутками бродить может. И бывали случаи, что охотники замерзали всего в километре от деревни, не в силах найти дорогу назад.

— Ух, ты!

— А в начале прошлого века всех жителей, которых и оставалось-то несколько человек, переселили в соседнюю деревню — Каменку. И в Подборье началось строительство.

— И что строили?

— И кто строил?

— Местные говорят, что там был секретный завод. Но толком никто ничего не знает, потому что местных туда на работу не брали. И вообще, близко к ограде не подпускали. Высокий бетонный забор, вышки на нем, охрана. А за забором кирпичные корпуса. И трубы.

— А теперь?

— После перестройки некоторое время там было пусто. То есть, если раньше чужие машины то и дело сновали в Подборье, то в последние годы стали ездить реже. Гораздо реже.

— Но все же жизнь там теплилась?

— Да. Ну а два года назад то место снова стало возрождаться. Снова появились машины. Сначала со строительными материалами — кирпич, цемент, всякая там арматура. Потом приехали закрытые фургоны с техникой и, видимо, аппаратурой. А потом привезли работников и еще какие-то фургоны.

— И кто там работает?

— Опять же ничего не ясно, — произнес Кеша. — Как туда никого не пускали, так и не пускают.

— Но что-то же удалось узнать?

— Одни местные говорят, что там тренировочная база ФСБ, где будущие разведчики проходят подготовку перед заброской в тыл предполагаемого противника. Другие уверяют, что там секретная лаборатория, где производят новый вид бактериологического оружия, оттого и капуста в здешних краях расти переста́ла.

— В самом деле перестала? — изумилась Леся.

— Точно не скажу, но тот дедуля-алкаш, который мне жаловался на неурожай капусты третий год подряд, честно говоря, мог бы уделять своим грядкам и побольше внимания.

— А еще версии есть?

— Кое-кто считает, что там закрытое производство. Чего именно, не говорят.

— Значит, толком никто ничего не знает?

— Вот именно.

— А местные власти? У них кто-нибудь интересовался?

— Эта земля не в их владении. Так что они также не в курсе, как и остальные. Или делают вид, что не в курсе.

— И ты говоришь, следы собаки ведут в том направлении? А почему вы не пошли по этим самым следам? — не отставала Кира.

— Да, понимаешь ли, — смутился Кеша, — странная такая история случилась.

— Говори толком!

— Ну, одним словом, — снова замямлил Кеша, — никогда бы не подумал, что придется это говорить, но раз уж так вышло...

— Короче! — рявкнула на него Карина.

Это подействовало. Кеша перестал заикаться. И четко и ясно произнес:

— Мальма потеряла след!

При этом он зажмурился, словно ему непереносимо было увидеть выражение презрения на лице Карины. Ведь он так подвел ее! Она поручилась за него, а он опростоволосился. Ну, не он сам на этот раз, а его собака. Но это же все равно.

Однако Карина и не думала презирать Кешу. Вместо этого она искренне изумилась.

— Твоя Мальма потеряла след? Она же у тебя призер? И охотница!

— Потеряла! — горестно подтвердил Кеша. — И не просто след, а нюх!

Кеша был в отчаянии.

— Не знаю, что с ней случилось! Бежала по следу, все было нормально. А потом совершенно внезапно она встала словно вкопанная, а потом начала вертеться на одном месте. И теперь все!

— Что — все?

— Ничего не чует!

Это в самом деле было странно. Мальма произвела на всех благоприятное впечатление. Не говоря уж о том, что собака была куда умней своего хозяина, она уж точно была профессионалом. Карина уверяла, что своими глазами видела награды, которые завоевывала Мальма на различных выставках. А там требовался не только экстерьер, но и ум, и недюжинные навыки охотницы и ищейки. И вдруг такой облом. Что же случилось?

— А то место, где вы с Мальмой потеряли след Лесси, ты запомнил?

— Да.

— На машине туда проехать можно?

— Легко! — оживился Кеша. — Там как раз дорога проходит. Небольшая и грунтовая. Как раз по ней и ездят машины из Подборья.

— Значит, все-таки из Подборья, — произнесла Кира. — Очень интересно. Что же у них там такое происходит?

Леся с тревогой взглянула на подругу. Ох, уж этот задумчивый взгляд и многозначительный тон. Сколько раз ей доводилось их слышать и наблюдать. И каждый раз они влипали с Кирой в какую-нибудь историю.

— Я не пойду туда! — решительно заявила Леся еще до того, как Кира успела открыть рот. — Даже и не думай!

— Да что тут такого? Сделаем вид, что мы просто отдыхающие. Проходили мимо, вот и решили заглянуть.

— Ага, а они нам, как говорится: будете проходить мимо, проходите мимо! Вот что они нам скажут, и будут совершенно правы!

— Может быть, и не скажут!

— Скажут!

— Вот мы прямо сейчас поедем и проверим!

Леся только застонала. И как Кире удается всегда вертеть ею в любую сторону? Ведь еще минуту назад Леся была настроена крайне решительно и категорично. А теперь ей кажется, что и в самом деле нет ничего ужасного в том, чтобы заглянуть в Подборье.

— Кеша, ты нас туда отвезешь, — твердо заявила Кира.

В ответ дрессировщик начал бормотать что-то о том, что ему некогда, уже поздно, а Кариночка устала.

— Карина поедет с нами. Она в ее положении будет просто незаменима для нашего плана!

Услышав, что Карина едет с ними, Кеша мигом отбросил все свои отговорки и тут же согласился ехать.

— Пойду возьму проводника из местных. Пусть покажет наикратчайшую дорогу. Коли уж Каринка решила ехать с нами, нужно довезти ее побыстрей и без тряски.

И, с тревогой посмотрев на Карину, Кеша убедился, что она в порядке, ехать готова и даже хочет. И только после этого вышел из комнаты.

— Совершенно точно, он к ней неравнодушен, — прошептала Леся, глядя вслед Кеше.

— И сдался ей этот Серега! — тоже шепотом заявила Танька. — Бабник и пошляк! И еще собак боится. Трус!

— Прямо жаль их будущего ребенка. Что за жизнь у него будет?

— Ни щенка, ни собаки!

— Не в щенках счастье!

— И все равно Кешка подходил бы Карине куда больше, — не сдавалась Танька. — Он добрый малый.

— О чем вы там шушукаетесь? — подала голос Карина.

— Ни о чем! — хором ответили подруги.

Неизвестно, поверила ли им Карина. Выглядела она теперь безмятежной и счастливой. Чувствуя равнодушие своего мужа, Карина бледнела и дурнела. А вот стоило приехать Кеше, как она расцвела и разрумянилась!

В лес вся компания, включая найденного проводника из местных жителей, отправилась на Кешином разрисованном фургончике. По дороге Кира опекала Карину. Танька с Лесей, прислушиваясь к тому, что втолковывала Кира беременной женщине, и только диву давались Кириному нахальству.

— Это риск! — наконец заявила Танька. — Кира, мы крупно рискуем!

— Кто не рискует, тот не пьет шампанского! — выдала она свою коронную фразу.

У Подборья друзья оказались всего через полчаса. Причем ехали они по дороге. А не двигались прямиком через лес.

— Да, тут в самом деле совсем близко, — произнесла Кира. — Могла Лесси бегать отсюда к нам? Вполне могла.

Сама деревушка оказалась заброшенной. Домики давно сгнили, поросли травой и кустарником. Жилым духом тут и не пахло. Обычный подлесок, который в ближайшем будущем обещал стать полноценным лесом. Об обитании в этих местах человека почти ничто не напоминало.

— А где же это таинственное учреждение за бетонным забором?

— До него еще около полукилометра.

И в самом деле за поворотом появилось странное сооружение. Ровный бетонный забор уходил в обе стороны в необозримые дали и терялся прямо в дремучем лесу. Заглянуть за забор, нечего было и думать. Около трех метров в высоту, и поверху шла колючая проволока.

— Однако тут у них все серьезно!

— Неприятное местечко, — произнес проводник — веснушчатый парень лет двадцати пяти.

— А вы уверены, что это не колония для заключенных?

— Если колония, должна быть табличка. А ее нет. И потом, возле колонии всегда толпятся родственники, приехавшие на свидание. Заключенных иногда привозят или, наоборот, отпускают. А тут полнейшая тишина. Приедут раз в месяц машины с какими-то людьми, а потом так же тихо и уедут. Никогда в наш магазин никто отсюда не приходит. Хотя через лес тут совсем близко. Ни молока у бабок не покупают, ни картошки молодой. А многие у нас овощем со своих огородов торгуют.

И, кивнув на забор, парень добавил:

— Прямо такое впечатление, что там и нет никого!

— Однако там кто-то есть, — заметила Кира. — Карина, внимание! Твой выход!

Услышав, что ей пора, Карина открыла рот и издала громкий стон. Следом еще один, а потом еще и еще.

— Хватит! Теперь вылезай!

Продолжая стонать, Карина вылезла из фургона.

И, постояв так, чтобы с вышки смогли хорошо рассмотреть ее живот, согнулась и снова закричала:

— Ой, больно! Ой, рожаю! Ой, врача, врача скорей!

В таком духе она вопила минут пять. Все суетились возле нее, делая вид, что не знают, как быть.

— Тебя в больницу надо! — кричала Кира, стараясь, чтобы ее услышали за оградой.

— Ой, не могу! Ой, не доеду!

— Куда ей в больницу?! Воды уже отошли.

— Ребенок вот-вот появится! Ночь на дворе, не довезем до больницы! Помрет!

— Ой, умираю! Ой, мамочка! Ой, бедный мой ребеночек!

И, понизив голос до шепота, Карина посмотрела на Киру.

— Достаточно?

— Еще чуть-чуть.

Но «чуть-чуть» не понадобилось. Ворота открылись. И оттуда появился самый обычный человечек. Без оружия, без бронежилета и формы. Обычный такой невзрачный мужчина лет сорока пяти, с поредевшими светлыми волосиками, одетый в светлую рубашку с короткими рукавами и джинсы. Выглядел он встревоженным.

— Что у вас случилось?

— Ой, рожаю! — застонала Карина и окончательно повалилась на землю.

— Женщина! — испугался мужчина. — Что вы делаете?! Тут рожать нельзя! Тут вам не роддом!

Карина стонала. А все наперебой объясняли:

— Раньше времени роды начались. В дороге!

— Ребенок уже идет!

— Что же делать? — запаниковал мужчина.

— А вы нам не поможете?!

— Я?! — ужаснулся мужчина. — Нет, я не могу! Не

имею права! Никогда лично не принимал роды у женщин!

— А у кого?

— Ну, у человекообразных один раз случалось.

— У макаки?

— У шимпанзе.

— Так это то же самое!

У Карины, услышавшей такое сравнение, даже дух перехватило от возмущения. На мгновение она забыла про свою роль и, перестав стонать, злобно уставилась на Киру. Лесе пришлось незаметно ущипнуть гордячку, чтобы та не останавливалась и продолжала стонать.

— Поймите, если вы нам не поможете, роженица и ребенок могут погибнуть! Их смерть будет на вашей совести!

Кира не ошиблась. Отослать прочь рожающую женщину этот, в общем-то, нормальный, даже славный мужчина не смог.

— Заносите! — велел он. — Только аккуратно. И войти могут только двое. Те, кто понесет роженицу!

— Я дойду сама! — быстро сказала Карина. — А со мной пусть пойдут девочки.

— А муж?

— Муж перебьется!

— А-а-а, — растерянно глядя на Кешу, которого он принял за ее мужа, произнес мужчина. — Ну, ладно. Как хотите. Девочки так девочки.

Таким образом Кира, Танька и Леся оказались на территории тщательно охраняемого объекта. На входе стояла охрана, которой их новый знакомый шепнул несколько слов. И те посторонились, лишь с любопытством тараща́сь на живот Карины.

Оказавшись внутри, они принялись вертеть головами по сторонам. Но ничего интересного не увидели. Ровные бетонные корпуса. Три больших и два поменьше. Между ними травка, несколько деревьев и в центре клумба с цветами. Чуть в стороне гараж и нечто, откуда доносился запах пищи, — столовая. Между корпусами двигались люди. Самые обычные люди, мужчины и женщины, одетые в обычную одежду. Некоторые были с книжками, некоторые с какими-то папками. Другие просто сидели на лавочке, о чем-то беседуя. Одним словом, ничего предосудительного. Тогда к чему вышки и охрана на входе?

— Сюда! Сюда! — поторопил подруг их новый знакомый. — Идите сюда!

Он уже стоял возле одного из корпусов. И манил подруг к себе.

— Тут она и родит.

Он провел подруг по чистому белому коридору мимо нескольких плотно закрытых дверей. И, толкнув одну из них, пригласил их в помещение, которое оказалось медицинским кабинетом. Самым обычным медицинским кабинетом. У подруг в школе был точно такой же. Единственное отличие заключалось в том, что тут был большой смотровой стол. Пластиковый и снежно-белый.

— Вот, забирайтесь, раздевайтесь, а я пойду помою руки.

С этими словами мужчина вышел, оставив трех подруг одних.

— И что мне делать дальше? — поинтересовалась Карина.

— Продолжай стонать!

— Хорошенькое дело, сейчас этот мужик посмотрит меня и поймет, что мне до родов еще не меньше двух месяцев!

— Если сразу не понял, может быть, и потом не поймет.

— Не мели ерунды! Лучше делай, что тебе было нужно. И дадим отсюда деру. Мне тут не нравится!

Кира послушно метнулась к двери. Но, к ее удивлению, та оказалась заперта.

— Эге! А наш знакомый не так-то прост.

Стоять возле запертой двери Кире показалось бессмысленным. И она вернулась к стеклянным стеллажам. Быстро осмотрела их. Ничего особенного. Обычный набор лекарственных препаратов. Но-шпа в ампулах, анальгин, антибиотики и еще какие-то таблетки и растворы, но тоже в знакомых фирменных упаковках.

— Ну-с! Как мы тут? Еще не родили?

С этим бодрым возгласом в кабинет влетел их знакомый. Он уже переоделся. Теперь на нем был белый халат. И при ярком свете ламп дневного света подруги могли хорошенько рассмотреть его. И поняли, что ему гораздо больше, чем сорок пять, которые они ему дали первоначально. Мужчине было уже за пятьдесят. Но умное, немного печальное лицо казалось моложе за счет блестящих глаз с озорным мальчишеским блеском.

Мужчина подскочил к шкафу и извлек оттуда пару тонких стерильных перчаток.

— Ну-с, — повторил он. — Давайте вас посмотрим, уважаемая роженица. Забирайтесь на стол.

Но Карина вовсе этого не хотела.

— Знаете, доктор, а у меня, кажется, уже все прошло.

— Как прошло? — оторопел мужчина. — Минуточку, но вы же говорили, ребенок...

— Да. Кажется, он вернулся обратно.

— Нет, так не бывает!

— А у меня случилось!

— Дайте мне вас осмотреть!

— Не дам!

И Карина шустро отпрянула. Мужчина замолчал. Лицо его все мрачнело и мрачнело. Кира поняла, что еще немного, и разразится гроза. И сочла необходимым вмешаться:

— Доктор, ее собака напугала. Могло ей со страху показаться, что она рожает?

— Напугала? Вас напугала собака? Какая еще собака?

— Огромная! — вырвалось у Карины. — Просто неправдоподобно огромная. И чудовищно жуткая. Шерсть дыбом. И глаза как два фонаря!

Глаза самого доктора тоже напоминали два фонаря.

— Минуточку! — пробормотал он. — Когда же это вы могли видеть это чудовище?

— Буквально за несколько минут до того, как приехать к вам!

— В лесу!

— Она перебегала дорогу!

Мужчина побледнел, а потом воскликнул:

— Чушь!

— Она попала в свет наших фар. Мы хорошо ее рассмотрели!

— Не могли вы ее видеть!

Эти слова вырвались у мужчины непроизвольно. Он быстро прикусил язык, но было уже поздно. Как говорится, слово не воробей, вылетит — не поймаешь. Подруги уже все поняли. Он что-то знает про Лесси. Знает, и это его пугает. Но почему, черт возьми, он так уверен, что Карина не могла видеть эту зверюгу? Уж не потому ли, что сам ее прячет? Тут, в этом странном месте за высоким бетонным забором и охраной на входе, можно было спрятать и не одну только собаку, а целый военный отряд.

Однако мужчина разволновался не на шутку.

— Господи, — пробормотал он. — Неужели это правда? Тогда это катастрофа!

Он думал, что говорит едва слышно. Но Кира отлично его услышала. И теперь не сомневалась, что они на правильном пути. Этот мужчина выведет их к Лесси. А там... Глядишь, там и еще куда-нибудь...

Тем временем мужчина посмотрел на Карину и тихо, но твердо сказал:

— Если вы не собираетесь рожать так срочно, то вам лучше отсюда прямо поехать в больницу.

Карина только того и ждала.

— Спасибо! Я так и сделаю!

Она спрыгнула со стола. И, переваливаясь с боку на бок, заспешила к дверям. Они были снова закрыты. Но мужчина, который был поглощен своими мыслями, подошел и отпер их.

— Я провожу вас, — сказал он.

И в самом деле проводил до ворот.

— Где, вы говорите, видели эту зверюгу? — спросил он вместо прощания.

— Возле этой заброшенной деревни, в полукилометре отсюда.

— Подборье, — кивнул мужчина, и его лицо омрачилось еще больше.

Он коротко попрощался с подругами. И заспешил прочь.

Пройдя через ворота, подруги сели в фургончик и отъехали прочь.

— И что теперь?

— А теперь, если я не ошибаюсь, этот мужчина помчится докладывать куда нужно.

— О чем?

— О том, что мы видели эту зверюгу всего в полукилометре отсюда.

— Думаешь, они про нее знают?

— Мне так кажется. Поехали в это Подборье. Думаю, что за Лесси они придут именно туда.

И Кира не ошиблась. Не прошло и пятнадцати минут, как из-за поворота на Подборье появилась одинокая фигурка. Стояло лето, и ночи были не очень темные. Но человек еще запасся фонариком, которым освещал себе путь. При этом он свистел. И время от времени вполголоса выкрикивал:

— Клюшка. Ко мне! Ко мне, тебе говорят! Клюшка!

Сидящие в засаде друзья затаили дыхание.

— Похоже, он ищет собаку!

— Хорошо, что мы не взяли с собой Мальму.

В самом деле, сконфуженная своим провалом Мальма захандрила. И отказалась ехать с Кешей. Она осталась дома. И лежала на полу в бытовке, а нос у нее был горячий и сопливый. И глаза слезились, то ли она плакала, то ли это был такой вид аллергии.

И все же Кеша спросил:

— Почему это хорошо?

— Она бы сейчас залаяла и все испортила.

Кеша онемел от гнева.

— Моя Мальма...

Но его опередила Карина.

— Мальма никогда не подаст голос без команды, — встала она на защиту Кешиной собаки с таким возмущением, словно это была ее собственная. — Это же Мальма!

Тем временем человек на дороге свернул в сторону. Он подошел к одному из заброшенных домов. И вошел внутрь.

— Что ему там надо?

Выбравшись из машины, Кеша и Кира первыми проскользнули к дому. И успели увидеть, как мужчина открыл дверь и оттуда немедленно раздалось радостное собачье поскуливание.

— Клюшка! — воскликнул мужчина. — Так ты тут, умница моя! А что же те люди...

Он осекся. И обернулся назад. Теперь Кира без труда его узнала. Это был тот самый мужчина, который пытался принять роды у Карины, а потом так поспешно выпроводил их вон.

ГЛАВА ВОСЬМАЯ

Он тоже увидел маячивших в окне Киру и Кешу. Узнал их. И лицо его исказилось.

— Не отдам! — закричал он. — Не дам! Клюшка, беги!

Раздалось тяжелое сопение. И из-за двери дома вывалилось нечто огромное, волосатое и совершенно жуткое. Если бы африканская гиена могла стать размером с годовалого бычка из российской деревеньки, то это было бы самое то. Жесткая серая шерсть, тусклая и спутанная. Длинные ноги. И огромная уродливая голова с такой же огромной пастью, больше напоминающей капкан для ловли животных.

И все же это была собака. Уродливая или изуродованная сознательно, но собака. Она открыла пасть, и Кира закрыла глаза в полной уверенности, что пришел ее последний час.

— Стреляй! — прошептала она, обращаясь к Кеше.

— Я не могу!

— Не до принципов! Она нас сейчас сожрет.

— Не в том дело! Я не взял с собой из машины оружие! Не из чего стрелять!

Идиот! Просто клинический идиот!

— Беги, Клюшка! — надрывался тем временем ее хозяин. — Спасайся!

Черт возьми, о чем он говорит? Кому спасаться? Этой махине с пастью терминатора? От них, безоружных? Ничего уже не понимая, Кира приоткрыла один глаз. И как раз в этот момент собака присела на мощ-

ные задние лапы и одним мощным прыжком перемах-
нула через голову своего хозяина. Сбив с ног Киру,
она, хромая, кинулась в лес. Но Кеша был настороже.

Он кинулся к машине. И через мгновение в его руке появился пистолет, из которого он и выпалил вслед
псине.

— Попал!

Собака в самом деле дернулась, еще больше захро-
мала, но продолжала бежать. Еще выстрел, еще и еще.
Чудовище продолжало мчаться огромными скачками,
уже очень заметно припадая на правую переднюю лапу. Двигалась она хотя и с трудом, но все еще очень
быстро. Разве что движения после Кешиного выстрела
стали менее уверенными. А прыжки чуть короче. Совсем чуть-чуть. Однако Кеша был доволен.

— Действует! — закричал он. — Сейчас заснет!

— Кто вы такие? — горестно воскликнул мужчина. — Зачем вы это делаете?

Ничего себе вопросики у него! Сам прикормил
жуткого монстра, убивающего людей. А теперь еще
спрашивает, почему они его преследуют!

Тем временем серое чудовище скакало уже не так
резво. Стало видно, что оно очень сильно припадает
на правую переднюю лапу. И вообще, силы его на исходе. Охотники бросились за ним следом. И к тому
моменту, когда догнали пса, тот уже лежал на земле.
Глаза его закрылись. И мощная грудная клетка мерно
ходила вверх и вниз.

Пес спал. В этом не было никакого сомнения. И у
друзей была отличная возможность, рассмотреть его
хорошенько.

— Никогда не видел ничего подобного!

И в самом деле, собака не была похожа ни на одну
из известных человечеству пород. Короткая густая и
жесткая, словно щетка, шерсть покрывала все ее туловище. Она была некрасивого и неровного грязно-се-

5—4

рого цвета. Уши у собаки были обрезаны. Туловище казалось непропорционально маленьким по отношению к длинным кривоватым ногам.

И самое главное — морда! Даже сейчас ее выражение было самым зверским. Не было сомнения: перед друзьями лежит настоящая убийца.

— Зачем же вы так? — простонал хозяин собаки, подоспевший к тому месту, где лежала его страшная питомица. — Бедная Клюшка. Зачем вы нас преследуете?

— Да вам просто повезло! — возмутилась Кира. — Будь на месте Кеши другой охотник, он бы вашу псину в два счета пристрелил!

— Но за что? За что? Она же никому ничего плохого не сделала! Нельзя же преследовать ее только за то, что она так выглядит.

— Вы что, совсем ничего не слышали? — изумился Кеша.

— О чем?

— В коттеджном поселке по соседству с вами этой ночью была убита молодая девушка.

— И при чем тут я?

— Не вы! А ваша собака.

— А при чем тут Клюшка?

— Клюшка! — не сдержалась и фыркнула Леся. — Вы бы ее еще Шариком назвали.

— Или Шайбой!

— Армагеддон, вот ей кличка.

Мужчина молчал, растерянно переводил взгляд с одного незваного гостя на другой.

— Но что вы хотите? — спросил он наконец.

— Ваша собака убила ту девушку. А перед этим напала еще на одного человека. Тому чудом удалось спастись, забравшись в заросли колючего кустарника.

— Клюшка?! — недоуменно пробормотал мужчина. — Напала? На человека? Не может этого быть!

— Еще как может!

— Она не могла! У вас есть доказательства?

— Сколько угодно!

— И какие?

— Следы ее лап! Следы ее зубов! И, наконец, показания самой жертвы! Олега!

— Вы уверены, что это Клюшка напала?

— Другой такой огромной собаки в округе просто нет!

Мужчина молчал, растерянно глядя на распростертое у его ног тело питомицы.

— Клюшка не могла напасть на человека, — произнес он.

— И тем не менее этой ночью она это сделала!

— И прошлой тоже!

— Нет, — снова запротестовал мужчина. — Вы ошибаетесь. Этой ночью Клюшка не могла ни на кого напасть! Это совершенно точно.

— Это еще почему?

— Она сама попалась. Какой-то идиот расставил капканы в лесу. И бедная Клюшка попалась. Посмотрите на ее лапу!

Правая передняя лапа у собаки в самом деле была не в порядке. Это было заметно, когда она двигалась. И сейчас тоже было видно, что лапа словно побывала в тисках. Шерсть и кожа на ней были содраны. И рана до сих пор кровоточила.

— Видите! Не могла она с такой лапой ни на кого напасть. Она и двигаться-то могла с трудом!

— Ваша собака могла сначала напасть на девушку, а потом уж сама попасться в капкан.

На некоторое время мужчина замолчал.

— Вы же сказали, что девушка погибла ночью? — произнес он. — А мы с Клюшкой вышли погулять около одиннадцати. И в полночь она уже была в капкане. Я провозился, извлекая ее оттуда, почти до утра. Пришлось искать какой-то инструмент, потом возвращаться обратно. И тащить Клюшку почти всю дорогу на себе.

Друзья молчали. Что же, в принципе могло быть и такое. Но тогда... кто же тогда убил Светку и напал на Олега? Да нет! Собака и напала! Хозяин все врет!

— Чушь все, что он говорит! — вполголоса произнесла Танька.

— Просто выгораживает свою псину!

Одна Леся сомневалась.

— Не знаю, странный он какой-то, — задумчиво сказала она. — Может быть, и правду говорит.

А странный незнакомец тем временем опустился на колени возле своей страшной псины. И теперь поглаживал ее морду, голову и шею, приговаривая ласковые словечки.

— Потерпи, родная. Все будет хорошо. Никто тебя не обидит. Я буду рядом.

— Слушайте! — перебила его Кира, не вытерпев. — Объясните, черт возьми, что тут происходит?

— Что конкретно вас интересует?

— Все! Откуда взялась эта псина? Что это за порода такая отвратительная? И, наконец, почему вы прячете ее в заброшенной деревне и только по ночам выводите на прогулку?

Мужчина молчал. Но потом внезапно вздохнул:

— Видимо, весь этот спектакль с беременной рожающей дамой был исполнен только для того, чтобы познакомиться со мной поближе?

— Почему же спектакль? Карина в самом деле беременна!

— Ну, не буду спорить. И прекрасно понимаю, раз уж вы пошли на такие ухищрения и все-таки выследили меня, то скрывать что-либо от вас бесполезно. Вы будете продолжать искать, настаивать, задавать вопросы. И будет только хуже.

И, поднявшись с колен, он прямо посмотрел на друзей и произнес:

— Разговор у нас с вами будет долгий. Так что для начала позвольте представиться — Михаил!

Затем он, ничуть не смущаясь, по очереди сунул каждому сухую, твердую, слегка перепачканную глиной ладонь. И после того как церемония знакомства была закончена, мужчина сказал:

— Я вам все расскажу, но только не тут.

— А где?

— Давайте для начала перенесем Клюшку поближе к дому. Сколько длится действие препарата?

Этот вопрос относился уже к Кеше и неожиданно поставил того в тупик.

— Трудно сказать! Из расчета живой массы тела... Ну, допустим, часа два она проспит. Но можно вколоть ей антидот.

— Пока не нужно, — решил Михаил. — Пусть поспит. А мы пока что с вами поговорим.

Они перетащили собаку подальше от дороги, к тому дому, где ее и прятал Михаил. Тут было оборудовано неплохое лежбище. Матрасик, ошейник с цепью, миска с сухим кормом и водой. Одним словом, почти все, что нужно для вполне сносного собачьего существования.

Устроив собаку, Михаил наконец начал свой рассказ.

— Вы знаете, что находится за тем бетонным забором? — спросил он у друзей.

— Разные ходят слухи.

— Точно никто не знает.

— Понятно, — вздохнул Михаил. — И очень хорошо, что не знают. Значит, наша служба безопасности оказалась на высоте. И была права, когда настаивала на внедрении внутреннего правила номер один.

— И что это за правило такое?

— Никаких контактов с местным населением.

— Почему? Что такого ужасного вы там делаете?

— Ничего ужасного. Но во избежание ненужных слухов было принято решение свести на нет любое общение сотрудников нашей научной лаборатории с местными жителями.

— Но почему?

— В сельской местности зачастую можно встретить малообразованных или даже совсем неграмотных, темных людей. Узнав, что мы занимаемся генным моделированием, они могли сделать неверные выводы. Или, случайно повидав продукты наших экспериментов, еще что-нибудь этакое себе вообразить.

— Генное моделирование? Лаборатория? — пробормотал Кеша. — Вы там что, клонов выращиваете?

— Не совсем, — усмехнулся Михаил. — Верней, совсем нет. Но вы слушайте.

Одним словом, начальники секретной лаборатории, где трудился и Михаил, решили: чем меньше местные знают, тем лучше для всех. Как говорится, меньше знаешь, крепче спишь.

— И как? Действовало?

— Никто нас до сей поры не беспокоил. Было несколько визитов деревенских подростков, но их удалось спугнуть простым окриком и стрельбой в воздух. Больше они поблизости не появлялись.

— Чем же таким секретным вы там все-таки занимаетесь?

— Могу рассказать, над чем мы трудились до недавнего времени.

— Значит, не хотите говорить правду, — догадалась Кира.

— Чем занимались там до меня, просто не знаю. Это засекреченная информация даже от вновь набранных сотрудников. А чем занимаемся сейчас, рассказывать не имею права. Так что выбора у вас нет.

— Ну, хотя бы что-то, — взмолился Кеша. — Расскажите.

Михаил снова вздохнул. И начал объяснять. Суть его объяснений сводилась к тому, что некоторое время назад ученые-экологи крупных городов забили тревогу, и не без оснований: популяция крыс в крупных городах выросла в энное количество раз и стала представлять собой реальную угрозу для человека.

— Кроме того, поселившиеся в подземельях метрополитена крысы под воздействием непонятных факторов мутировали. Они стали сильней, умней и научились действовать сообща, и боюсь вас расстроить, сказав это, но во многом они действовали даже разумно. Их атакующие отряды были построены в боевые позиции. И отступали они не как животные, обращенные в бегство. Нет, они отступали в строго организованном порядке.

Разумеется, крысы оставались крысами. Они много жрали и страшно быстро плодились.

— Но, кроме этого, они стали еще и очень агрессивными. И даже были случаи нападения на людей.

Первыми с этой бедой столкнулись ночующие в подземке бомжи. Крысы буквально выжили их с занимаемых позиций. После того как некоторые бомжи сгинули в желудках крыс, бомжи добровольно переселились наверх.

— Я слышала о таком, — кивнула Кира, — но думала, что это всего лишь газетная утка. Страшилка.

— Нет, это чистая правда. Причем в газетах, скорей всего, вы прочли умелую журналистскую адаптацию, которая лишь отчасти показывала истинное положение дел.

Действительность была куда страшней. Крысы плодились. И не реагировали ни на один из известных крысиных ядов. Они охотно жрали отраву, но только здоровели и крепчали от нее.

— Уникальные твари! — воскликнул Михаил. — С точки зрения науки уникальные. А для человечества в целом очень и очень опасные.

И когда стало ясно, что яд на подземных крыс метрополитена не действует, отравляющий газ туда не пустишь, ученые вспомнили про давнего помощника человека в охоте на крыс — собаку.

— Лучшими охотниками на крыс издавна считались фокстерьеры и скотчи. Однако для подземных мутантов эти собаки оказались мелковаты. И тогда было принято решение в помощь этим двум породам вывести еще одну — крупную, злобную и бесстрашную охотницу-крысоловку. Новая собака должна была выполнять роль танка при штурме, а скотчи и фоксы стали бы при ней чем-то вроде пехоты или легкой кавалерии. Они могли проникнуть в узкие лазы, но на открытой местности им самим нужны были защита и прикрытие. И за несколько лет мы сотворили новую породу.

И Михаил положил руку на голову все еще спящей страхолюдной псины.

— Это и есть ваша новая порода?

— Да.

— Жуть какая!

— Но вы вспомните, для чего ее программировали! — бросился на защиту своей любимицы Михаил. — Эти собаки должны были быть сильными, большими. Внешних данных от них не требовалось. Кто ими там будет любоваться, в подземельях? Разве что сами крысы.

— Ну, и как? Получилось у вас?

— Вполне, — кивнул Михаил. — Проблему удалось купировать. Конечно, совсем избавиться от этой напасти не получится, даже пара крыс способна за год восстановить свою популяцию. Но с помощью наших собак крысы присмирели. Они озабочены лишь тем, как бы выжить и избежать собачьих зубов.

— А что же... что же ваша Клюшка? Она тоже уничтожала крыс?

— О, нет! С ней особая история!

— В каком смысле?

— Она брак.

— Очень злобная и неуправляемо-агрессивная?

— Увы, — вздохнул Михаил, покраснел и смущенно произнес: — Клюшка самое мягкое, незлобивое и добродушное животное, какое мне приходилось видеть. Она совершенно непригодна для охоты.

— Да почему же это?

— Видите ли, — замялся Михаил, — ладно уж, скажу вам, как на духу. Клюшка попросту трусиха.

— Трусиха?

— Жуткая трусиха! Невероятная!

Все недоверчиво покосились на лохматую зубастую махину, дрыхнущую на полу. Трудно было себе представить, что эта животина может кого-то бояться.

— А вот боится! И вид даже самой крохотной мышки повергает ее в бегство.

— Мышки, — пораженно прошептала Леся. — Эта махина боится мышей?

— Всех подряд боится. За всю свою жизнь Клюшка не загрызла ни одной крысы, ни одного кролика, ни одной куропатки.

— Минуточку! — возмутилась Кира. — Но кроликов у нас она совершенно точно зарезала!

— Да, да! Всех наших кроликов!

— Кроме одного, которого уволокла в свою нору.

— Чтобы сожрать его там без помех! Тепленьким!

— Видел я этого кролика, — кивнул головой Михаил. — Думаю, что она спасла этого малыша.

— Спасла? От кого спасла?

— От его убийцы.

— Этого не может быть! Она и есть убийца! Кроликов и Светы!

— И еще на Олега напала!

— Говорю вам — это вранье. Вас ввели в заблуждение. Клюшка просто физически не способна на агрессию. Такой она была с рождения. Такой и осталась, когда подросла. Ее именно потому и выбраковали из партии крысоловов. И ее должны были уничтожить.

— А вы ее спасли?

— Спас, — признался Михаил. — Рука не поднялась пристрелить. Увел ее тайком. И вот прячу тут уже почти целый год.

— И зимой она тут живет?

— Вообще-то зимой и в другое время у нее есть свое логово. Ну, вы его, я думаю, видели, раз знаете про крольчонка.

— Да. Видели.

— Неподалеку от него Клюшка и попалась в капкан.

— Мой капкан! — сказал Кеша и тут же смутился: — Простите, но это моя работа.

— Я вас и не виню. Я ведь тоже не без греха. Понял, что в области появился профессиональный охотник. Да еще, не приведи бог, с охотничьей собакой явился, вот и замел следы за Клюшкой.

— Замел? Как это?

— Когда я нашел Клюшку в капкане, лапа у нее была совсем плоха. Мне пришлось везти ее сюда на машине. Но все равно я боялся, как бы охотничья собака нас не выследила.

— И что же вы сделали?

— Посыпал все ее следы специальным порошком. Он отбивает нюх у собак и прочих животных. Его мы также использовали в борьбе с крысами.

— Ах, вот оно что! — воскликнул Кеша. — Поэтому Мальме и стало плохо!

Кеша выглядел таким несчастным, что всем девушкам стало его жалко. Особенно Карине.

— А как долго действует этот порошок? — спросила она.

— Вы имеете в виду, безвреден ли он для вашей собаки?

— Да.

— Уверяю вас, абсолютно безвреден. Через несколько часов ваша собачка станет прежней. Простите меня еще раз.

— Ничего, — буркнул Кеша. — Я ведь сразу понял, что дело нечисто. Едва увидел нору вашей псины.

— Это я ей соорудил логово, — похвастался Михаил не без гордости. — Своими собственными руками. Правда, неплохо получилось?

И тут Киру внезапно осенило.

— Так вот почему дед Валя твердил, что нора Лесси — это дело рук человека! — воскликнула она.

— Ясное дело, моей лопаты. Клюшке там понравилось. Еду я приносил ей каждый день. А так как она пуглива донельзя, то и проблем никаких не возникало. Она сама от всех пряталась. И от людей, и от животных.

— И сколько, вы говорите, она у вас уже так живет?

— Почти год. Да, в сентябре будет ровно год.

— И все это время она ни разу не хулиганила?

— Говорю вам, она шарахается от собственной тени. В жизни добровольно не подойдет ни к одному живому существу. Даже во много раз меньше ее самой. А тем более к человеку.

В это время Клюшка начала подавать признаки жизни. У нее задергались лапы, и она начала поскуливать.

— Можете вколоть ей антидот, — сказал Михаил, с

жалостью глядя на свою питомицу. — И сами убедитесь, что я вас не обманывал.

Кеша вопросительно посмотрел на женщин.

— Давай, — вздохнула Кира. — Посмотрим, что это за псина. Только будь готов к неожиданностям.

Кеша достал новую ампулу. И ловко всадил ее в шею Клюшки. Та дернулась. И через несколько секунд открыла еще затуманенные наркозом глаза и посмотрела по сторонам. Увидев, что вокруг нее множество незнакомых людей, она дернулась, поняла, что удрать не в силах, и горестно, почти по-человечески застонала.

— Тихо, тихо! — приговаривал Михаил. — Все хорошо, милая. Все свои.

Увидев Михаила, собака немного успокоилась. Затравленное выражение пропало с ее морды. Но на друзей она все равно поглядывала с большой опаской. И едва появилась возможность, постаралась переползти поближе к Михаилу.

— А дотронуться до нее можно?

— Пока она обездвижена, пользуйтесь случаем. Не сбежит.

Не без опаски, но Кеша все же протянул руку, чтобы дотронуться до жесткой шерсти на голове у собаки. И в самом деле, Клюшка прижала уши к голове и попыталась увернуться. Но попытки укусить или огрызнуться не сделала. Только жалобно скулила и старалась подползти поближе к Михаилу.

Зрелище было самое жалкое и одновременно чемто трогательное. Эта собака оказалась лишней для всех на свете, кроме одного-единственного человека — Михаила. Других друзей у нее не было и появиться не могло. Во-первых, из-за ее уродства, а во-вторых, изза врожденной прямо-таки патологической трусости.

— Но, возможно, собака способна на внезапные вспышки ярости, — с сильным сомнением в голосе произнесла Кира. — Совершенно немотивированные к тому же.

— Клюшка никогда не нападет на животное или на человека. Даже припертая к стенке будет скулить и ползать на брюхе. А уж когда есть возможность избежать такой встречи, она даже сомневаться не станет. Просто удерет подальше. Хотите эксперимент? — внезапно предложил Михаил.

— Какой?

— Нападите на нее!

— Что?

— Не бойтесь, для вас это абсолютно неопасно. Нападите! И вы увидите, что произойдет.

Кеша снова посмотрел на своих спутниц. Все-таки это он был укротителем. И это ему было адресовано предложение Михаила.

— Кеша, нет! — звонко воскликнула Карина. — Не надо! Вдруг она тебя покусает!

И Карина буквально повисла на Кеше. На лице ее читался неподдельный страх. Она умоляюще глядела на Кешу и твердила:

— Нет, не надо, Кеша. А как же я тогда буду без тебя?

Видя, что Кеша в руках Карины совершенно размяк и выпал из строя охотников, вперед шагнула Танька и угрожающе замахнулась на забившуюся в угол Клюшку. Та завизжала и попыталась прижаться к Михаилу. Но тот отодвинулся от трусихи.

— Ударьте ее!

— Прости меня, господи! — С этими словами Танька занесла руку как для удара. Клюшка открыла пасть, показав клыки, которые были способны вмиг перекусить кость. Карина завизжала и еще крепче вцепилась к Кешу, который рванул было на помощь Таньке. Но из страшной собачьей пасти исторгся жалобный вопль, после чего псина присела, а из-под нее по полу растеклась огромная лужа.

— Тьфу ты! — воскликнула Кира. — Михаил! И часто она так?

— Постоянно. Когда боится, сразу писается.

Танька отступила. А обрадованная Клюшка кинулась к Михаилу и принялась крутиться возле него, сконфуженно пряча глаза. Видно было, что ей самой стыдно за свою трусость. Но совладать со своей натурой она не могла.

— М-да, должны принести вам свои извинения, — пробормотала Кира. — Ваша собака в самом деле... м-м-м... уникальный экземпляр.

На всякий случай друзья договорились с Михаилом, что он подержит свою Клюшку на цепи еще несколько дней, так сказать, для полной ясности.

— Да я и сам ее теперь в лес не отпущу одну! — воскликнул Михаил. — Не хватало еще, чтобы на нее в таком состоянии, когда она и убежать-то не сможет, еще напал кто-то из жителей поселка.

И, фыркнув, Михаил воскликнул:

— Надо же, подумали, будто бы Клюшка — убийца. Чушь какая!

Обратно друзья возвращались в смятенных чувствах. С одной стороны, их радовало, что таинственная Лесси оказалась всего лишь громадной трусливой дворнягой, побочным продуктом генной инженерии. Но тогда кто убийца?!

— Вы помните клок волос, который нашли в кулаке у Светы? Так вот, — нарушила молчание Кира, — волосы были коричневого цвета! Понимаете? Не серого, как у Клюшки, а коричневого!

Друзья посмотрели на Киру, осмысливая сказанное.

— Но тогда должна быть еще одна собака? — задала резонный вопрос Леся.

— А что?! — оживился Кеша. — Вполне возможно! Если у них там, за бетонным забором, полным-полно собак-крысоловов, может быть, кто-то из них и сбежал? Мало ли что там Михаил говорит насчет их строгих правил!

Михаил в самом деле утверждал, что на каждого щенка заводится специальный паспорт, где указывается все, начиная от имени его родителей до трудовых заслуг. И все они на строгом учете. Не верить Михаилу у друзей не было оснований. Не такая это организация, чтобы халатно относиться к своим питомцам, позволить им шастать по округе.

— Когда мы узнали, что под маской жуткой зверюги по кличке Лесси прячется трусоватая Клюшка, я подумала, что все наши беды позади, — произнесла Леся.

— А теперь мне кажется, — кивнула в ответ Кира, — что все самое страшное еще только начинается.

— Ты же не думаешь?..

— Что Светку убил человек? — договорила за подругу решительная Кира.

— И сделал так, чтобы все подумали, будто убийца собака! Да?

— Не знаю, — призналась Кира. — Не знаю, что и думать.

— А нечего нам тут думать! — решительно заявила Танька. — Приедем, вместе и решим, что да как.

У Вали, несмотря на позднее время, было все еще полно народу. Несколько наиболее ярых сторонников охоты на зверюгу сидели и обсуждали план завтрашней операции, чтобы уж точно захватить убийцу. Кеша и его спутницы еще не успели рассказать о своем открытии, как за окном раздался жуткий заунывный вой. Все кинулись к окнам. В темноте ничего не было видно, лишь вдалеке мелькнул какой-то темный силуэт.

— Она! — ахнули охотники. — Лесси! Снова вышла на охоту!

— За ней!

— В погоню!

И вся толпа, включая Валю, Серегу и Витьку, рванула из дома. Напрасно Кеша и девушки пытались уговорить их не торопиться. Куда там! Все мчались, не слушая и не желая понимать обладателей новой информации о какой-то там Клюшке, которая писается от страха.

— Ну и черт с ними! — проворчала Кира, когда в комнате остались они и Евгения Валентиновна.

Даже дед Валя поддался всеобщему энтузиазму и помчался стрелять по непонятной темной тени, мелькнувшей на холме. Леся подобралась поближе к подруге и прошептала:

— Кто это там выл?

— Какая-нибудь деревенская шавка.

— Они так не воют.

Кира покосилась на подругу. Вообще-то вой в самом деле был пронзительный и холодящий душу ужасом. Нечеловеческий, точнее говоря, не собачий вой! Жуткий, потусторонний звук, который не мог принадлежать любому живому существу — из плоти и крови.

— Может быть, Михаил просто наврал нам?

— Наврал или не наврал, а это не могла быть Клюшка с ее больной лапой! Да и вообще, после той дозы наркоза, которую вкатил ей Кеша, она едва двигалась.

Охотники вернулись часа через полтора. Возвращались они не все сразу, а поодиночке. Так как, по их словам, в темноте и азарте погони все быстро потерялись. Тем более что страшный вой раздавался сразу с нескольких сторон.

— Не знали, куда и бежать!

— Всюду воют! Целая стая!

У подруг от этих слов просто голова пошла кругом. Кто выл? Какая стая? В питомнике собак-крысоловов прогулочный день? Питомцев выпустили немножко погулять по округе, размяться?

— Вы уверены, что это были собаки? — обратилась Кира к деду Вале, который казался наиболее рассудительным, хотя его тоже порядком потряхивало.

Но, выпив водки для снятия стресса, дед немного пришел в себя. Во всяком случае, настолько, что мог связно говорить.

— Да кто его знает! Чертовщина какая-то творится!

— Валя, а что, если продать этот дом? — обратилась к сыну тетя Женя.

— Мама! Ты что? Он же тебе так нравился?!

— Нравился. Ну и что? Ты же видишь, какая свистопляска началась! Света погибла. И еще неизвестно, чем эта история закончится.

Валя помотал головой. Продавать дом он был явно не намерен. Во всяком случае, пока. Пока его занимало, куда делись все те собаки или прочие твари, чей вой выманил их из дома.

— Ведь не одной же не увидели! — возмущался он. — Словно сквозь землю провалились.

— Голоса слышим, а самих не видать! Словно невидимки!

— Собаки-привидения!

— Стойте, а ведь кого-то не хватает! — вскочил с места Сергей.

— Кого?

— Не знаю, а только такое ощущение, что нас было больше.

— Верно. Селяне ушли...

— Не они, — потряс головой Сергей и, внезапно хлопнув себя по лбу, воскликнул: — Витька!

148

Все замолчали.

— Точно! — произнес Валя. — Витьки нету.

— А он был?

— Глупый вопрос! Конечно, был! Побежал вместе со всеми!

Лицо Вали омрачилось.

— Заблудился, — пробормотал он. — Заблудился, если... если только не что-то похуже.

И, вскочив на ноги, он решительно воскликнул:

— Идемте! Кеша, где там Мальма? Пришла она в себя?

Кеша взял под козырек. Михаил пообещал ему, что недомогание Мальмы продлится два, от силы три часа. И в течение суток нюх восстановится в полном объеме.

ГЛАВА ДЕВЯТАЯ

Но, видимо, действие порошка еще не до конца прошло. Или Мальма просто впала в депрессию после пережитого ею конфуза. Так или иначе, работать она не могла. Бестолково покрутившись на одном месте, она села, всем своим видом давая понять, что умывает лапы.

— Ищи, Мальма! — твердил ей Кеша. — Ищи!

Но собака лишь ворчала и дрожала всем телом. Идти дальше она отказывалась.

«Нет уж, играйте, мол, сами в свои непонятки. А с меня довольно! Рисковать своим носом я не намерена!»

— Странно, — озадаченно произнес Кеша. — Никогда прежде с ней такого не случалось.

— Все когда-нибудь случается впервые, — философски заметила Танька. — Что делать-то будем?

— Возьмем фонари и пойдем на поиски без соба- ки. Витька не мог уйти слишком далеко.

— Ну, мало ли что могло случиться...

— Например?

— Например, зацепился за камень, упал в овраг, подвернул ногу. Будем ходить и звать. Если жив, то от- кликнется.

— Если?.. — прошептала впечатлительная Леся. — Если?.. Ой, мамочки!

Искать Витьку отправились все.

— Мне это уже что-то напоминает, — пробормота- ла Кира, глядя себе под ноги, чтобы не свалиться и не свернуть шею или не сломать ногу, что тоже достаточ- но неприятно.

— Угу! Не далее как сегодня утром мы точно так же ходили и искали Светку.

— Только тогда уже встало солнце. И с нами была Мальма, которая точно знала, куда идти.

На этот раз поисковой группе пришлось рассы- паться. Еще хорошо, что жуткий вой не возобнов- лялся. Иначе... даже страшно подумать, что было бы иначе.

Но все равно они старались не терять друг друга из виду. Далеко идти не пришлось. Внезапно из-за высо- кого клена раздался крик.

— Ко мне! Быстрей!

За кленом стоял Валя и, вытаращив глаза, смотрел на лежащего на земле Витьку. Тот лежал, глядя стекле- неющими глазами в звездное небо. На его лице засты- ло странное выражение.

— Как он смотрит! — прошептала Танька. — Гос- поди! Будто бы удивляется чему-то.

Это было наиболее точное определение. Витька в самом деле удивлялся. Чему? Учитывая, что его горло оказалось разорванным точно так же, как у Светки, на его лице могло запечатлеться что-то другое — страх, ужас, отвращение. Но нет, он именно удивлялся. Странно. Нет, дико!

Но долго размышлять на эту тему подруги не смогли. Потому что Танька, также увидевшая Витьку, по уже сложившейся традиции немедленно бухнулась в обморок. И девушкам пришлось хлопотать над ее бесчувственным телом, стараясь вернуть его к жизни, то есть хотя бы к приблизительной норме.

— Да что же это такое творится?! — вырвалось у Сергея, когда он подбежал к клену. — Олег! Света! А теперь еще и Витька! Будь она проклята, эта тварь! Будь проклята!

У него началась форменная истерика. Все молчали. Пока они искали Витьку, уже успели подготовить себя к мысли, что живым они его вряд ли найдут. Теперь у всех наступил шок. Никто не двигался. Все замерли, словно в ступоре. Убивался один Сергей. Он же первым воскликнул:

— Нужно вызвать милицию!

— Немедленно! — встрепенулся Валя. — Звони! Скажи, что у нас новая жертва! Скажи им, что я согласен на спецназ, ОМОН, МЧС. Что угодно! Лишь бы поймать и уничтожить эту тварь!

По его лицу текли слезы. С того момента, когда он увидел истерзанное тело Светы, он не плакал — как бы окаменел. Новое потрясение вернуло его к нормальным реакциям.

Кира с Лесей были слишком заняты, чтобы объяснять всем: виновата не Клюшка! Кеша вызвал милицию и сообщил о новом трупе. А Карина... Карина стояла возле Кеши и преданно прислушивалась к каждому его слову.

— Да, скажи, что следы те же самые! — твердила она ему. — Собачьи следы!

Кеша все сказал — слово в слово. И, убрав трубку, растерянно посмотрел на Карину и подошедших к нему Киру с Лесей.

— Что происходит, черт возьми? — тихо произнес он. — Клюшка не могла его убить. Просто физически ей сюда не добраться. Нет, это не она!

— Тогда кто? Кто? — твердила Леся.

Прибывшие к месту преступления менты отчасти были уже знакомы подругам. Был тут и капитан Воробей. Но вскоре ожидалось пополнение.

— Начальство наконец-то зачесалось, — произнес капитан Воробей. — Сказали, что на этот раз пришлют опытного эксперта. И сильную опергруппу обещали выслать.

— Хорошо.

— Хорошо-то хорошо, да ничего хорошего. Откуда взялся еще один труп?

— Вокруг собачьи следы, — встрял в разговор Коля.

— Вижу! Думаете, это собака его так?

— Не собака! Нет! Это монстр! Чудовище! Исчадие ада!

Коля дрожал, и при каждом слове у него изо рта вырывался небольшой фонтанчик слюны. Подруги хорошо знали эту его не совсем приятную особенность. Когда Коля волновался, он начинал плеваться. Например, на выпускном экзамене он так плевал на физичку, что та поставила ему «отлично», лишь бы он убрался поскорее.

Бедный капитан не успевал утираться большим клетчатым носовым платком.

— И вот что я вам скажу! — горячился Коля. — Их стало больше!

Капитан побледнел. Снял форменную фуражку,

вытер внезапно вспотевший лоб, лицо и потребовал, чтобы Коля объяснился.

— Как это больше? В каком смысле?

— В прямом! Мы все слышали! Вой раздавался сразу из нескольких мест. Эта тварь привела себе подобных! Они тут всех перегрызут!

Капитан снова утерся и благоразумно отвернулся от Коли к Вале. Все-таки хозяин дома, и не плюется к тому же.

— Еще раз всю эту историю, и поподробней, — попросил капитан Воробей у Вали.

Тому уже удалось взять себя в руки. И он довольно связно рассказал, как сегодня среди ночи их спугнул собачий вой. А когда они выскочили из дома, то поняли, что воют с разных сторон.

— И вы пошли охотиться на этих тварей? — неодобрительно спросил капитан у Вали. — Без оружия?

— У нас было оружие.

— У вас, да. А у убитого?

Валя молчал. Что он мог сказать? Смерть Витьки отчасти была и на его совести. Как хозяин дома, он отвечал за безопасность своих гостей. И что в итоге? Плохим он оказался хозяином. Очень плохим!

Последующие события ничего нового не прибавили. Менты осматривали место происшествия. А всех свидетелей отправили в дом, где до утра допрашивали хозяев и гостей. Вопросы были одни и те же. И вертелись вокруг того, кто и когда в последний раз видел Витьку живым.

Женщин этот допрос не касался — они в последней вылазке не участвовали.

— Смотри, что я нашла, — произнесла Леся, протягивая Кире какой-то странный предмет.

Кира взяла его из рук подруги и поднесла поближе к глазам.

— Что это?

— Кусочек зеленой резинки.

— И что дальше?

— Нашла, — гордо сообщила Леся.

Кира ее гордости не поняла и потому спросила с явной насмешкой в голосе:

— И давно ты собираешь разный мусор? Это что, твое новое хобби?

— Не издевайся! Лучше спроси, где я это нашла.

— И где?

— Возле Витьки! Возле его руки валялось. Словно он перед смертью тянулся к этой резиночке.

Кира недоверчиво осмотрела кусочек тонкой зеленой резинки. Самая обычная резина, как от лопнувшего надувного шарика. Даже фрагмент картинки сбоку виднеется.

— И что с того, что это валялось возле Витьки? — пожала она плечами. — Мало ли разного хлама на улице валяется!

— В том-то и дело, что не на улице! Не на улице, а в лесу! Где никто не ходит. Откуда там могла взяться эта резинка?

— Детишки из поселка там днем играли, вот и бросили. Да какая вообще разница?!

— Может быть, и никакой, — согласилась Леся. — А возможно, в связи с этой резинкой нас поджидает большой сюрприз.

Но оказалось, что самый большой сюрприз их поджидает совсем в другой связи. Прибывший наутро из города эксперт, тщательно осмотрев тела Вити и Светки, лежащие в одном морге, послушав проклятия Сергея в адрес неизвестной собаки-монстра, требования Вали уничтожить эту тварюгу с привлечением санэпидемнадзора страны и тонны самой лучшей специальной отравы, высказался совершенно однозначно:

— Не надо МЧС, и бригады живодеров тоже не надо.

— Почему это? — опешили хозяева и гости.

Тогда их пригласили в отделение милиции для последнего, как их уверяли, допроса. Но вместо допроса появился эксперт и с усталой обреченностью произнес:

— Все эти специалисты по отлову диких животных ничем нам не помогут.

— Это с чего вы, интересно знать, взяли? — возмущенно воскликнул Сергей, пренебрегая правилами хорошего тона.

Но эксперт ничуть не обиделся. Он понимающе посмотрел на молодого человека, усмехнулся и произнес:

— Животное, которое вы обвиняете в смерти вашего друга, названное всеми Лесси, не виновно!

— Как так? Почему?

— Не виновно, потому что вашего друга убило вовсе не животное.

— Во всяком случае, не дикое животное.

— А какое?

— Вполне цивилизованное, двуногое, прямоходящее животное — гомо сапиенс, говоря по-научному!

Все молчали, пытаясь осмыслить слова эксперта.

— Вы хотите сказать, что Витю убил человек?! — прошептал пораженный Коля. — Обычный человек?

— Не совсем обычный. Я бы сказал, обладающий незаурядным воображением и смекалкой. Надо же придумать! Использовать в качестве орудия убийств металлические щипцы или капкан с шипами, похожими на зубы. Это же надо сообразить такое.

И эти слова эксперта были восприняты с недоверием. Куда легче обвинить в убийстве неизвестную взбесившуюся зверюгу, чем кого-то, грубо говоря, из своей стаи.

— Да с чего вы взяли? — возмутился теперь уже Валя.

— В общем-то, я мог бы перечислить вам ряд характерных особенностей, по которым видно, что эту рану не могло нанести животное. Но я предпочту не загружать ваши головы. Достаточно, если я скажу, что животное с таким расположением зубов — науке до сих пор неизвестно. И если бы оно существовало, то размерами превысило бы юного слона. Тонны две, если не все две с половиной. Вы можете себе представить, чтобы дикий хищник размером с молодого слона бегал бы незамеченным по округе? Нет? Вот и я не могу.

— Но подождите, ведь его, то есть ее как раз видели!

— Вы говорите о легенде местного населения — о Лесси, — кивнул головой эксперт. — Я уже ознакомился с этим фольклорным героем здешних страшилок. Слышал про нее. И даже следы ее видел.

— Видели? Почему же тогда говорите, что ее нет?

— Так вот, те следы, которые оставляет так называемая Лесси, по своим размерам куда меньше следов, которые должен был бы оставить хищник, загрызший вашего друга и имеющий такие челюсти, чтобы сразу же порвать ему горло. Еще вопросы есть?

Мрачное молчание было ему ответом. Разумеется, бывшие одноклассники не были круглыми идиотами. И теперь прекрасно понимали: если версия с нападением дикого животного отпадает, тогда возникает вопрос, кто же из людей убил Виктора? И Свету?

Очень неприятный вопрос, так как, скорее всего, следователь будет искать среди тех, кто присутствовал в это время в Валином загородном доме. Будь он трижды неладен!

И худшие ожидания подтвердились незамедлительно. Следователь городской прокуратуры — гражданин Потемкин, — пожилой усатый дядечка с кругленьким брюшком и проницательными колючими глазками сразу же начал задавать вопросы, суть которых сводилась к тому самому. Кто же из вас, дорогие гости, порешил Светлану и Витю?

— Как? И Свету тоже? — ахнула Нико.

— Да. Ее смерть на совести того же убийцы. Почерк один и тот же. Очень умелая подделка под дикого зверя. Если бы тут работал чуть менее опытный эксперт, то настоящему убийце все сошло бы с рук. Обвинили бы некое животное, начали бы на него травлю. Результат был бы нулевой. Но именно того и добивался убийца.

И, потерев маленькие, какие-то по-детски розовые ладошки, следователь жизнерадостно заключил:

— Так что вы, дорогие мои, все находитесь под подозрением!

Этого и нужно было ожидать с самого начала. Впрочем, подруги лидировали среди остальных. Они ожидали подобного заявления от следствия с того самого момента, когда поняли, что Лесси, она же Клюшка, тут совершенно ни при чем. А как скоро это поймет и следователь, вопрос лишь времени.

— И на что надеялся убийца? — возмущалась Леся по дороге к Валиному дому.

В интересах следствия всех уговорили пожить у него еще хотя бы один день.

— На что он наделся? Не знаю! Ведь ясно же, что эксперты сразу поймут, что убивал не дикий хищник, а человек!

— Как раз нет! Следователь сам сказал, что все могло пройти гладко.

— И вообще, нужно думать не об этом, — вмешалась в разговор подруг Танька.

Как-то так само собой получилось, что в компании

супружеских пар три свободные девушки стали держаться вместе. Впрочем, теперь ведь и место возле Вали оказалось вакантным. Так что Кира с Лесей всерьез полагали, что Танька с ними долго не продержится. Но пока что она придерживалась нейтралитета. Может быть, боялась спугнуть свое счастье? Или боялась, что Светка, видя, что ее жених счастлив с другой, может вопреки логике взять и воскреснуть? Просто из природной вредности!

— А о чем нам нужно думать?

— Кому была выгодна смерть Светки и Вити! Вот о чем!

И Танька посмотрела на них с такой гордостью, словно только что самолично, без всякой посторонней помощи открыла всемирный закон тяготения.

— Кому была выгодна их смерть? Вот что важно! Понимаете?

Подруги переглянулись. Ну, что касалось Светки, тут было все ясно. Избавиться от нее страстно желали как минимум трое. Карина, которая бешено ревновала своего мужа. Евгения Валентиновна, которую ужасало поведение ее будущей невестки. И сам Валя, в котором (не надо этого забывать) текла горячая южная кровь. И конечно, сама Танька. Если она могла быть тайно влюблена в Валю, то не могла ли она же тайно и хитро избавиться от соперницы?

— Итак, у нас четыре подозреваемых, — сказала Леся, когда Танька ненадолго отлучилась из их комнаты и подруги получили возможность, поговорить наедине.

— И два трупа!

— Четыре подозреваемых — Карина, тетя Женя, Валя и Танька!

— Слишком много.

— Верно. Таньку можно исключить!

— Почему именно ее?

Не отвечая подруге, Леся добавила:

— И еще Карину! Ее тоже исключаем.

— Да почему же?

— Потому что, когда убили Витьку, мы с женщинами сидели в гостиной у камина.

— Тетя Женя тоже была с нами.

— Ой, точно! Значит, и ее нужно исключить!

Кира покачала головой:

— Ничего себе! Методом исключения у нас остался всего один подозреваемый в убийствах. Валя!

— Но у Вали не было повода убивать Витьку!

— Да. На первый взгляд не было. Повод для убийства Светки я вижу, а вот для убийства Витьки — нет.

— Но ведь есть и другой вариант, — оживилась Леся.

— Какой?

— Совершив первое убийство, убийца мог передать свое орудие убийства в другие руки.

— Что оно — переходящее Красное знамя?

— Ну, не передать, а... а спрятать.

И, заметив Кирин взгляд, Леся поспешно заговорила:

— Это я только к примеру говорю. Но, с другой стороны, что в этом такого нелогичного? Убийца ведь мог просто плохо спрятать свое оружие, так, чтобы другой человек его нашел?

— Ну, мог.

— А тот человек взял это оружие. А потом использовал против уже своего личного врага.

— И тогда у нас появляется целых два убийцы?

— Как минимум, два.

Последняя фраза очень не понравилась Кире, потому что предполагала обширное поле для подозрений. А ей хотелось конкретики.

159

— И еще один момент, — сказала Леся. — Убийца все спланировал заранее.

— Как это?

— Он планомерно готовил нас к чему-то ужасному. Умело подогревал обстановку паники перед жутким псом.

— Но...

— Сначала все эти разговоры про тень собаки-призрака. Потом ее вой. Потом нападение на Олега...

— Думаешь, на Олега тоже он напал? Убийца?

— Не знаю. Но можно будет расспросить самого Олега.

— А кролики?

— Клюшка их убить не могла, значит, это тоже дело рук убийцы, — произнесла Леся и продолжила: — И вот когда мы были все в панике и окончательно поверили в то, что вокруг бродит собака-убийца, настоящий убийца взял и нанес свой решающий удар. Убил Светку!

Кира молчала. Слова подруги звучали разумно. А Леся тем временем уже разошлась. И продолжала говорить:

— И вот еще что! Витьку не могли убить мы с тобой...

— Спасибо за доверие.

— Не за что! — отмахнулась Леся. — Нужно же кому-то в этой жизни верить.

— Ну, ну.

— И еще его не мог убить Кеша. А про Карину с Таней мы уже сказали. У них алиби, как и у прочих женщин.

— А Кеша-то почему не мог? Он выскочил из дома вместе с остальными мужчинами.

— Он не мог убить Витю, во всяком случае, именно этим способом убить его не мог, потому что...

На этом месте Леся по всем правилам театра сделала эффектную паузу и лишь затем продолжила свою мысль:

— Потому что он знал: Клюшка не убийца. И прекрасно понимал — шила в мешке долго не утаишь. И скоро об этом будут знать и все остальные. А следовательно, просто глупо снова использовать ту же самую выдумку, что и в случае с убийством Светы.

— Верно, — кивнула Кира. — Убийца про то, что мы нашли трусиху Клюшку, явно не знал.

— А значит, у нас есть, по крайней мере, один человек, кого мы можем смело исключить.

— Кеша?

— Он самый. В первом случае его просто тут не было. А в случае с Витькой... Ну, про это мы уже все сказали!

И подруги снова переглянулись. Конечно, им стало легче, но совсем ненамного. Все же подозреваемых в убийстве оставалось еще слишком много.

— Давай пока подумаем, кто мог ненавидеть Светку достаточно сильно, чтобы убить ее.

— И у кого из этих людей была возможность это сделать.

В принципе, у каждого из гостей в доме Вали была такая возможность. Глубокой ночью никто друг за другом не следил. И у убийцы был шанс благополучно выскользнуть из дома, сделать свое гнусное дело и вернуться обратно незамеченным. Итак, кто же? Танька? Валя? Тетя Женя? Или Карина? Или кто-то совсем другой?

Ох, нелегкий выбор. Всех этих людей подруги знали лично. И по-своему были привязаны к каждому из них.

— Мне кажется, что это не Карина.

— Потому что она беременна?

— Потому что способ убийства предполагает подготовку к нему. А Карина впервые увидела Светку только тут. Не могла же она все время таскать с собой оружие, чтобы отражать атаки всех возможных соперниц, претендующих на ее Сережу?

— Почему бы и нет? — пробормотала Леся. — Надо бы узнать, вдруг это у Сергея уже не первый случай, когда гибнет его подружка.

Какой бы дикой ни показалась эта версия Кире, она сочла нужным проверить и ее. Мало ли что. Случаи, как говорится, бывают разные. А что там у человека в голове, никому не дано до конца понять.

— Ладно. Кто еще?

— Танька? — продолжала Леся.

— Эта могла! Она явно положила глаз на Валю. И могла попытаться расчистить себе местечко. Но Танька спала в нашей комнате. Храпела всю ночь и никуда не выходила.

— М-да. Неувязочка получается. Тогда тетя Женя?

— Да ты вспомни, как все было!

— Как?

— Сначала убийца изображал, что зверюга напала на Олега, потом поубивал кроликов, а потом уж напал на Свету. Так сказать, в качестве завершающего штриха.

— И что?

— И что ты думаешь, тетя Женя принесла бы в жертву любимых кроликов? Да никогда в жизни! К тому же она была с нами, когда их убивали!

— Опять верно, — сокрушенно кивнула головой Кира. — Выходит, снова остается один Валя?

— Точно. Вот с него и начнем нашу проверку.

— А чего там проверять? Валя храпел в своей спальне. Его храп слышали Коля и эта его девочка — Нико. Коля сам сказал, что Валин храп не давал им уснуть всю ночь!

И подруги растерянно переглянулись. Вот и выходило, что у всех подозреваемых в убийстве имелось то ли полное алиби, то ли какое-то оправдание, которое не выводило их на роль убийцы. Но ведь, кроме них, в загородном доме ночевали еще люди. Да тот же повар! Конечно, допустить, что лысый угрюмый толстяк явился бы к Вале наниматься поваром, имея в голове одну-единственную цель — зверски убить Светку, а за ней и Витьку, было нелепо.

Но кто знает. Чужая душа потемки. И повар мог иметь основания ненавидеть Светку и желать смерти Витьке. И все остальные, кто был в эти дни у Вали в гостях. Да и со стороны зайти могли. Хотя участок и был огорожен с дороги, но что для убийцы какая-то ограда!

— Да уж, боюсь, что дело куда сложней, чем нам представлялось, — вздохнула Кира.

— Ясно, что ничего не ясно.

— С наскока решить не получается. Придется танцевать от трупа.

— От трубы? — не расслышав и не поняв, переспросила у нее Леся. — По-моему, говорят, от печки.

— Не от трубы. А от трупа! В нашем случае, от трупов!

— А как... Как от них танцевать?

— Мы должны выяснить, какую жизнь вела наша Светочка. Что у нее были за знакомые? В конце концов, где она брала денежки, чтобы так обалденно выглядеть.

— И еще про Колю надо бы разузнать.

— Что именно?

— Что у них там со Светкой приключилось, что они так внезапно разбежались.

В это время вернулась Танька. И подругам пришлось свернуть свое заседание, во всяком случае, в той части, которая касалась возможной причастности самой Таньки к убийству Светланы.

ГЛАВА ДЕСЯТАЯ

Вместо этого Леся, памятуя, что Танька у них всегда и все знает про бывших одноклассников, подсела к ней и сладко пропела:

— Какой ужас случился с нашей ни в чем не повинной Светочкой. Честное слово, она такого не заслуживала.

Таньку при этих словах словно током шандарахнуло. Она вообще вернулась не в духе. Злая и надутая. А тут ее, словно ядро из пушки, подбросило.

— Кто?! — взвыла она. — Это Светка невинная? Да если бы я вам рассказала правду про нашу Светочку, то вы бы ей еще и не такого пожелали!

— А что? Что такое?

— Да уж хватало всякого! Я вообще удивляюсь, как это Светку только сейчас пришили.

Подруги даже вздрогнули от радости. Это было стопроцентное попадание в яблочко. Вот так с одного удара найти нужного человека! Кира даже не удержалась от того, чтобы мысленно не похвалить подругу. Ай да Леся! Ай да молодец!

— Так расскажи, что знаешь! Таня!

— Не буду!

— Почему?

— Хватит! И так вечно про меня говорят, что я не умею держать язык за зубами.

— Кто говорит?

— Да все! Сейчас вниз спустилась, там на меня Коля напустился. Будто бы вынюхиваю все вечно и болтаю много. Совсем язык за зубами не умею держать. А я умею! Очень даже!

И Танька сжала челюсти в знак протеста. И, замычав, потрясла головой. Подруги переглянулись. Вот уж некстати на нее накатило! Но теперь они знали ключик к Танькиной разговорчивости. И без колебания воспользовались им.

— Танечка! — ласково пропела Леся. — Ты нам лучше расскажи про Светку.

— А то, глядишь, не сегодня, так завтра Валю арестуют.

— За что?! — ахнула Танька, мигом забыв про свое намерение никогда больше не открывать рот. — За что же это?!

— За убийство!

— Кого?

— Светы.

— Светки? Не убивал он ее!

— А скажут, что убил. Из ревности!

— Не убивал он ее! Ни из ревности, ни из чего другого. Нет, тут другое! Совсем другое!

И Танька снова сжала губы. Но уже не так плотно. Ее буквально раздирали на части противоречивые чувства. С одной стороны, ей хотелось помочь Вале. А с другой — она же не болтушка какая-нибудь. Но наконец здравый смысл перевесил самолюбие. И Танька открыла рот и заговорила:

— В конце концов, если я спасу действительно невиновного человека от ложного обвинения, это же будет не пустая болтовня, верно?

Обе подруги горячо заверили ее, что она права на все сто.

— Ну и ладно, — решилась Танька. — Тогда слушайте. Я-то сама об этом совершенно случайно узнала. Но информация достоверная. Из первых, как говорится, уст.

Примерно около месяца назад Танечке довелось поехать на кладбище проведать могилку своих дорогих бабушки и дедушки. Там же, на этом кладбище, были похоронены ее прадедушка и две прапрабабушки. И еще двоюродная тетка и какая-то неизвестная старушка, за могилой которой ухаживала Танькина бабушка и завещала то же самое делать и своей внучке.

Похоронены все эти люди были хотя и на одном кладбище, но в разных местах. И, мотаясь из одного конца в другой, Танька порядком устала. К тому же от ручья она свернула не в ту сторону, заплутала и почувствовала, что совершенно выбилась из сил. Чтобы не упасть, она присела на лавочку возле одного большого склепа. Лавочка стояла в тени пышных кустов, так что с дороги Таньку почти не было видно. Зато она могла видеть все.

А посмотреть было на что. Сегодня на кладбище привалило посетителей. И самым ярким пятном выделялись богатые похороны какого-то старичка. Процессия двигалась как раз мимо Таньки. И она с интересом наблюдала, как четверо здоровенных дядек в черных костюмах несли полированный гроб, бережно держа его за вычурные бронзовые ручки. За ним шли родственники разной степени заплаканности. Все были одеты в траур. Народу было много, и Танька с интересом наблюдала за процессией.

И внезапно в самом ее хвосте она увидела Светку. С двух сторон девушку поддерживали под руки какие-то молодые люди. А сама она делала вид, что вот-вот упадет в обморок. Сама Танька страдала обморочными состояниями и отлично знала, что такого румянца, падая в обморок, ни одна девушка позволить себе не может. Никакая краска не в силах скрыть той жуткой зеленоватой бледности, которая сопутствует настоящему, полноценному обмороку.

Итак, Светка притворялась. Но чего ради? И как ее занесло на эти пышные похороны? Кого там хоронят? Незаметно Танька выбралась из своего укрытия и присоединилась к толпе. Ей до смерти хотелось узнать, кого же хоронят. Оказалось, некоего Лаврентьева Виктора Степановича.

Это имя Таньке ровным счетом ни о чем не говорило. У Светки была совершенно другая фамилия. Но тем не менее она находилась тут. И изо всех своих сил изображала скорбь. Однако от Таньки не укрылось, что провожающие покойного в последний путь поглядывают на Светочку если не с откровенной враждебностью, то, по крайней мере, без всякой симпатии.

— Вы не знаете, — прошептала какая-то старушенция, стоящая позади Таньки, — Ларочка будет опротестовывать завещание своего батюшки?

— Ясное дело! — решительно и чересчур громко произнесла ее соседка. — В суд, и только! Старый маразматик выжил из ума, завещав все свои деньги и имущество этой профурсетке!

Вторая старушка была глуховата, о чем наглядно свидетельствовал слуховой аппарат в ее ухе. И, подобно многим глуховатым людям, говорила слишком громко. Так что ее слова были услышаны многими и подействовали подобно катализатору. Реакция быстро пошла. По толпе распространилось волнение:

— В суд! И только так! У Ларочки ведь дети! Она должна думать про них! Виктор Степанович выжил из ума, если сделал завещание на проститутку!

И взгляды присутствующих при этом обратились на Светку. Поняв, что симпатии явно не на ее стороне, Светка сделала единственно возможную вещь в такой ситуации. Выпрямилась и перестала придуриваться, что ей плохо. При этом она ловко скрутила из пальцев тугую маленькую фигу и медленно провела ею мимо оторопевших лиц провожающих.

При этом на ее лице играла злорадная улыбка.

— А вот вам всем! — воскликнула она. — Вот что вам в суде обломится! Виктор меня любил! А вы к нему носа не казали все это время! Думали, старик помрет скоро и вам все достанется? А что теперь вышло? Завещание-то в мою пользу написано. Виктор там все четко изложил.

— Нахалка!

— Мерзавка!

— И чего вам теперь напрасно дергаться? Не хотели беднягу навещать? Ну, так вот и получите теперь за ваше отношение к старику!

— Негодяйка!

— Хамка!

— Голодранка!

В адрес Светки было сказано и много другого. Но Танька уже уяснила себе главное. Этот почивший Виктор Степанович Лаврентьев польстился на юные прелести Светочки. Да так основательно, что отказал в наследстве некой Ларочке и ее детям. И переписал завещание в пользу Светки.

А та, высказав все, что у нее накопилось на душе, плюнула под ноги родственникам, развернулась и двинулась прочь. При этом ее спина выражала такое презрение к толпе и чувство торжествующей гордости за саму себя, что Танька даже опешила. А когда фигура Светки скрылась за могильными памятниками, между родственниками разгорелся скандал.

— Надо было деда навещать! — визжала мелкая прыщавая девица лет двадцати — дочка той самой Ларочки.

Сама Ларочка оказалась внушительной матроной весом под полтора центнера. С красным лицом и решительным выражением лица.

— В суде разберутся, как она отца округила.

— Что там разбираться?! — гневно вступился высокий молодой человек. — Уничтожить гадину, и все дела! У меня есть люди на примете. За небольшую сумму ухайдакают мерзавку, так что и духу от нее не останется. Нет наследницы, нет проблемы!

Дальше поднялся такой гвалт, что Танька поспешила уйти. Конечно, ее интересовало, насколько же обогатилась Светочка. Но, судя по всему, тут, на кладбище, ей об этом не узнать. А вот если окружающие поймут, что она знает Светочку, да еще знает неплохо, ей самой может не поздоровиться. Страсти были слишком накалены, чтобы родственники Виктора Степановича стали разбираться, что за отношения связывают Таньку и Светочку.

— Получить от них тумаков мне не хотелось, поэтому я и ушла потихоньку.

Однако, вернувшись домой, Танька немедленно помчалась к Светке. Та была дома. И порядком удивилась, увидев на пороге Таньку. Девушки не то чтобы не дружили. Нет, просто высокомерная красавица Светка вообще подруг не имела. А уж толстую Таньку и вовсе ни в грош не ставила.

— Я все знаю! — выпалила Танька, уставившись на бывшую одноклассницу. — Была сегодня на кладбище. Видела там тебя.

Лицо у Светки перекосилось. И она быстро втянула Таньку внутрь.

— Дура! — прошипела она ей. — Чего болтаешь?!

— А что за тайна? Ты округлила старого деда, он тебе отписал свое имущество. Много хоть там?

— Миллионы, — мрачно произнесла Светка. — А тебе-то что?

— А как же Коля?

Светка вздрогнула.

— Коля... Коля... Ну, он не знает, — помявшись, произнесла она.

— Как не знает?

— Ну, так. Я ему не сказала. Мы с Виктором Степановичем держали наши отношения в тайне. Он к свадьбе готовился.

— Погоди, — окончательно растерялась Танька. — Ты за него замуж собиралась? За старика?

— Да.

— А он умер?

— Ну да, переволновался чуток. Вот и сыграл раньше времени в ящик.

— Ой!

— Ничего не ой! Не любила я его! Хорошо еще, что он завещание в мою пользу успел написать. Хотя, будь я сейчас уже его женой, верней дело было бы. А так... Не знаю, эти гремлины — его родственнички — могут завещание дедули и опротестовать. Слышала, как они на меня на кладбище окрысились?

— Слышала.

— Вообще, совести у людей нет! Покойника еще в землю не зарыли, а они уже его деньги делить принялись!

— А ты зачем на похороны пошла? Знала же, что они тебя ненавидят!

— Интересно было, — призналась Светка. — Виктор им только неделю назад про меня сказал. Так там такой вой поднялся. Они его и доконали, что он раньше времени спекся. А может быть, и убили даже! Вообще-то Виктор еще крепкий старикан был. Мог бы еще жить и жить.

У Таньки голова окончательно пошла кругом. Светка собиралась замуж за какого-то богатого старика. А как же Коля? Что он об этом думал?

— Сказано тебе, не знал он ничего!

— Как же не знал?

— А так. Я ему сказала, что еду к бабушке в деревню.

— И он поверил?

— А мне плевать! Колька — он же нищий работяга. И всегда будет голодранцем. А тут такие деньжищи!

— Какие?

— У Виктора коллекция картин была, так одна на миллион долларов тянула! — увлекшись, выболтала

Светка. — А еще квартира в центре города. И прочее антикварное барахло в ней. А уж цацки! Брильянты такие, что глаза слепнут.

Некоторое время Танька пыталась переварить информацию. Оказывается, Светка у них богатая наследница. А Светка, должно быть, сама испугавшись своей откровенности, заявила:

— Только ты Кольке, смотри, ничего не говори!

— Ну, ясное дело!

— Нет, поклянись, что не скажешь!

— Буду молчать как рыба!

И успокоенная Светка отпустила Таньку.

Выслушав рассказ Таньки, Кира задумчиво почесала подбородок. Отлично зная Таньку, она что-то сомневалась, чтобы та смогла промолчать о такой великолепной сплетне. И Кира спросила:

— Но ты все равно ведь выболтала новость Кольке?

— Честное слово, сама не знаю, как это получилось! — едва не плача, покаялась Танька.

— И он бросил Светку?

— Из-за тебя?

— Не из-за меня! Он и сам подозревал, что она ни в какой деревне у бабушки не была! И не любил он ее вовсе!

— Но ты ему окончательно глаза раскрыла, ведь верно?

— Ну, не знаю я, как это получилось!

— А потом Светка в отместку тебе закрутила роман с Валей?

Танька обреченно кивнула. Так и было. Светка подстерегла болтливую Таньку возле дома. И, оттащив в сторонку, прошипела той прямо в лицо:

— Знаю, по кому ты с первого класса сохнешь! Знаю, что вы с ним по вечерам в шахматы играете да музеи и выставки разные по выходным дням посещате. Так вот, не видать тебе Вальки, как своих ушей! Как ты мне, так и я тебе!

Светка ушла. А Танька осталась с ощущением, что попало ей поделом.

— Значит, Светка связалась с Валей не из-за его денег?

— Нет. Хотя с завещанием этого Виктора Степановича какая-то неувязка получилась. Родственники в самом деле в суд подали. И дело это с получением Светкой наследства сильно затянулось.

— Но раз завещание было, что-то Светке все равно должно было отломиться. Пусть не все, но хотя бы некоторая часть.

— Не знаю, — покачала головой Танька. — Но одно я вам скажу точно: это они Светку убили!

— Кто? Родственники Виктора Степановича?

— Они самые! Недаром его внук на похоронах Светку убить грозился. Вот он и выполнил свою угрозу.

— Но его не было в доме.

— Не сам, так людей нанять мог. Он же так и собирался сделать.

Услышанная от Таньки новость требовала проверки.

Но до этого было еще далеко. Едва подруги успели закончить разговор с Танькой, возле ворот раздался дикий шум. Потревоженные домочадцы сбежались вниз. Никто толком ничего не понимал, и все задавали друг другу одни и те же вопросы.

— Кто там еще пришел?

— Кто шумит?

— Почему так поздно?

— Дадут нам поспать? Кого там принесло на наши головы?

— Наверное, снова поселковые охотники! Рвутся взять реванш!

Но оказалось, что это не охотники, а гораздо, гораздо хуже. Потому что это был Бадякин собственной персоной. Да еще не один. Для компании он прихватил с собой настоящий автомат Калашникова, который сейчас трепетно прижимал к своей груди. Вид у него при этом был решительный, морда красная и по обыкновению пьяная. Одним словом, не самое лучшее сочетание.

— Где он?! — проревел Бадякин, отталкивая с порога Валю и врываясь в дом. — Где он?

— Кто?

— Он! Эта паскудная тварь! Этот урод волосатый! Эта мразь, которую я сейчас своими руками застрелю!

— Он? — переспросил Валя.

Потом его осенило, что грозный господин Бадякин с автоматом, скорей всего, собирается сразиться с тем зверем, который держит в страхе весь поселок. Решив, что лично ему опасность быть застреленным краснолицым господином не грозит, перед ним всего лишь еще один охотник, Валя приободрился и сказал:

— А он еще в лесу!

— В лесу-у-у! — почти завыл Бадякин. — А что он там делает? В лесу?

— Живет.

— Живе-ет?! — снова взвыл Бадякин. — Шиш он там живет! Прячется он там! Вонючий скунс! Урод! Сучий сын и...

Дальше шли такие выражения и такие пожелания, что все невольно заслушались. У Бадякина был несомненный талант — ругался он так, что невозможно было не заслушаться.

— Убью! — внезапно снова взревел Бадякин. — Покажите мне, где он? Или я все тут покрушу вам!

Валя побледнел. Про нрав Бадякина был наслышан весь поселок. И до Вали тоже дошли слухи о бадякинских выходках. Но, кинув взгляд на Кешу и Колю, которые были крепкими ребятами, не говоря о крепыше Сереге, который, если не считать его позорного страха перед собаками, тоже был не слабаком, приободрился.

Кажется, и сам Бадякин сообразил, что с таким количеством врагов ему одному не справиться. Не палить же по соседям, в самом-то деле. А драться с четырьмя мужиками, это вам не дома над беззащитной женой куражиться. Все это Бадякин, несмотря на хмель, отлично смекнул. И потому пошел на перемирие.

— Мужики, вы это того... — опустив автомат, произнес он. — Психанул я! Как понял, что Нинка от меня сама удрала, так и расписиховался. И главное дело, к кому сбежала! К козлу этому паршивому, который в вашем доме живет!

— Кто?

— Кто-кто! Олег!

— Среди нас Олега нет, — заверил его Валя.

— Сейчас нет. Но был!

— Был? Так вам Олег нужен?

— Ну, ясное дело! Олег! Козел! Сукин сын! Гад е...й!

— Но он тут не живет. Он уехал.

— Куда.

— К себе домой!

— А в лесу кто тогда у вас живет? — разинул рот Бадякин.

И, решив, что его обманывают, снова вскинул свой автомат. Серега и Колька кинулись на помощь к Вале, а тетя Женя начала кричать, что вызовет милицию. После упоминания о милиции Бадякин автомат опустил, но уходить все равно не желал.

Одним словом, прошло немало времени, пока недоразумение прояснилось. Бадякин понял, что мерзавца, соблазнившего его жену, тут нет. Адреса Олега ему тоже никто не дал, как Бадякин ни требовал. Но грози не грози, а если чего нет, то и дать невозможно. И, поворчав еще немного, Бадякин все же ушел. Пригрозив напоследок, что еще вернется. И если застанет тут Олега, то плохо придется всем.

— Уф! — вздохнула Кира, когда Бадякин наконец свалил. — Дать бы ему разок в рыло! Чтобы знал, как порядочных людей по ночам пугать!

— Что толку ему бивни ломать, коли он на голову больной, — сердито возразил Сергей, который стоял рядом с девушками.

А Леся ничего не сказала. Она пыталась понять, что с ней происходит. А происходило явно неладное. Красномордый господин Бадякин с автоматом не внушил ей ровным счетом никакого страху. Вместо страха ей почему-то стало жаль мужика. И хотя Леся сама себе отдавала полный отчет, что жалеть его глупо, но поделать со своими чувствами ничего не могла.

На следующий день подруги отправились в город. У них было два направления, в которых следовало поработать. Во-первых, родственники Виктора Степановича Лаврентьева. Вдруг они в самом деле следили за Светкой и подослали к ней убийцу? И напрасно тогда бывшие одноклассники с опаской косятся друг на друга. Убийца мог подкарауливать Светку на улице. И, увидев ее, направляющуюся к лесу, догнать и сделать свое черное дело.

Правда, в этом случае было не совсем понятно, за что же пострадал Витька. Но подруги решили, что сейчас они будут заниматься Светкой. А Витьку оставят на потом. В конце концов он мог стать свидетелем убийства Светки. И его устранили просто как опасного свидетеля.

А во-вторых, подругам не давало покоя письмо Олега к его подружке Нине. Письмо обязательно надо было вручить или вернуть обратно адресату. Так как место нахождения Ниночки подругам было неизвестно, а с Олегом все равно следовало поговорить, к нему они и поехали.

Его телефон они раздобыли у той трепетной подружки Ниночки, которая передала им письмо. Звали ее, как оказалось, Милой. Милая Мила. И сначала дамочка изображала полнейшую наивность и неосведомленность, но потом все же вспомнила, что номер Олега у нее в телефоне есть. Накануне своего бегства Ниночка звонила с ее телефона Олегу, чтобы услышать голос любимого.

— Со своего телефона Ниночка звонить не могла, — пояснила подругам Мила. — Муж постоянно контролировал все ее звонки. И даже завел специальный тарифный план, чтобы по нему точно сверять, сколько денег Ниночка тратит на свои звонки.

— Зачем?

— Ну, как же! Допустим, позвонит Ниночка Олегу — своему любовнику, а потом возьмет и сотрет его телефон. И вообще из памяти удалит. Но баланс так просто не сотрешь! Там четко указано, какому оператору она звонила и сколько разговаривала.

— Не проще ли было заказать распечатку звонков?

— И это он делал, — кивнула Мила. — Только распечатку каждый день не будешь требовать. А Ниночкиному мужу каждый день отчет требовался. Вот он и высчитывал, совпадает ли оставшаяся сумма на счете с теми звонками, которые сделала Ниночка.

— Ужас!

— А я вам о чем говорю! Не повезло Ниночке с мужем, что и говорить!

Однако повезло или не повезло Нине, было делом

десятым. Главное, телефон Олега у Милы все-таки нашелся. И подруги немедленно позвонили ему.

— Конечно, с радостью с вами встречусь, — произнес мужчина, едва услышав, кто ему звонит. — Простите, что я так внезапно исчез. И еще чужие вещи прихватил.

— Зато вы оставили свой брелок от машины с ключами.

— Так я его у вас посеял?! — обрадовался Олег. — И вы мне его вернете? Боже! Ужасно вам благодарен! Вы просто мои ангелы-хранители!

И вот теперь ангелы ехали к Олегу. Им было необходимо лично поговорить с ним и расспросить про то ночное нападение. Они договорились встретиться с ним в городе. В одной из многочисленных кофеен, которые в последнее время расплодились со страшной силой, вытеснив даже миленькие пивнушки, где так весело было пить пиво и закусывать его сухариками и соленой рыбкой.

Теперь в этих бывших пивных кабачках все пили кофе и изо всех сил делали вид, что им это нравится. Заведение, где Олег назначил подругам свидание, находилось на углу Невского и Малой Конюшенной. Обычная фирменная кафешка, тут вкусно пахло корицей, мускатным орехом и, само собой разумеется, благородными сортами кофе.

Олег уже ждал подруг за столиком.

— Взял на себя смелость и сделал заказ за вас! — воскликнул он, приподнимаясь и приветствуя подруг.

— Что вы! Мы ничего не хотим.

— Нет, вы столько для меня сделали! Позвольте же хотя бы таким образом отблагодарить вас!

Олег прямо-таки лучился жизнерадостностью. О былой покусанности напоминали только несколько полосок лейкопластыря, наклеенных чьей-то заботливой рукой. И рубашка с длинными рукавами, которую Олег надел, несмотря на жаркую погоду.

Кстати говоря, на безупречно белоснежной рубашке виднелся след помады кораллового цвета. Казалось бы, пустяк? Но в сочетании со счастливым, прямо-таки сияющим видом Олега это наводило на определенные размышления. А именно, не обошлось тут без женщины. Ой, не обошлось!

В это время принесли их заказ. Официантка с трудом удерживала тяжело нагруженный поднос. С помощью другой официантки она переставила многочисленные вазочки, стаканы, чашки и блюдца с разнообразными десертами с подноса на столик.

Глядя на ломящийся от изобилия стол, подруги постепенно проникались уверенностью, что Олег им в самом деле благодарен.

— Мы все это не съедим!

— Что не съедите, то возьмете с собой. Я распоряжусь, девушки все мигом вам запакуют.

— Мы на диете!

— К чему вам диета? Вы же обе стройные красавицы! Впрочем, если не хотите есть сами, поделитесь с друзьями.

И подруги поняли, что смертельно обидят Олега, если не попробуют его угощения. Собственно говоря, на диете сидела одна Леся. Но сидение это приобрело у нее уже хронический характер. И потому она считала, что раз острого приступа потолстения у нее в данный момент не наблюдается, то одно пирожное ей не повредит.

А если положить руку на сердце и быть совсем уж откровенной, то не повредит ей одно пирожное и вон тот миленький десертик. Очень уж соблазнительно выглядят красные прозрачные вишенки, плавающие в золотистом желе. И эти пышно взбитые белые сливочки сверху. Ну, не могут они быть такими уж вредными.

Именно такие мысли вертелись в голове у Леси. И еще она думала о том, что девушка-официантка особо подчеркнула, что в их кафе используют только самые легкие кремы. И минимум сахара. Так что, пожалуй, можно будет запить все эти вкусности кофейным напитком, в котором красиво смешаны три слоя и все обильно засыпано горьким тертым шоколадом.

Пока Леся вела торг с собственным обжорством, равнодушная к сладкому Кира вела переговоры с Олегом:

— Видим, что вам уже гораздо лучше. Выглядите прекрасно!

— Да! Спасибо! И повторяю, если бы не вы, то та тварь загрызла бы меня. Вернулась бы потом и прикончила! И сожрала бы! Кстати, вы ее нашли?

— Хм... — пробормотала Кира. — Ну, как вам сказать, вообще-то нашли.

— Ужас, правда?

— Да. Страшноватая зверюга. Но знаете...

— Коричневая шерсть! — перебил ее Олег. — Такая густая и лохматая, что я даже сначала подумал, что на меня напал медведь.

— Лохматая коричневая шерсть? — изумилась Кира. — У собаки?

— Да! Да! И морда такая зверская! А шерсть очень густая и длинная, как у медведя!

— Вы в этом уверены?

— В чем?

— М-м-м... В качестве шерсти!

— Ну, разумеется! На всю жизнь запомню это жуткое ощущение, когда сзади на меня напала эта зверюга. И главное, подкрался зверь ко мне совершенно бесшумно. Зарычал уже потом, когда я стал отбиваться. А набросился без всякого предупреждения.

— Сзади?

— Вот именно, сзади и сразу же укусил за плечо.

Да так сильно, что рука у меня практически сразу же отнялась!

— За плечо? — переспросила Кира. — И вы при этом стояли?

— Естественно, стоял.

— Не на четвереньках, а на ногах?

— Странные вопросы вы задаете, — даже слегка обиделся Олег. — С чего это мне стоять на четвереньках среди ночи в диком лесу?

— Но позвольте, какого же размера тогда должна была быть эта зверюга?! — воскликнула Кира. — Вы мужчина далеко не маленького роста, даже высокий. И плечо ваше находилось на весьма приличном расстоянии от земли.

Некоторое время Олег изумленно таращился на нее.

— Вы знаете, а ведь верно! — произнес он наконец. — Надо же! А я только сейчас сообразил!

— Может быть, этот зверь на вас прыгнул?

— Откуда?

— Сверху. С дерева. Или с большого камня.

— Нет! Не было там ни деревьев, ни камней поблизости. Это случилось на открытом пространстве. Только кустарник, в котором вы меня потом и нашли.

Кира кивнула. Та местность в самом деле высокими деревьями не была избалована. Значит, сверху на Олега никто спикировать не мог. Разве что у напавшего на него чудовища были еще и крылья. И Кира тут же помотала головой, отгоняя видение совсем уж мифического существа с когтями, огромными крыльями и напоминающего огромную дикую собаку.

— Тьфу ты! — произнес Олег. — Выходит, на меня в самом деле медведь напал. Это он на задние лапы встает, когда хочет напугать противника.

— Медведь?

— Но я готов был поклясться, что морда у него была самая что ни на есть собачья.

— Постарайтесь припомнить, как это ни неприятно, все в мельчайших подробностях, — попросила его Кира. — Поверьте, это очень важно.

— Хорошо, — кивнул Олег и прибавил: — Я ведь почему вам сказал, что это была огромная псина, потому что все вокруг твердили про какую-то собаку. Ну, я и подумал, что это она на меня набросилась. Но теперь понимаю: пожалуй, это действительно был медведь.

Леся, которая к этому времени уже расправилась с двумя десертами и теперь увлеченно пыталась выловить ложечкой консервированную красную смородину из белого горячего шоколада, подняла голову и тоже посмотрела на Олега.

— Еще и медведь? — переспросила она у него. — Ну, знаете, это уж слишком!

Впрочем, как Олег ни старался, ничего полезного он больше не помнил. Неизвестное существо напало на него сзади, прокусило плечо, сделало еще пару незначительных укусов, разорвало одежду. А потом он вырвался от чудовища и забился в колючий кустарник. А существо убежало.

— Но шерсть у него была мохнатая, длинная и коричневая, — сказал Олег. — Я потом обнаружил клок этой шерсти у себя на пуговице костюма. Верней, того, что называлось моим костюмом.

— И что?

— И взял ее на память. Все-таки не каждый день удается побывать в лапах неизвестного чудовища и остаться живым.

Эти слова придали мыслям подруг новое направление. Олег вот радуется, что вырвался из лап зверюги, и не подозревает, что на него уже расставлены силки. И на этот раз он может крупно пострадать. Никакой колючий кустарник не спасет. И в крайнем случае возможен даже летальный исход.

— Это вы о чем говорите? — не понял Олег.

— О вашей милой Ниночке.

— О Нине? — побледнел Олег. — А что случилось?

— С ней все нормально. Муж выгнал ее из дома. И теперь она, скорей всего, проживает у вас. Ведь так? Это ее помада у вас на рубашке?

Олег так сильно покраснел, что Кире даже стало его жалко. И чего смущается? Велика невидаль, увел жену у богатенького братка, спящего в обнимку с автоматом. Тут уж не смущаться, а бояться нужно. Даже трепетать. Но, кажется, сам Олег не понимал, какая опасность ему грозит. Ему и его драгоценной Ниночке, которой он так неосмотрительно оставляет любовные послания прямо под носом ее ревнивого мужа.

Ну, что же. Подруги Олегу глаза на правду откроют. И настроение малость попортят. Для его же собственной пользы.

— Кстати, у нас ваше письмо, — произнесла Кира, вытаскивая из сумочки конверт.

— Письмо? Какое письмо?

— То самое, которое вы оставили для Нины у ее подруги Милы.

— О!

— Письмо ваше?

— М-мое! Она что, отдала его вам?

Олег снова покраснел, но на этот раз от гнева.

— Вот дуреха! Сказано же ей было, отдать только лично Нине. И никому другому!

— Видите ли, она смертельно боится разочаровать своего мужа. А так как ее муж и муж Нины большие приятели, то вы еще должны радоваться, что ваше письмо попало именно к нам. Надеюсь, я ясно выражаюсь?

— Ясно. Еще как ясно!

— И сдается мне, что муж Нины не будет счастлив узнать, что его опальная супруга вовсе не скитается по улицам, голодная и холодная, опускаясь с каждым днем все ниже. А когда через несколько дней до него дойдет, что назад на коленях она к нему никогда не приползет, он начнет искать ее сам.

— Уже начал, — добавила Леся.

— И что? — испуганно посмотрел на подруг Олег.

— И тут, боюсь, Бадякин и его приятель всерьез примутся за Милочку. Как думаете, она долго продержится?

Судя по тому, как побледнел Олег, он сильно сомневался в стойкости подруги его возлюбленной.

— Вот и подумайте, где бы вам спрятаться, чтобы переждать время.

— А... А вы думаете, Бадякин в самом деле станет искать Нину?

— Еще как станет. Уже ищет!

И подруги рассказали Олегу про вчерашний визит к ним Бадякина и его верного автомата.

— Ничего не понимаю! — в отчаянии воскликнул Олег. — Он же сам ее отпустил! Верней, выгнал!

— Одно дело отпустить и ждать, когда она приползет назад, униженная и уничтоженная. И совсем другое, когда женщина уходит от мужа к любовнику и вполне с ним счастлива. Ведь Нина с вами счастлива?

— Очень.

— Вот видите! Для таких людей, как Бадякин, одна мысль о том, что кто-то, а особенно его опальная жена, может быть счастлив, непереносима.

— И что же нам делать?

— Спрятаться.

— О-о-о! Я должен посоветоваться с Ниной!

Сделав это заявление, Олег испарился. При этом он так разволновался, что даже забыл заплатить за все заказанные им вкусности. Подругам пришлось это сделать самим. Что не прибавило им хорошего настроения. А Леся так и вовсе разворчалась:

— И нужно тебе было предупреждать этого кретина? Раз связался с бандитской женой, должен быть готов к последствиям. Он развлекается, а нам теперь платить за все эти десерты.

Кира молчала, сознавая, что упреки подруги отчасти справедливы.

— Фу! — ворчала Леся. — Мне прямо тошно от сладкого. Столько слопала и, выходит, за свой собственный счет. Безобразие!

Но Кира уже ее не слушала. Ее мысли приняли другое направление. Хватит! Хватит заботиться о других. Пора уже заняться их расследованием.

И девушки отправились на поиски обиженных и обобранных Светкой родственников Виктора Степановича Лаврентьева.

ГЛАВА ОДИННАДЦАТАЯ

Свои поиски они начали с кладбища. Разумеется, не потому, что надеялись застать всю семью у могилы их дорогого дедушки. С какой стати им тут быть? Коли уж они и при жизни настолько не баловали старика своим вниманием, что даже умудрились прошляпить появившуюся соперницу. Просто на кладбище было проще всего узнать адрес, по которому прежде проживал Виктор Степанович и по которому, как надеялись подруги, ныне обитают его наследники.

Директор кладбища оказался милейшей души человеком. И совсем за небольшую плату согласился поверить рассказу подруг о поисках своих дорогих родственников, про которых они знают только то, что дедуля похоронен именно на этом кладбище. И к тому же совсем недавно.

— Ладно уж, — пробурчал директор, который только что практически на глазах у подруг выгодно перепродал кусок земли с отличным видом на реку.

Он так и выразился «с отличным видом на реку». Словно был не директором кладбища, где клиентам уже мало интересен вид из их могилы, а агентом по продаже загородной недвижимости.

В этом участке, помимо вида на реку, имелось еще кое-что. А именно, это были останки какой-то старушки, захороненной еще в начале прошлого века.

— Да ничего страшного, — лучась доброжелательностью, произнес директор своим покупателям. — Старушка вам не помешает. Тихая совсем старушка. А хотите, могилку мы ее ликвидируем. Все равно за ней никто не ухаживает. И срок давно прошел.

Подруги мимоходом пожалели неизвестную им старушку, которую хотят лишить ее персональной могилки «с отличным видом на реку». Но старушка была чужая. А дедушка Виктор Степанович, можно сказать, уже почти свой.

Повеселевший директор кладбища совершив сделку с могилкой и покупателями, уделил время и подругам. Он быстро пощелкал в своем компьютере, нахмурился и полез на полку, где пылились какие-то старые бумажные папки с белыми тряпочными завязочками.

— Не люблю я эти новшества, — бурчал директор. — Нажал не ту кнопку, и все! Привет! А на бумаге-то оно будет надежней.

В бумагах он и правда разобрался быстро. Выдал подругам адрес Виктора Степановича и переключился на новых посетителей — крепких молодых людей, которые желали приобрести участок земли под, как они выразились, собственные нужды. Интерес директора кладбища к тому, что же они подразумевают под этим выражением, был заткнут толстой пачкой денег.

— Идем, идем! — заторопила Леся подругу. — Нечего нам тут больше делать. А то помнишь, кто много знает, тот мало живет. Захоронят где-нибудь без вида на реку. Будешь знать!

В квартире, где прежде обитал покойный Виктор Степанович, было тихо и безлюдно. Сколько ни звонили подруги в дверь, никто им не открыл.

Хотя сам дом был обитаем, породист и чист. Отличный дом постройки конца девятнадцатого века мог простоять еще не одно столетие. А при должном уходе и дольше. Новостройки и сорока лет не дотягивают — рушатся. А старые дома все стоят. И в чем тут загадка?

Думая о судьбе старых домов, Леся все жала и жала на звонок. И наконец пожаловалась подруге:

— Никого нет!

— Что ж, логично, — вздохнула Кира. — Хозяин умер. Его наследница тоже мертва. Кому же тут быть?

Но Леся не сдавалась. Она позвонила в соседнюю квартиру. И была вознаграждена за свое упорство.

— Кто?

— Простите, я — сестра вашей соседки из двенадцатой квартиры, которая наследство получила.

— Светки?

— Да, да! Вы не знаете, где она?

Дверь немедленно распахнулась, и на пороге возникла еще крепкая бабулька. Была она полненькой и какой-то бесцветной. Тусклые волосы затянуты назад обычной резинкой. Застиранная домашняя юбка и бесформенная кофта. На ногах сношенные шлепанцы. Но вот глаза бабульки горели нешуточным огнем.

— Так вы ничего не знаете? — хищно спросила она у Леси. — Про сестру-то?

— Знаю, что у нее вроде бы муж умер. И ей эта квартира в наследство досталась.

Бабулька энергично замотала головой:

— Не так все было! Совсем не так!

— А как?

— Ты, милая, зайди ко мне. И подружка твоя пусть зайдет. Вы откуда прибыли-то?

— Из Кустаная, — ляпнула Леся первое, что пришло ей в голову.

— Надо же! — изумилась бабулька. — Что же вы без вещей-то?

— Так мы их на вокзале оставили. В камере хранения.

— И то верно. Чего с барахлом по городу шататься. Ну, ты, милая, присядь. Я тебе такое про твою сестру скажу, что ноги не удержат.

Леся послушно шлепнулась на продавленный стул. Его когда-то мягкое сиденье было затянуто полиэтиленовой пленкой. Отвратительная привычка, которая к тому же ничуть не помогает сохранить ткань. Да, под пленкой вытираться она, конечно, не вытирается, но выцветает ничуть не хуже. Все стулья в доме производили такое впечатление, словно их хорошенько постирали в хлорном отбеливателе. Да так потом и оставили.

Кира тоже присела. И обе подруги с нетерпением уставились на бабулю. А той только того и нужно было. Встав в эффектную позу, она с упоением воскликнула:

— Ах, милая ты моя! Мужайся! Горе у тебя!

— К-какое горе?

— Убили твою сестренку!

Подруги были поражены. Нет, не тому, что Светку убили. Это они отлично знали и сами. Удивило их то, откуда могла об этом узнать бабулька.

— Милиция сюда приходила? — догадалась Леся. — Они сказали про Свету?

— Никакой милиции тут не было.

— А как же тогда вы узнали... про Свету?

— Владя мне рассказал.

— Кто это?

— Внук Виктора Степановича. Ему квартирку-то дед сначала завещал. А потом, когда сестрица твоя тут появилась, он уже на Светку завещание переписал.

Это подруги уже знали. А бабка тем временем продолжала рассуждать:

— Только теперь, раз она умерла, квартирка снова Владе достанется. А ежели он откажется, так сестра его не побрезгует. Да там у них еще много наследников-то. Не одна Светка на богатство Виктора Степановича позарилась.

— А когда это случилось? Когда вы узнали, что Света мертва?

— Вчера утром Владя тут был.

Подруги были поражены. Вчера утром! Однако, оперативно действует этот Владя. Не успели они Светку найти, как он уже оповестил всех, включая и ее соседку, что девушка умерла. Интересно. Интересный и весьма настораживающий факт.

— А он сказал, как это произошло? Как она умерла?

— Убили ее! Вроде бы маньяк какой-то на нее напал. Изуродовал ее всю, бедную!

Старушка была не без садистских наклонностей и живо описала, как выглядела Светка после смерти. Но подругам было все равно. Главное, выведать у этой бабули с горящими глазками адрес этого всеведущего Влади. Интересно-то как, не успела Светка умереть, как он уже всем об этом болтает. И откуда узнал?

Адрес Влади старушка им дать не смогла. Но зато дала им его телефон.

— Он мне сам его оставил для связи. Мало ли что может произойти. Квартира-то до сих пор пустая стоит. А там ценностей на целый миллион. Могут и ограбить.

— А что же Света так и не воспользовалась своим добром?

— Да кто бы ей дал? Родственники-то в суд на нее подали! За мошенничество и подделку завещания. А это же статья! Вот арест на все наследство Виктора Степановича до окончания разбирательства и наложили.

Это было уже вдвойне интересно. Выходило, что Светка еще не стала богатой наследницей. Только еще собиралась. Но итог судебного разбирательства был не известен ни ей, ни родственникам Виктора Степановича. Непредсказуемый итог, прямо скажем.

Что же, в такой ситуации неплохо и подстраховаться. А что лучше застрахует от потери наследства, как не смерть самого главного конкурента?

Поэтому, взяв у бабули телефон этого Влади, подруги быстренько ретировались. Оказавшись внизу, Леся твердо сказала:

— Звони ему! Звони и назначь встречу!

— А что сказать? Кто мы такие?

— Скажи, что мы Светкины родственницы из провинции. Приехали навестить сестренку. А тут такая история. Назначь встречу и спроси, откуда он узнал, что Светку убили!

— Прямо так?

— А чего увиливать-то?

Владя оказался именно таким неврастеником, каким его и описывала Танька. Услышав, что ему звонят Светкины родственницы, он немедленно ударился в истерику:

— Ничего у вас не получится! Ваша родственница подохла голодранкой. В права наследства вступить не успела. Завещание недействительно. Все дедовское барахло нам достанется!

— А у нас другая информация, — холодно произнесла Кира. — Какая? Вы в самом деле хотите это знать? Ну так вот, мы расскажем вам это только при личной встрече.

Ох, как не хотелось Владе тащиться на эту встречу. Но по натуре он был трусом. И потому, покричав, повизжав и совсем по-бабьи отведя душу, он заявил:

— Ладно. Через час у меня дома!

И бросил трубку. Пришлось подругам перезванивать и втолковывать идиоту, что они не знают его адреса.

— Станция «Лиговский проспект». Как выйдете, дом напротив. Не ошибетесь. Вход со двора!

И снова отключился. Прибыв на Лиговский проспект, подруги сразу же увидели нужный им дом. Его фасад был затянут зеленой сеткой, там велись ремонтные работы. Сам дом был внушительным. И в отличие от многих в этом районе производил благоприятное впечатление.

— Неплохо эта семейка устроилась, — заметила Кира. — У дедули квартира на Староневском. У этих на Лиговском. Все центр. Все дорого.

— Не завидуй.

— Я и не завидую, просто констатирую факты.

Через некоторое время подруги уже звонили в обитую кожей дверь. Сразу было видно, что Владя не нуждается. Прямо с порога начиналась роскошь. Самая откровенная роскошь. Белая с позолотой лепнина, ковры на паркетном полу, шелковые обои и зеркала в витых позолоченных рамах.

— Интересно, откуда денежки?

Мебель в квартире оказалась тоже дорогой. Но ничего особенного.

— Новодел, — презрительно прошипела Леся. — С антиквариатом и рядом не стояло.

— Все равно денег стоит.

Сам Владя оказался тощим, длинным, бледным молодым человеком. У него был прыщавый, вечно потеющий лоб, влажные руки и тонкий хрящеватый нос. Одним словом, не красавец. И даже дорогой спортивный костюм, который, казалось, мог скрыть недостатки любой фигуры, сидел на Владе словно половая тряпка.

— Ну, чего у вас там за разговор? — не делая даже попытки изобразить любезность, произнес Владя. — И учтите, сейчас приедут моя мама и сестра. Я их предупредил о вашем визите.

— Очень хорошо. Тогда, может быть, мы подождем их?

Владя кивнул, глядя на подруг с плохо скрытой ненавистью и страхом.

— Тут будем ждать? — уточнила у него Кира, так как они все еще стояли в прихожей.

Владя пробормотал что-то невразумительное, но однозначно неприветливое:

— Проходите! Не в гостиную! В кухню! Там вам и место!

Подруги проглотили это оскорбление, но выводы для себя сделали. Похоже, Владя был в последней степени нервного возбуждения. Отсюда его агрессия и откровенное хамство. Что же, его состоянием следовало воспользоваться. И выведать у парня как можно больше, пока не прибыло подкрепление в лице его мамули и сестренки.

На кухне копошилась полная пожилая женщина в переднике. Она лепила вареники. И появление Влади явно застало ее врасплох. Но молодой человек не растерялся.

— Пошла вон! — заявил он кухарке. — Сегодня больше не нужна!

— А я вареники...

— Пошла вон, я сказал! — завизжал Владя и даже топнул ногой.

Кухарка сняла передник. Скомкала и в сердцах зашвырнула его в угол.

— Завтра придешь и все сама уберешь! — прокричал ей вслед Владя.

Кухарка ушла, громко хлопнув дверью. А Владя остался наедине с подругами. Теперь он излучал откровенный страх. И похоже, уже жалел, что прогнал единственную поддержку. Да уж, с логикой у Влади были явные проблемы. И вообще, парень производил впечатление не совсем адекватной личности.

— Интересно, он всегда такой психованый или это специально ради нас? — прошептала Леся.

Владя кинул на них подозрительный взгляд.

— Если вы по поводу дедушкиного наследства явились, то я вам уже все сказал по телефону. Светке там ничего не обломилось.

— Однако странно, — произнесла Кира.

— Чего?

— Вроде бы вы в деньгах не нуждаетесь, — сказала девушка. — Живете богато. Зачем же вам на Светкину долю претендовать? Не по совести это.

— Ах, вот вы о чем речь завели?! — взвизгнул Владя. — Так я и знал, что ничего у вас нету. Клянчить явились!

Подруги молчали. И он разошелся совсем:

— Так знайте, ничего не получите! Ни-че-го! А все, что вы тут видите, куплено и сделано на одну-единственную дедовскую картинку. Он ее когда-то матери подарил, а она ее продала. И ремонт тут сделала!

Ого! Ну, и картинки висели у старичка в квартире! Выходит, правы были наследники, когда подняли та-

6 *

кую шумиху. Если за одну картину они отгрохали в квартире отличный ремонт и купили новую мебель, то что уж там говорить про все наследство.

Владя все визжал и грозился. И порядком действовал на нервы девушкам. Вот подруги и решили, что пора идти в наступление.

— Мы слышали, Свету убили, — сказала Кира, дождавшись, когда Владя выдохнется и ненадолго замолчит.

— Да.

— Очень кстати, вы не находите? Жила себе девушка, никому не мешала. А потом собралась получить большое наследство — и бац! Умерла!

Владю словно пружиной подкинуло.

— Ну и что?! Всякое в жизни случается! При чем тут я?

— А ведь на похоронах вашего дедушки вы грозили Светлане смертью.

Владя так и застыл с открытым ртом.

— Не было такого!

— Было. И свидетели есть. Они подтвердят.

— Я ее не убивал!

— Алиби у вас есть?

На Владю было просто страшно смотреть.

— Так вы из милиции? — прошептал он. — Я так и думал!

Сейчас он был таким бледным, что подруги испугались, как бы он не хлопнулся в обморок. Владю спас звонок в дверь. Парень очнулся. И так стремительно кинулся в прихожую, что даже опрокинул за собой табуретку.

— Мама. Они из милиции! — послышался его истеричный вопль. — Спрашивают про Светку! Мама! Меня арестуют!

Последовал звук пощечины. И резкий женский голос произнес:

— Замолчи, слюнтяй!

Затем раздались шаги. И в кухню вошла полная женщина с красным лицом. Вместе с ней была бледная прыщавая девица, явно сестра Влади. Брат и сестра были удивительно похожи. У них даже прыщи располагались примерно одинаково. Только на правой щеке Влади сейчас четко отпечатался красный след от полученной пощечины. Видимо, радикальное материнское средство в борьбе с его истерикой. Потому что сейчас Владя молчал, словно ему рот пробкой заткнули.

В общем, семейка подругам сразу же не понравилась. Но одно уже было хорошо. Свои эмоции тут держать под контролем явно не умели. При сильном волнении мозги у этой семьи зашкаливало. И наружу вырывалось все то, что следовало бы держать при себе.

И уж совершенно точно всякая другая опытная женщина на месте матери Влади для начала потребовала бы у подруг документы. А эта сразу же бросилась в атаку:

— Кто вам дал право оскорблять моего сына?! — закричала она. — Дома он был, когда эту мерзавку зарезали! Дома! Со мной и сестрой! Слышите вы?! И мы подтвердим его алиби хоть десять тысяч раз!

— Боюсь, что ваши слова судом учтены не будут.

— Почему это?

— Вы — заинтересованная сторона. И, следовательно, ваши показания в учет не принимаются.

— Что за чушь?! Он был дома! Слышите вы? Мой сын был дома!

— Когда?

— Когда убили эту мерзавку!

— А откуда вы-то знаете, когда это случилось? Или кто-то из вас присутствовал при этом? И поэтому вы знаете время ее смерти?

Удар был силен. Женщина даже зашаталась. Ее полное румяное лицо бледнело по мере того, как она осознавала, что, желая помочь сыну, она лишь навредила ему.

— Так откуда? — настаивала Кира. — Откуда вы знаете, когда и как была убита Светлана?

— Мама! — завизжала прыщавая девица. — Ничего им больше не говори! Пусть с ордером приходят! Пошли вон! Вон пошли!

Она затопала ногами. И завизжала так пронзительно, что у подруг даже уши заложило.

— Вон! Вон! Пошли вон! Убирайтесь!

Мать тяжело шагнула к дочери и влепила пощечину и ей. Теперь брат и сестра и вовсе стали выглядеть словно близнецы. Но по крайней мере на кухне стало тихо. Слышалось только тяжелое дыхание всех троих. Затем мамаша вновь развернулась к подругам. И от ее тяжелого упорного взгляда девушкам стало здорово не по себе. А ну как в самом деле она Светку убила? Тогда от этой мадам можно ждать любой выходки!

— Мы к вам пришли по делу, — напомнила женщине Кира. — Поговорить. Впрочем, если вы не желаете разговаривать по-хорошему, то мы ведь можем вас и в отделение пригласить.

— Понимаю, — лицо воительницы помрачнело.

— Не надо в отделение, — взмолилась она. — Владя у меня такой впечатлительный. А у вас там убийцы, разбойники разные, воры... проститутки!

Последнее слово было произнесено с таким ужасом, словно первые категории граждан были еще ничего по сравнению с последними. И чем, интересно знать, бедные безобидные жрицы любви не угодили мадам? Впрочем, подруги догадывались, чем именно. И не ошиблись.

— Так я и знала, что от этой девчонки будут неприятности. Едва я ее мельком увидела в квартире отца, сразу поняла, нужно ждать беды!

— Что? Прямо так сразу и поняли?

— Да!

И, прижав к своей необъятной груди полные руки, она возопила:

— Любящее сердце — вещун! Я сразу поняла, что отцу следует ждать беды от этой девицы!

— Скажите лучше правду. Вы сразу же испугались, что отец оставит свое имущество ей.

— Нет! Клянусь вам, нет! Тогда я про эту девицу еще ничего не знала.

— Так уж и ничего?

— Ну, то есть знала, что к отцу ходит какая-то медсестра из поликлиники. Делает ему уколы. Но мне и в голову не могло прийти, чтобы мой престарелый отец увлекся такой девицей. Да у него внучка старше!

— Мама! — воскликнула дочь с возмущением. — Что ты говоришь?!

— Молчи, несчастная. Какая теперь разница!

И, повернувшись к подругам, продолжила:

— Эта девчонка околдовала моего отца. А потом убила. Да! Да! Что бы там ни говорили врачи, будто бы отец скончался от инфаркта, я точно знаю: эта девица убила его!

— Не может быть! Вы же сами сказали, инфаркт!

— Будто бы мало есть специальных лекарственных средств, способных вызвать у человека сердечный приступ! Целая куча!

— Так уж и куча?

— По телевизору только и рассказывают, что про бедных стариков, которых отправляют на тот свет с помощью этих препаратов. А Света была медиком! Так что должна была знать все эти способы!

Подруги молчали. С одной стороны, им было ясно, что хитрая женщина просто старается перевести стрелки на покойницу. Мол, вот какая она была плохая, а мы-то все ее несчастные жертвы.

Но что бы ни думали подруги, они все же допускали мысль... даже не мысль, а так, десятую часть крохотной мыслишки, что их бывшая одноклассница Светочка в самом деле занималась чем-нибудь нехорошим.

— В конце концов, жила она явно не по средствам, — прошептала Леся на ухо Кире. — Какая там у медсестры зарплата?

— Ну, тысяч семь или десять.

— Какие десять. Скажи лучше пять!

— Ну, пять.

— Вот! А у Светки каждый месяц была новая пара обуви. И не с рынка. А сплошной Диор и Гуччи. Настоящий Гуччи!

— Брось! Врала!

— Танька говорит, что своими глазами видела, как Светка в бутике расплачивалась!

Последнее замечание заставило Киру поверить в то, что Светка в самом деле щеголяла в фирменных сапожках. Но и лишний раз насторожило в отношении Таньки.

— Что-то слишком часто Танька на нашу Светочку натыкалась. Тебе не кажется?

— Ну... Вообще-то да. И что? Простая случайность!

— Ой, боюсь, что никакая не случайность. Следила она за ней.

Леся пожала плечами. Мол, сейчас-то какая разница, следила Танька за своей соперницей или не следила. Сейчас другой персоной нужно заниматься. И глазами показала в сторону терпеливо ожидающей мамаши. А та только и ждала, чтобы на нее снова обратили внимание.

— Вы бы проверили, чем там Светочка ваша замечательная занималась! — воскликнула она со слезой в голосе. — И сколько у нее таких клиентов, как мой отец, было! Уверена, картина получится весьма любопытная.

— Проверим.

— У моего отца было огромное состояние! Огромное! Он всю жизнь собирал свою коллекцию картин! Некоторые полотна из нее теперь потянут на десятки, а то и сотни тысяч долларов! Представляете?!

— Представляем.

— Не беспокойтесь, мы и это проверим.

— А я вот беспокоюсь! — И она жалобно хлюпнула носом. — Беспокоюсь о том, как бы смерть моего отца не осталась безнаказанной.

— Вы же обвиняете Свету в его смерти!

— Ну да.

— Так ее уже убили!

Это замечание поставило собеседницу в тупик. Но ненадолго.

— Не успокоюсь, пока не вытрясу все ее грязное белье! Пусть не думает, что если умерла, то я стану спокойно смотреть, как ее хоронят словно порядочную! Это она убила отца. Довела его до инфаркта! Вы обязаны разобраться!

Подруг уже стала доставать эта настырная особа. И Кира ответила немного грубо.

— Сказали уже, разберемся!

А Леся мягко добавила:

— А вы лучше расскажите нам, кто вам рассказал о смерти Светы?

Этот простой вопрос неожиданно лишил разговорчивую особу дара речи. Надо же! Только что болтала без умолку. А тут замолчала, словно воды в рот набрала.

— Никто!

— Ах, не лгите же! В вашем возрасте это уже почти неприлично!

— Честное слово, никто!

— Не надо разбрасываться своим честным словом направо и налево. Особенно, когда заведомо говорите неправду.

— Говорю чистую правду!

— Кто сказал?

— Вы! Вы и рассказали! Сами!

— Когда мы пришли, вы уже знали о том, что Света умерла.

— Ничего я не знала!

— Вы сами сказали, что ваш сын был в момент смерти Светы с вами и сестрой. Так откуда узнали?

— Оговорилась! Не то совсем сказать хотела!

И тут заговорил сам Владя:

— Скажи им правду!

От его недавней истеричности не осталось и следа. Пощечина оказалась весьма радикальным средством. Подруги даже подивились. И тут же решили запомнить этот метод. Глядишь, когда-нибудь да и сгодится.

— Владя! — взмолилась болтушка. — Ничего им не говори! И я буду молчать!

— Мама! — устало произнес Владя. — Это же глупо все отрицать. Тем более что я ничего не делал.

— Делал не делал! Им лишь бы труп на человека повесить! А виноват ты или нет, это для них дело десятое!

— Зря вы так! — вмешалась Леся. — Не такие уж мы и беспринципные.

Злобный недоверчивый взгляд был ей ответом.

— Я скажу, — произнес Владя. — Скажу, как было дело!

— Молчи, Владя! Слышишь меня, молчи! Ни слова без адвоката!

Честное слово, иные матери словно нарочно говорят и делают так, чтобы окончательно добить собственных детей. И ведь это все от большой, прямо-таки огромной материнской любви. Вот уж поистине страшная сила.

Наконец женщина сникла и замолчала, до нее дошло, что дети ее все равно не послушают.

— Делайте, что хотите, — пробормотал она. — Дело ваше! Молчу!

— Я Свету не убивал! Увидел ее уже мертвой. Отсюда и знаю, когда и как она погибла.

Владя покосился на мать, но, видя, что та в самом деле молчит, продолжил:

— Светка всю нашу семью буквально разорила. Мы на деда огромные надежды возлагали. Он был нашей гарантией на безбедное существование. Только знали, что, пока он жив, ни фига нам не обломится. Скупой стал под старость до ужаса.

— И вредный!

— Все твердил, что мы моты и транжиры, только и мечтаем, как бы его добро с молотка пустить.

— А когда мама продала его картину, так и вовсе взбеленился. Орал, что мы ему не родня. Что такая родня хуже крыс.

— А чего он ждал? Что мы повесим эту мазню на стенку и будем на нее целый день таращиться?

— У нас других желаний полно!

— Мы жить хотим нормально!

— Мы думали, что он покричит, да и забудет. А он нас вовсе к себе пускать перестал.

— Да и как нам жить-то? Лапу сосать, в обносках ходить и на его картинки драгоценные любоваться? Абсурд!

Это высказывание дочери неожиданно придало

матушке силы. Она поднялась. И влепила дочери пощечину по другой щеке.

— Не сметь! Не сметь так отзываться о своем деде! Прав он был или нет, а другого у тебя нет и уже не будет!

Притихшая после очередной пощечины девушка скрипнула зубами. Но промолчала. А Владя снова заговорил:

— Верно вы меня заподозрили, я Светку ненавидел! И следил за ней, потому что знал: не такая уж она славная девочка, какой нам ее дед представил.

— Да на ней клейма ставить было негде! — снова не выдержала мать.

— В общем, я за ней следил! И знал, что на дачу она поедет со своим новым женихом.

— Старый-то ее бросил, когда пронюхал, что у нее роман с нашим дедом! — хихикнула изрядно повеселевшая девчонка.

Видимо, доченька относилась к тому, увы, многочисленному типу людей, которые извлекают удовольствие из несчастий своих ближних. Этакие эмоциональные вампирчики, питающиеся болью, слезами и горем.

А Владя продолжал:

— И на дачу я за Светой поехал в надежде разузнать про нее что-нибудь такое, что заставило бы ее отказаться от дедовского наследства.

— Как это?

— Ну, я подумал, что ее жених — он вроде бы парень не бедный, богатый даже. Вот я и решил, а вдруг Светка не захочет его потерять? Может быть, жених ей пожирней рыбкой покажется, чем был наш дед.

— Другими словами, ты собирался ее шантажировать?

— Не шантажировать, а просто предложить альтернативу. Хотел объяснить, что нечего и пытаться на двух стульях сразу усидеть. Все равно свалишься.

— И она тебя послушала?

— Я с ней даже не смог поговорить.

— А что так?

— Все время возле нее кто-нибудь вертелся из мужчин. Чужие уши, понимаете. Как тут поговоришь? Я даже подойти к ней не решался.

— И где же ты все это время прятался?

— Мало ли там мест! Участок огромный. Облагорожена только крохотная часть. Нашел дерево, на нем и спрятался.

— И оптику небось с собой прихватить не забыл? — догадалась Кира.

— Бинокль, — потупился Владя.

— Хороший?

— Военный. С ультракрасным излучателем.

— И долго ты там сидел? На дереве и с биноклем?

— С самого утра и до глубокой ночи. Почти сутки.

Да этому парню буквально цены не было! Надо же, до чего любить деньги, чтобы ради них сутки проторчать на дереве словно обезьяна.

— И что же ты видел? Видел, с кем Светка в лес пошла?

— Нет, этого не видел. Одна она пошла.

— А за ней следом кто-нибудь пошел?

— Я не видел.

Упс! Какое горькое разочарование. Но подруги так легко сдаваться не привыкли.

— А что же ты так долго на дереве-то сидел? Все время Светку караулил?

— Не только.

— А что еще?

— Наблюдал.

— И что понял?

— Понял, что мой план — это, с позволения сказать, полное дерьмо.

— Почему же это? Вполне логично, если бы ты убедился, что Света предпочла молодого, богатого и влюбленного в нее мужчину вашему дедушке.

— В том-то и дело, — горько произнес Владя, — в том-то и дело, что не было там между ними никакой влюбленности.

— Как это?

— А вот так! Светка эта ваша своему жениху словно горькая редька была! Они когда в комнате вдвоем оставались, я все видел!

— Что же ты видел?

— А то! Вроде бы для остальных всех они влюбленные голубки были, да?

— Да.

— А на самом деле его от вашей Светки чуть ли не воротило! Вы бы видели, какое у него лицо делалось, когда она просто к нему приближалась. Словно ядовитую гадину видел! Отвращение он к ней испытывал, а никак не любовь! Отвращение, ненависть и страх!

ГЛАВА ДВЕНАДЦАТАЯ

Высказавшись, Владя замолчал.

Ошеломленные его рассказом, подруги тоже молчали. У них в головах не укладывалось то, что рассказал им парень.

— Тебе это показалось, — произнесла наконец Кира.

— Ага! Померещилось!

— Валя за Светкой чуть ли не с начальной школы бегает! Какая еще ненависть?!

— Только одна сплошная любовь и обожание!

— Так всегда и было!

— Не знаю! — буркнул Владя. — Может быть, это раньше. А я вам сказал то, что было на тот день, когда Светку убили. И вот вам еще подробности. Она к нему сама ластиться пробовала. Так он ее так толкнул, что она к стене отлетела через всю комнату!

— Поссорились, наверное. Бывает.

— Нет. Она его тоже ни капли не любила. Она с другим мужчиной амуры крутила.

— Знаем, — кивнули девушки. — С Сергеем.

— Это у которого баба с пузом?

— Да. С ним.

— Вот и снова вы ошибаетесь, — с торжеством сказал Владя.

— Как это?

Владя рассмеялся. Смех у него, надо сказать, был неприятный. Такой мелкий и дребезжащий. Но слушать приходилось. Рассказ этого свидетеля крайне заинтересовал их.

— Ваша Светочка всех вокруг пальца обвела! — веселился Владя. — Вот штучка была! Ловкая! Вы все подумали, что у нее романчик с этим Серегой, да?

— Да.

— А между прочим, она с ним даже не целовалась ни разу!

Подруги возмутились:

— Так уж и ни разу!

— Ты мог и не увидеть!

Но Владя стоял на своем.

— Я видел достаточно! И видел, как этот Серега пытался ее поцеловать. А она не далась.

— Кокетничала просто.

— Не просто, а потому что у нее другой любовник был. И вот с тем у нее все серьезно происходило.

— И кто же он? — пробормотала Леся и тут же радостно воскликнула: — А! Знаю! Коля! Они снова сблизились!

— Нет. Не Коля. Тот был с другой девицей, которая с дурацким именем.

— Значит, не Коля. А кто же тогда?

— Ну, вы еще подумайте.

— Там больше не было никого. Только повар.

— Так уж и никого. А этот ваш бывший уголовник?

— Витька?

— Он самый!

— Не может быть! Он Светку не переваривал! И она его тоже! На дух не переносила!

— Уж не знаю, что у вас в классе под этим подразумевают, а только трахались они, как кролики! Почти прямо под деревом, на котором я сидел. Так что, сами понимаете, мне все было отлично и видно, и слышно.

— Хм. И слышно? Ты что еще и аппаратуру подслушивающую припас?

— Вот и припас, — буркнул Владя. — Хотя когда эти двое сексом занимались, то никакая аппаратура была не нужна, чтобы понять, что они там делают. Но в других ситуациях она мне очень пригодилась. Потому я и знаю, как и кого звали. И кто о чем разговаривал.

— Дальше рассказывай! — велела ему Кира. — Как узнал, что Светку убили?

— Так я за ней пошел.

— Куда?

— Так это... В лес.

— А зачем?

Судя по тому, как смутился Владя, если бы он в лесу настиг Светку, разговор с ним для последней мог оказаться далеко не безобидным. И снова в душе у подруг шевельнулись нехорошие мысли. Врет или не врет? Убивал или не убивал?

— Не стал бы я ее убивать! — вспыхнул Владя. — Что я, дурак, что ли? Не понимаю, что ли, что на нашу семью в первую очередь подумали бы?

— И что же произошло?

— Ну что, что. Пошел я за ней следом. Да только потерял.

— Что так? У тебя же прибор ночного видения имелся.

— Ну, имелся. Только я его тоже потерял.

— Как это?

— А так! Когда эта зверюга появилась возле меня, у меня от страха из рук все выпало!

— Появилась?

— Огромная псина?

— Ну да. Ноги длинные, кривые. Спина какая-то горбатая. И морда щетинистая. Б-р-р! Жуть!

— И что она сделала тебе?

— Ничего не сделала. Мне даже показалось, что она в другую сторону смотрела. А потом морду подняла и завыла!

— И ты?

— Побежал я! А что еще? Испугался.

— И что?

— Побежал, да на Светку и наткнулся.

— Она была жива?

— Какое там! — воскликнул Владя. — Да на ней живого места не осталось. Я сразу понял, что тут уже ничего не сделать. Надо свою жизнь спасать.

— От собаки?

— Ну да, я же слышал, как вы обсуждали, что она и на того парня, на Олега, напала. Светку загрызла. А теперь моя очередь. И убежал.

— И больше никого не видел?

— А кто вам нужен? — вопросом на вопрос ответил Владя и, словно вспомнив, что хорошо воспитанные мальчики так не отвечают, добавил: — Никого там больше в лесу и не было. Я, Светка и эта жуткая псина. До сих пор в дрожь бросает, как ее вспомню. Б-р-р!

Рассказ Влади не слишком помог подругам. И даже, напротив, еще больше все запутал. Почему Валя при всех делал вид, что обожает Светку, а когда они оставались наедине, отталкивал ее от себя чуть ли не с презрением? Выходит, не было у них любви. Но что же тогда связывало этих двоих? И что связывало Светку и Витьку? Давно ли они стали любовниками? И было ли между ними что-то еще, помимо страсти?

Вот этот вопрос показался подругам наиболее актуальным. Почему? Да потому, что нашлось наконец что-то общее между этими двумя жертвами.

— Слушай, если Витька и Светка крутили роман под носом у Вали, то, может быть, все-таки это он их прикончил?

— Ты же слышала, что Владя сказал. Не нужна была Светка Вале.

И Леся спародировала царя из мультика про Ваню: «Нам ваша дочка ни даром не нать, ни с деньгами не нать!»

— Так это Владя так подумал. А у Вали со Светкой могла быть простая ссора. А потом они помирились. И он снова начал обожать Светочку.

— Поедем обратно и спросим у Вали.

Но у подруг в городе были еще и другие дела. У Киры ее кошки. А у Леси мама. Все они требовали хотя бы минимального внимания к себе. И подруги поехали к себе домой, не оставлять же без внимания близких.

Дома у Киры была тишь, гладь и божья благодать. Фантик и Фатима приветствовали ее прямо у дверей. Животные выглядели упитанными и сытыми. Каким бы скверным характером ни обладала Лесина мама, кормила она всегда и всех очень вкусно. Вот и для котов она не стала покупать сухой корм. А приготовила им печеночный паштет с рубленым яичком, который кошки лопали с превеликим удовольствием.

Немного этого паштета осталось в холодильнике. И Кира с трудом устояла перед искушением отломить от аппетитного кругляшка кусочек и для себя. А животным включила телевизор. И коты уселись перед ним с довольными физиономиями и смотрели передачу про диких кошек.

С некоторых пор они пристрастились к просмотру передач про животных. И когда Кира включала телевизор, кошки тут же появлялись рядом. И требовали, чтобы она включила их любимый канал.

Так что у Киры все было в порядке. А вот у Леси царила суета. Оказывается, мама прибыла из Финляндии не просто так. А с коварным планом выдать наконец свою дочурку замуж. Лесина мама была очень счастлива в своем новом браке. И считала, что и ее дочь достойна того же. В принципе, Леся с мамой была согласна. Ее не устраивали только методы, какими мать собиралась вести дочь к этому счастью.

Кира попала как раз к разгару скандала.

— Как ты могла пригласить его ко мне! Даже не спросив моего согласия! Даже не показав мне его фотографии! А если он мне не понравится?

— Очень даже понравится! Хороший мальчик. Домашний. Положительный во всех отношениях. Отрада родителям. Чем же он тебе не угодит?

— Может быть, урод!

— Видела его. Симпатичный!

— Так сама и выходи за него замуж!

— Я уже замужем! — возразила Лесина мама с полным на то основанием. — А тебе еще это удовольствие предстоит.

— Но ты бы могла меня предупредить?!

— Чтобы ты отказалась? Нет уж! Лучшее средство в общении с тобой — это внезапность!

— Не хочу, чтобы он приезжал!

— А он все равно приедет!

— Не хочу!

— Захочешь!

— Мама!

— Леся!

Мать и дочь уставились друг на друга с такой враждебностью, что Кира поняла: пора вмешаться, пока не пролилась кровь.

— И по какому поводу дебаты?

Леся воскликнула первой:

— Представляешь, мама нашла мне жениха!

— Очень хороший мальчик!

— Но ни словом не предупредила, что он приедет ко мне в гости.

— Ну да, приедет. Знакомиться!

— И когда он приезжает? — задала Кира резонный вопрос. — Прямо сегодня?

— Через пять недель.

Уф! У Киры даже от сердца отлегло. Зная финнов и их природную неторопливость, она подумала, что эти пять недель могли легко растянуться на пять месяцев. А за пять месяцев, как известно, много воды утечет. И Леся могла найти себе жениха самостоятельно, и финский кавалер мог передумать. И еще много чего могло произойти.

Леся тоже была изумлена.

— А я поняла, что он уже прямо сегодня или завтра приедет ко мне, — растерянно произнесла она.

Мама возмущенно фыркнула. Легкомыслие дочери никуда не годилось! Как это жених и вдруг с бухты-барахты свалится на голову невесте? О таком и подумать нельзя!

— Он настоящий финн. И ко всякому делу подходит обстоятельно!

Другими словами, кавалер был настоящим тормозом!

— Ты за ним будешь, как за каменной стеной, — продолжала рассуждать Лесина мама, не замечая передвижений дочери и ее подруги, которые потихоньку перемещались в сторону выхода. — Чудесный юноша! Мне бы такого предложили, я была бы счастлива!

Кира подтолкнула Лесю, и они оказались в прихожей.

— Быстро напяливай тапки. У нас есть и другие дела, — поторопила Кира подругу.

И Леся, сочтя, что они и так уделили своим близким достаточно внимания, даже слишком много, выскочила за подругой за дверь.

В конце концов, их собственная туристическая фирма тоже требовала хотя бы минимального присмотра. И с присмотром дело затянулось до самого вечера. Дела наваливались. Девочки-консультанты одни не справлялись. А очумевшие от городской духоты и жары клиенты перли, словно тараканы из всех щелей во время проведения в доме дезинфекции. Все хотели куда-нибудь ехать. И желательно подальше, получше и подешевле. И Кира с Лесей мужественно пытались сочетать несочетаемое.

Поэтому к Вале подруги смогли отправиться только в девять вечера.

— А у нас гости! — с какой-то странной ухмылкой сообщила подругам встретившая их у ворот Танька.

— Кто?

— Не догадываетесь?

— Нет.

— Что? Совсем никого не приглашали к нам?

— С какой стати? — изумилась Кира. — В чужой дом?

210

— Ну, не знаю. Они говорят, что вы им сказали приехать.

Не говоря больше ни слова, подруги кинулись в дом, чтобы разоблачить бессовестных обманщиков. Никого они не приглашали! Еще не хватало! И надо же такое придумать!

Но, влетев в дом, подруги изумленно замерли прямо на пороге столовой. Открывшаяся им картина приятно удивляла своей пасторальностью. Горел камин, вокруг него на уютно разбросанных по полу подушках устроилось несколько человек. Девушка читала книгу, наматывая на палец густую светлую прядь. А молодой человек сидел рядом и держал ее за руку. Так что когда девушке приходилось переворачивать страницу, то волосы она отпускала, мусолила пальчик, страницу переворачивала, и снова все возвращалось на круги своя.

— Правда, умилительное зрелище? — прошептала тетя Женя, возникшая за спинами подруг.

— Сразу видно, что эти двое любят друг друга. И очень сильно.

Кира наконец отмерла.

— Что они тут делают?! — вырвалось у нее. — Бадякин нас всех убьет!

Услышав эту фамилию, девушка взвизгнула. И стремительно кинулась в объятия друга. А тот, обняв ее, метал по сторонам гневные взгляды, словно в самом деле собирался защитить девушку от всего мира.

— Не бойся, Ниночка, — дрожащим голосом произнес он. — Твоего мужа тут нету. И быть не может.

Последнее замечание заставило Киру окончательно взбелениться. Она уже поняла, что перед ней та самая Ниночка, из-за которой у них всех могут быть большие неприятности. Как Олег сказал? Бадякина тут быть не может? Ха! Три ха-ха-ха!

— Очень даже может он тут быть! — завопила она, чувствуя, что ей совсем не до смеха. — Вчера явился и сегодня может повторить. И что он увидит? Что мы предоставили приют и кров двум его злейшим врагам? Беглой жене и ее любовнику?

— И вовсе я не беглая, — залепетала Ниночка. — Я ему не крестьянка крепостная. Я законная жена. И по закону мне положен развод.

— А автоматную очередь в качестве развода не хочешь?!

— Кира, зачем ты с ней так? — зашептала добрая Леся. — Ей и так тяжело.

— А как я с ней должна? Пожалеть мне ее нужно?

— Нужно.

— Не нужно!

— Жестокая ты.

— Я не жестокая, я разумная. Знала ведь эта девица, за кого замуж выходит! Вот и должна была думать, стоит или нет это делать!

— Я же не знала! — затрепетала Ниночка. — Я думала, он хороший, а он... Он ужасный! Не гоните нас! Это страшный человек. Он меня убьет!

— Ага! Интересно получается, — хмыкнула Кира, стараясь не позволить жалости заползти в ее сердце. — Пусть он тогда лучше всех нас убьет?

— Вас он не тронет.

— А вчера собирался. До сих пор удивляемся, как не перестрелял тут всех!

— Ах, не убьет он никого! — воскликнула Ниночка. — Это у него привычка такая. Напьется и за автомат хватается.

— Чудная привычка.

— Но он уже давно никого не убивал.

— Как давно, позвольте уточнить?

Нина с ответом что-то замялась, чем лишний раз подтвердила, что Кира права в своих опасениях.

— Он больше сюда не сунется, — заговорил тем временем Олег. — Он уже один раз тут был. Удостоверился, что Нины нет, и больше не придет.

— Да! — поддержала его Ниночка. — Мы как узнали, что Бадякин сюда вчера приходил, так сразу и подумали: это для нас теперь самое безопасное место.

— И когда вы сказали, что нам нужно спрятаться в безопасном месте, мы сразу о вашем доме и подумали.

— Это не мой дом! — простонала Кира, у которой никаких сил не было что-то доказывать этим двум идиотам. — Это дом нашего друга — Вали. И его мамы. И дедушки! А они вас не приглашали! Поэтому убирайтесь! Еще не хватало, чтобы они подумали, что мы в самом деле вас пригласили. В чужой дом!

— Хорошо, — поднялась на ноги Ниночка. — Вы правы. А мы поступили неразумно. Нельзя сваливать на других свои проблемы. Мы уйдем.

— Вот, вот, — проворчала Кира. — Скатертью дорога. И никто вас сюда не приглашал.

— Что ты говоришь такое, Кира! — раздался голос тети Жени. — Конечно, мы их позвали!

— Но они не могут тут жить!

— Очень даже могут! Молодые люди попали в трудную ситуацию. Им нужно помочь.

— Но Бадякин...

— Ничего он им не сделает! — твердо произнесла тетя Женя. — И вообще, у нас тут такое творится, что мы должны быть благодарны людям, которые еще считают наш дом безопасным местом.

Кира оторопела. Конечно, она знала, что тетя Женя — классная тетка. Но чтобы вот так, не моргнув глазом, взять и вступить в противостояние с опасным бандитом, это было что-то новенькое. А тетя Женя нежно привлекла к себе давящуюся рыданиями Ниночку. И повела ее наверх.

Олег остался внизу, виновато глядя на Киру.

— Нина права. Мы не должны были так поступать. Она святая! А я просто дурак! Я недостоин моей Ниночки!

— Ах, да пошли вы все!.. — воскликнула Кира в сердцах. — Как вы мне все надоели! Дайте же хоть немного отдохнуть от чужих проблем и пожить своими собственными!

И с этими словами она тоже устремилась наверх, в свою комнату. Но и тут ей не нашлось покоя. В комнате сидела Танька и что-то вязала крючком. Кира даже обрадовалась. Наконец-то нашелся человек, на котором можно выместить свое плохое настроение. Даже не став смотреть, что она там кулемает, Кира набросилась на Таньку:

— Ну, что скажешь, пронырливая ты наша?! — заорала она. — Что же ты молчала, что у Витьки был роман со Светкой? Или скажешь, что не знала?

Судя по тому, как задрожали нитки в руках у Таньки, она знала. Знала, но очень не хотела, чтобы об этом стало известно еще кому-то.

— Ничего у них не было.

— Сейчас это так называется? — продолжала рычать Кира. — Ничего? А вот во времена наших бабушек это называлось разврат. А еще раньше за такое и убить могли!

— Никакого разврата. Обычный секс. И что ты орешь? Будто бы для тебя секрет, что Светка занималась им направо и налево!

— Но не в доме своего жениха! Не прямо у него под носом!

Танька хотела что-то ответить. Она даже рот открыла. Но передумала. И ничего не сказала. А Кира продолжала бушевать:

— И как тогда понимать ее нахальный флирт с Сергеем? Она это что, нарочно?

— Света — она была такая, — вздохнула Таня и отложила свой крючок и нитки в сторону. — Ты же знаешь!

— Не знаю! Выходит, что я вообще ничегошеньки не знаю про своих бывших одноклассников! Танька, чем Света зарабатывала себе на жизнь?

— Не знаю!

— Знаешь, знаешь! Ты за ней следила! И не отрицай этого!

— Ну... Она была медсестрой. Бегала по старичкам. Уколы там разные. Массаж. Прочие процедуры.

— Ага! Процедуры! И как? Много старичков от ее процедур в ящик сыграли?

— Я тебя не понимаю! Откуда мне это знать?

— Ах, Таня, Таня! — покачала головой Кира. — Какая же ты врушка. Ты же следила за Светкой!

— Ничего я не следила. Очень нужно!

— Нужно! Тебе это было нужно. А знаешь почему?

— Почему?

— Тебе это было нужно, потому что ты ее ненавидела. Ненавидела за то, что она отняла у тебя Валю! Завидовала ей. И злилась, что никогда тебе не быть такой же популярной и такой же красавицей!

Наконец и Таньку проняло. Она вся запылала. У нее даже крылья носа стали огненно-красными.

— Да! — вскочила она. — Да, я ее ненавидела! Только не за то, о чем ты сейчас сказала!

— А за что?

— За то... За то, что она была подлая тварь! Вот за что! И мне ничуть не жаль, что ее убили. Если хотите знать, то я даже благодарна тому человеку, который это сделал.

Танькины обычно бесцветные глазки сейчас метали такие молнии, что Кира невольно отступила. Но ненадолго. Нельзя отступать. Нужно ковать железо, пока оно так горячо!

— И что же такого Света сделала? — тихо, но проникновенно спросила она у Тани, цепко беря ту за плечо.

Увы, это был не ее стиль. Вот у Леси бы получилось. А вся Кирина проникновенность пропала втуне. Таня ничего ей не ответила. И вместо задушевного разговора и исповеди, на что надеялась Кира, девушка просто вырвалась из ее рук. И опрометью кинулась бежать прочь.

— Что это с нашей Таней? — спросила Леся, входя через минуту в комнату. — Пробежала мимо меня, словно за ней стая чертей гналась.

— Угу.

— Ты не знаешь, что с ней?

— Не знаю.

— Точно не знаешь?

— Нет!

Но спустя минуту Кира все же сказала:

— Как-то все это очень и очень странно.

И, помолчав еще немного, Кира мрачно добавила:

— И нравится мне с каждым часом все меньше и меньше.

— Ой! — схватилась за щеки Леся, которая всегда сначала думала о самом худшем. — Так ты думаешь, в этом доме еще кого-то убьют?

Кира посмотрела на подругу пронизывающим взглядом.

— Очень может быть, — произнесла она. — Очень!

— И кого?

— Откуда мне это знать? — с раздражением бросила Кира. — Я же не убийца. Только я тебе вот что скажу: алиби наших одноклассников, которые мы им придумали, — это все чушь собачья.

— Почему?

— Потому что совсем не обязательно убийце своими руками мараться в крови.

— А как же?

— Можно было кого-нибудь нанять и со стороны.

— О господи!

— Вот именно. И это все меняет! Все наши рассуждения про алиби наших друзей — полная ерунда.

— Если уж даже этот недотепа Владя так ловко спрятался, что провел возле нашего дома почти целые сутки, то мог и еще кто-нибудь спрятаться.

— Мог. И очень даже легко!

— А потом улучить минуту и убить Свету?

— Ну да.

— А Витьку? Тоже он?

— С Витькой мы разберемся позже, — отмахнулась Кира. — Пока что на повестке дня Света. Во-первых, потому что она девушка. А во-вторых, убили-то ее первой. Думай, кто из наших мог нанять ее убийцу?

— Ты имеешь в виду принципы морали или материальную сторону?

— Пожалуй, второе, — подумав, призналась Кира. — Потому что по личному опыту точно знаю, что любого человека можно довести до того, что он пожелает смерти ближнему.

— Ну, если материальная сторона, то... все могли! Кроме Витьки, у него денег нет. Он же нигде не работает.

— Да. Денег у него маловато. Но не надо забывать про его биографию!

— Ты про тюрьму?

— Да, посидев в тюрьме, он мог обзавестись там разными знакомствами.

— А ведь верно! Слушай, и угораздило же нас оказаться в таком жутком месте с такими жуткими людьми!

— Не торопись обвинять всех, — веско сказала Кира. — Убийцей может быть только один из нас.

— Все равно жуть! Только вслушайся в то, что ты сейчас сказала. Один из нас! Мы учились в одном классе с убийцей!

— Ну и что? Учились же мы с Витькой. А он хоть и не убил никого, но все же типичный уголовник. Раньше тебя это не шокировало.

— Опять этот Витька, — пробормотала Леся. — Вот скажи, что у них было общего со Светкой? Никак в толк не возьму.

Кира тоже этого не понимала. Секс? Неужели Светка была настолько всеядна, что отдавалась каждому? Нет, Светка производила впечатление девушки, которая знает себе цену. Тогда что? Любовь? Тоже не похоже. Как оказалось, Кира вообще плохо разбиралась в чувствах своих бывших одноклассников. Между ними был такой запутанный клубок страстей, противоречий, любви и ненависти, что сам черт бы голову сломал.

Однако события этого вечера продолжали развиваться. Не успели подруги почистить зубы, почувствовать голод, пойти на кухню и там перекусить, а потом снова почистить зубы, как возле дома раздался автомобильный гудок.

— А это еще кто? — изумилась тетя Женя, проходя к входной двери.

Она скрылась в темноте. А любопытные подруги приникли к окну.

— Незнакомая машина.

— Ага. А вот водитель мне кого-то напоминает.

И в самом деле разговаривающий с тетей Женей мужчинка был подругам неуловимо знаком. Леся узнала его первой. Но просто не могла поверить в свою догадку и потому обернулась к Кире:

— Слушай, тебе не кажется...

— Это же Михаил! — перебила ее Кира. — Как он тут очутился?

И подруги выскочили из дома. Ах, лучше бы они этого не делали. Потому что Михаил уже собирался садиться в машину, а при виде подруг просиял и воскликнул:

— Так вот же эти девушки! Здравствуйте!

— Здравствуйте, здравствуйте. Добрый вечер!

— Не такой уж он и добрый, — произнес Михаил, и его лицо приняло хмурое выражение.

— А что случилось?

— Вы хоть знаете, что вся округа кишма кишит охотниками и прочим сбродом?

— В самом деле?

— Да! Какой-то умник тиснул заметку про чудовищного пса-оборотня, который бродит по округе и терроризирует местных жителей.

— И что?

— А в конце заметки была приписка, что охотнику, который найдет и прикончит эту тварь, полагается вознаграждение.

— Это мой сын обратился в газету! — произнесла тетя Женя.

— Так это ваших рук дело? — вскричал Михаил.

— А чем вы недовольны?

— Чем? Чем я недоволен?! Всем недоволен! Сейчас я все толком объясню!

И Михаил распахнул дверцы своего вместительного «Доджа». Задние сиденья были сложены. И там образовалось нечто вроде площадки. На ней что-то тяжело вздохнуло и снова замерло.

— Кто это у вас там? — заинтересованно спросила тетя Женя. — Теленок?

— Там она!

— Кто она?

— Жертва вашей семьи и вашего объявления!

— Не понимаю, — покачала головой тетя Женя.

Вместо ответа Михаил сорвал одеяло. Подруги уже примерно догадывались, что, а вернее, кого они сейчас увидят. Конечно же преследуемую охотниками Клюшку. Видимо, в ее убежище стало недостаточно безопасно. И Михаил поторопился вывезти свою питомицу подальше от открытой на нее охоты.

Но для Евгении Валентиновны появление Клюшки было полной неожиданностью. Да еще напуганная Клюшка открыла свою пасть и гавкнула. Голос у нее был сильный и звучный, совсем неподходящий для такой трусливой псины. Но Евгения Валентиновна об этой особенности характера Клюшки ничего не знала. Она и про нее-то саму ничего не слыхала. И видела вблизи тоже впервые.

Поэтому она сначала ахнула, а потом шарахнулась в сторону. Подруги полностью ее понимали. Зрелище было сильным. Представьте себе, в темноте на вас глядят два огромных сверкающих глаза на волосатой морде. И еще эта зверюга скалит на вас свои острые зубы.

Тетя Женя оступилась и чуть было не свалилась в дренажную канаву. Хорошо еще, что подруги успели ее подхватить. А Михаил догадался, что надо снова закрыть Клюшку.

— Что это было? — прошептала тетя Женя, когда пришла наконец в себя. — Что это за животное?

Подруг больше интересовал другой вопрос.

— Зачем вы ее сюда привезли? — набросились они на Михаила.

— А куда еще? Всюду охотники! Мне нужно ее где-то спрятать.

— Что?! Тут?!

— Ну да. А где же еще?

— В этом доме? Вы с ума сошли!

— Мне больше не к кому обратиться! — Михаил чуть не плакал. — Только вы знаете о существовании Клюшки! — молитвенно сложив руки, причитал он. —

Помогите! Умоляю! Они же ее убьют, если найдут. А за что? Она ничего плохого не сделала!

Подруги были в полной растерянности. Только этих проблем им не хватало. Но внезапно в разговор вмешалась тетя Женя. Она уже несколько пришла в себя. Во всяком случае, могла рассуждать здраво.

— Постойте-ка, — произнесла она. — Вы что, хотите сказать, что у вас там в машине... Она? Лесси?

— Вообще-то ее зовут Клюшка, — стыдливо признался Михаил. — И она самое безобидное создание, которое я встречал в своей жизни.

— Странные у вас понятия о безобидности. Она загрызла моих кроликов! И напала на человека!

— Не делала она этого!

Подруги сочли нужным вмешаться.

— В самом деле, — сказала Кира. — На Олега напал кто-то другой.

— На двух ногах!

— И в коричневой шкуре!

— А Свету и Витю вообще загрызло не животное! Их убил человек!

Михаил обрадовался.

— Видите! — воскликнул он. — Я же знаю, что говорю! Клюшка никого не может убить или покусать. Всего боится. И потому ласкается ко всем подряд.

Он снова откинул одеяло и, протянув руку, погладил огромную голову, покрытую жесткой серой шерстью. Клюшка тихонько заскулила, забила хвостом и лизнула руку хозяина.

— Можете тоже ее погладить, — сказал Михаил девушкам. — Она вас уже знает. И не испугается.

Клюшка терпеливо снесла поглаживания подруг. Как ни странно, но, когда и тетя Женя прикоснулась к ней, она даже не вздрогнула. Лишь пытливо посмотрела в глаза Евгении Валентиновне, словно понимая, что от этой женщины зависит, жить ей или умереть.

И когда та убрала руку, снова заскулила, словно прося еще ласки.

— Значит, вы говорите, что собака не виновата? — задумчиво спросила Евгения Валентиновна у Михаила. — Она стала жертвой ложного общественного мнения? И на нее идет охота?

— Да.

— Можете выгружаться!

— Как?! — ахнули подруги. — Вы разрешите им тут остаться?

— Да! Собаку поместим в бытовку к Мальме. Вдвоем им будет веселей. А если соседи услышат собачий лай, то мы скажем, что это Мальма разговаривает.

Михаил просиял.

— Спасибо вам, добрая вы женщина! — воскликнул он, кидаясь целовать руки тете Жене. — Я обязательно отблагодарю вас за вашу доброту!

— Ничего не надо! В конце концов, это мы виноваты перед вашей собакой. Если бы не то, что произошло в нашем доме, она спокойно бегала бы себе по лесу. И никто не стал бы на нее охотиться.

— Вы — ангел!

И Михаил восхищенно уставился на Евгению Валентиновну.

— Ангел!

Тетя Женя зарделась и предложила, чтобы Клюшке дали хорошую подстилку и накормили собачьим кормом.

— Ваша собачка ест сухой корм? — обратилась она к Михаилу, забираясь к нему в машину, чтобы показать дорогу до бытовки.

— Она не избалована. Ест все, что дают. Лишь бы этот корм не был живым. Тогда она его боится.

И с этими словами двери «Доджа» закрылись, отгородив тетю Женю, Михаила и Клюшку от всего остального мира. Подруги посмотрели им вслед, не в силах выдавить из себя ни слова. Ну и дела творятся в этом доме! Только огромной Клюшки, которая шарахается от всего, что движется, тут для полноты счастья и не хватало.

Но хотя подруги ворчали, в глубине души они были довольны, что этой нелепой псине больше ничего не угрожает. В конце концов, она же не виновата, что родилась такой уродливой и несуразной. А ведь доброта души иной раз с лихвой восполняет отсутствие внешней красоты. И наоборот, никакая красота не спасет злобную стерву от одиночества. Ни один человек не будет счастлив, находясь рядом с такой красавицей.

ГЛАВА ТРИНАДЦАТАЯ

На следующий день подруги отправились к Свете на работу. А куда еще? Ведь им нужно было выяснить, как жила она все последние годы.

Ехать к ней домой, подруги это знали, бесполезно. Светка жила одна. Со своими родителями поддерживала чисто официальные отношения, появляясь на семейных сборищах по случаю пересчета количественного состава — на крестинах, свадьбах и поминках. Никакой теплоты Светка к своим родителям не испытывала, и они к ней, как ни странно, тоже. Во всяком случае, подругам ни разу не доводилось слышать от Светки жалоб на то, что мать трезвонит ей по десять раз на дню, требуя отчета в каждом шаге. И сама Светка очень редко звонила своим предкам. И уж совершенно точно не посвящала их в свои дела.

— Говорят, в Америке люди так и живут. Дети вырастают, вылетают из родительского гнезда, и все... Только их и видели. Странно, да? А они еще пропагандируют свой образ жизни всему остальному миру как образец.

— Не была в Америке, — ответила Кира, — но точно знаю, в мусульманских странах другой перегиб. Там семья на первом плане. Причем вся семья — братья, сестры, мужья сестер, их дети, дети их детей. Целый клан требует отчета.

— Вот и выходит, что у нас золотая середина.

— Каждый выбирает себе то, что ему по душе.

Сказав это, Кира неожиданно загрустила. Всю жизнь она прожила с мамой и бабушкой, потом только с бабушкой, потом совсем одна. Ну, не совсем одна. У нее была Леся. Но кровных родственников Кира не имела. Появилась как-то раз сестрица с грудным младенцем. Но не успела Кира порадоваться, что теперь у нее есть сестра и племянник, как сестра тут же снова исчезла. А племянник оказался совсем чужим ребенком.

Настоящей семьи у Киры не было. А так хотелось бы! Она никому не признавалась в этом. Даже Лесе. Но с самого детства Кира страстно мечтала, чтобы у нее было много разных родственников. И пусть бы они ей надоедали и раздражали своими поучениями и болтовней. Пусть! Все равно это лучше, чем жить и знать, что ты в этом мире одна-одинешенька.

Пусть бы даже Кире досталась такая же мама, как у Леси. Пусть бы вмешивалась в ее личную жизнь и пыталась наставить дочь на путь истинный. Все равно, ведь это бы она делала от большой любви. А ничего в этом мире не ценится так высоко, как любовь.

На работе у Светланы уже знали о том, что с ней случилось. Но особой скорби подруги на лицах Светкиных коллег не заметили. И желания обсудить с ними ее смерть тоже ни у кого не нашлось.

— Какое еще частное расследование? — раздраженно бросил подругам один из врачей. — Мы уже все рассказали милиции. А больше ничего не знаем! Света выполняла свои обязанности добросовестно. У врачей к ней претензий не было. А в свою личную жизнь она никого не посвящала!

Примерно так же отвечали и другие.

— Тут у нас поликлиника, а не справочное бюро! — огрызались девушки и уходили. — Не знаем, кто мог ее убить!

Мужчины же в подобной ситуации менялись в лице, краснели, бледнели и тоже норовили удрать.

Постепенно у подруг сложилось мнение, что хотя все Светкины коллеги и изображают равнодушие, но на самом-то деле эмоции были. И далеко не самые теплые. Так что в глубине души Светкины коллеги даже где-то рады, что ее нет. Это было странно. И подруги пообещали самим себе, что из поликлиники не уйдут, пока хотя бы что-нибудь не выяснят.

— Жалко-то как! — причитала по Светке одна лишь старушка санитарка. — Красивая девка. Молодая. И за что ее?

— Вот это мы и хотели бы выяснить. Был у нее тут в поликлинике близкий человек?

— Не-а, жениха не было. Так — полюбовники.

— Любовники? Тут?

— Ага.

— И кто?

— Да всех и не упомнишь. Светка ведь такая была. Хлебом не корми, а дай с чужим мужиком похороводиться. Через это ее многие наши девчонки сильно не любили.

Что же, это подруги уже поняли. Свету на работе не любили. Вот только ли за ее любвеобильность и неразборчивость? Но в любом случае эта старушка была для подруг сущим кладом. На вид — набор сухофруктов. Сморщенные щечки на манер сухих яблок, глазки — изюмины, рот — курага. И фигура в виде сушеной груши.

Но кто сказал, что клад должен обязательно блестеть и сверкать? Подругам нужен был именно такой.

— А кто именно был Светиным любовником?

— Любого смазливого доктора возьми, так обязательно Светка перед ним хвостом вертела.

И, облокотившись на швабру, старушка с упоением принялась сплетничать. Это было явно ее любимое занятие. Хотя Светка и у нее теплых чувств явно не вызывала.

— Ничего в ней, окромя красоты, хорошего не было! — припечатала она с самого начала. — Никого, окромя себя, не любила. И вечно перед всеми нос драла. Мол, вы все в говне, а я одна на коне!

— А почему?

— Такая уж она была.

Но подругам хотелось конкретики.

— Нет, а все-таки? Почему она так держалась? У нее что, повод был? Богатое наследство? Любовник на дорогой машине, который бы заваливал ее цветами и подарками? Удачная карьера?

— Скажете тоже! — хихикнула бабка. — Карьера! Вся карьера у Светки — это ее медучилище. И на работе она особо не убивалась. Никаких сверхурочных или приработков. Отработала свою смену, и бежать.

— Куда?

— Так к любовникам. По этой части у Светки все в порядке было.

— Этим гордилась?

— Не знаю, чем там гордиться. Разве что количеством. Потому что качество было...

И бабка скривилась, словно в рот ей попал лимон, причем порезанный ломтиками, чтобы противней было.

— Но Светка и сама понимала, что с мужчинами ей

не везет, — продолжала рассказывать бабка. — Потому что отзывалась она о них... Плохо отзывалась, одним словом. Недовольна она ими шибко была. И все твердила, что женщина, если хочет в этой жизни преуспеть, должна сама о своем благополучии позаботиться. А на мужиков, особливо на молодых и смазливых, надежды никакой нет.

— Так у нее и пожилые случались?

— А то нет! Не зря ведь по пациентам все по квартирам с уколами бегала.

Про этот вид Светкиного приработка подруги уже знали. Но не на уколы покупала себе босоножки от Гуччи? Или сумочку от Ив Сент Лорана? Не могло быть у медсестры таких заработков. А коли и богатого мужчины у нее не имелось, то откуда же денежки? Ясно, что не от честного труда они пришли к Светке. А где криминал, там и до кровопролития недалеко.

И подруги отправились к главврачу.

— Список пациентов, к которым ходила на дом Светлана? — изумилась женщина. — Но, дорогие мои, это же был ее частный приработок! Откуда мне знать?

— И что? Нигде это не было зафиксировано?

— Идите к врачу, с которым работала Светлана.

По счастью, врач оказалась на месте. Не уволилась, не ушла в отпуск и не заболела. Но и она в ответ на просьбу подруг лишь развела руками.

— Могу дать имена только тех пациентов, которым было назначено и к которым Светлана была обязана приходить по долгу службы. Но таких за последние полгода наберется не больше десяти человек.

— А что так? Люди не болеют?

— Болеть-то они болеют, — кивнула врач. — Только Светлана предпочитала ходить лишь к тем, кто мог ей за визит заплатить.

— И вы не могли на нее повлиять?

— Разумеется, я неоднократно ее вразумляла. И даже ругалась с ней.

— А увольнением пригрозить не пробовали?

В ответ врач лишь рассмеялась:

— Вы хоть знаете, какие у медсестер в нашей поликлинике зарплаты? Копейки! Если бы Светлана уволилась, нам бы очень долго пришлось искать на ее место человека.

— И вы терпели ее строптивость?

— А что было делать? Иной раз она, правду сказать, все-таки ходила и к бесплатным больным. Наверное, совесть просыпалась. И когда очень уж скандальные больные попадались, тогда шла. Или я строжайшим образом приказывала, иначе, мол, помрет человек. Вот и к Виктору Степановичу она ходила. Сначала он платил, а потом она и бесплатно ходила. И не один раз. Даже заставлять ее не надо было. Первый раз только с ней поругались. А потом ходила как миленькая.

Про Виктора Степановича подруги уже тоже все знали. И во сколько его родне обошлись эти «бесплатные» укольчики, тоже знали. Подруг интересовало, а не умер ли еще кто-нибудь из пациентов Светланы?

— Нет, — развеяла их подозрения врач. — Летальных случаев на моем участке за все время работы Светланы было всего четыре. Тьфу, тьфу, бог миловал. Да и те пациенты были очень тяжелые.

— Одинокие?

— Вовсе нет. С родственниками жили, — ничуть не удивилась их вопросу врач. И болели перед смертью по многу лет. Я сама понимала, что они уже не жильцы. Но лечили до конца.

Значит, не травила Светка своих пациентов. Хотя, с другой стороны, что же, она такая дура, чтобы убивать тех людей, к которым ее посылали с уколами или другими процедурами? Ведь рано или поздно таким повальным мором заинтересовались бы кому следует.

— Но откуда же у нее в таком случае брались деньги? — простонала Леся. — А, Кира?

Но Кира думала.

— Дайте нам список тех пациентов, к которым Светлана все же ходила регулярно, — попросила она врача.

С этим списком подруги отправились к пациентам Светланы. Увы, ничего особенного они от них не узнали. Светлана со своими пациентами не откровенничала. Задушевных бесед не вела, чаев не распивала. Сделает дело и быстро уходит.

Но в четвертой по счету квартире седоватый дядечка, оказавшийся пациентом Светланы, неожиданно проговорился:

— Неплохая девушка. Из себя красивая, только холодная очень. В искусстве разбирается.

— В искусстве?

— Да. У меня была коллекция настоящих японских нэцкэ. Так она сразу же ими заинтересовалась.

— Нэцкэ? — повторила за ним Кира. — А почему была? Вы ее продали?

— У меня ее украли.

Вначале подруги не придали этому особого значения. Ну, украли и украли. Мало ли. Но в седьмой по счету квартире, которую они посетили, дверь им открыла аккуратная старушка с белоснежными волосами, подстриженными у хорошего мастера. Да и сама старушка выглядела весьма ухоженной. И квартира у нее была тоже не бедная. Даже странно, что такая обеспеченная дама не хотела платить за уколы и настаивала на бесплатных визитах медсестры.

Впрочем, многие хорошо обеспеченные люди не любят швырять деньги направо и налево. Экономят, где только могут. Вещи покупают исключительно на распродажах, даже в том случае, если вещица им очень приглянулась, хорошо раскупается и до распродажи может и не дожить. Ждут. На рынках доводят бедных продавцов до нервного припадка, торгуясь за каждый помидор до посинения. А в магазинах придирчиво проверяют чеки. Не дай бог не пробить им положенную скидку. Сожрут заживо!

Видимо, к числу таких особей относилась и стоящая перед подругами старушка. Еще вполне крепкая, кстати говоря, на вид. Едва услышав про Светлану и про расследование, старушка взвизгнула:

— Воровка она! И хотя ничего не доказали, но это ее вины не отменяет!

— Что вы говорите? — заинтересовались подруги. — А мы слышали, что она была весьма обеспеченной девушкой. Наследство большое получила.

— Уверена, это вранье! Девица была воровкой! После ее ухода у меня пропала серебряная ложечка. Такая красивая. С позолотой и рисунком по эмали!

— А больше ничего не пропало?

— Вам этого мало?! — разозлилась старушка. — Да этой ложечке цены не было!

— В самом деле? Уникальная вещь?

— Конечно! Она же входила в большой чайный сервиз из пятидесяти четырех предметов. И теперь мой сервиз потерял свою первоначальную цену. Кто же его купит без ложечки?

— А вы хотите его продать?

— Нет, не хочу! — отрезала старушка. — Зачем мне его продавать, если я его только в прошлом году купила? Конечно, он продавался со скидкой. Но вовсе не потому, что там было что-то разбито или потеряно. Просто по истечении определенного срока происходит переоценка товара. Вот он и подешевел. Да я за ним почти год охотилась!

Да, насчет характера милой старушки подруги угадали совершенно верно. И еще они поняли: если старушка говорит, что после визита Светланы пропала только одна ложечка, значит, так и было. Если бы что-то пропало еще, старушка бы эта точно выяснила.

— Я и в милицию ходила! — возмущенно докладывала она подругам. — Но там меня подняли на смех.

— Безобразие!

— Что с них взять? Молодые люди. Очень простые и малообразованные. Хорошо, если родители вообще научили их пользоваться столовыми приборами. А уж такие тонкости им вовсе не понять!

— Значит, в милиции этим делом не заинтересовались?

— Они, нет! А вот вы просто обязаны им заняться! Вы же расследуете дело Светланы. Что еще она украла?

— Ее убили, — буркнула Леся.

Реакция старушки была потрясающей. Сначала она охнула, потом ахнула, а потом, когда девушки ждали слов сочувствия или соболезнования, спросила:

— Значит, моя ложечка теперь совсем пропала? И никакой надежды нет? Ах, какое горе! Воровку убили, теперь все концы обрублены.

Подруги так и остались стоять с открытыми ртами. Да уж, много эгоистичных и черствых людей повидали они в свое время, но эта старушка определенно била все рекорды. Едва придя в себя, подруги поторопились уйти от противной бабки.

— Хотя бы мы узнали, что Светка была нечиста на руку.

— Может быть, ложечка потом найдется?

— Умоляю тебя! Эта старушка даже в милицию ходила. Уверяю, перед этим она перевернула весь дом, заглянула в каждый уголок и каждую щелку. Если ложечки нет, значит, ее нет. Украли.

И подруги двинулись дальше в обход Светкиных пациентов. Пусто. Пусто. И наконец у последнего пациента Светланы, к которому она явилась всего лишь однажды и задержалась не более чем на несколько минут, им улыбнулась удача. Верней, это сложно было назвать удачей. Потому что для самого Ивана Сергеевича это было большим горем. Его обокрали.

— И такие гнусные воры попались! — возмущался он. — Все подчистую выгребли. Не только деньги или ценности. А и статуэтки забрали, и даже книги, которые мне еще от моего деда достались. Не бог весть какая ценность для других людей. А для меня эти вещи были просто бесценны!

— Почему?

— Почему? — Иван Сергеевич даже растерялся. — Ну и вопросы у вас! Ведь это же память!

Подробности того ограбления были просты. Иван Сергеевич живет вдвоем с женой. Тем вечером они были приглашены на день рождения к друзьям. Жена купила тортик и цветы. И ровно в пять часов вечера супружеская пара отбыла в гости. Вернулись обратно около одиннадцати. И к этому времени квартира была уже обчищена.

— Сигнализации у нас нет, — посетовал Иван Сергеевич. — Надеялись, что замками убережемся. Да, видно, не стоило на них надеяться.

— А в вашей квартире было что-то ценное для грабителей?

— В том-то и дело, что, кроме нескольких безделушек, у нас была только крупная сумма денег. Мы как раз продали дачный домик. И получили за него деньги.

— И не отнесли в банк?

— Нет. Деньги нам отдали поздно. А потом было воскресенье. Банки закрыты. Мы собирались отнести в понедельник. Но... Но не пришлось.

— А еще?

— Были украшения жены. Ничего особенного. Обручальное колечко. Цепочка с подвеской. И еще пара колечек с искусственными камешками.

— А Светлана могла знать о том, что вы получили деньги за дом?

— Светлана? Ну, как вам сказать. Вообще-то, когда она пришла, то жена вела разговор с нашим агентом. Но я не думаю, что Светлана поняла, о чем идет речь. Она на меня произвела впечатление милой, но недалекой девушки.

Подруги ничего не возразили милейшему Ивану Сергеевичу. А про себя подумали, что напрасно он мнит себя знатоком человеческих душ. Уж кем, кем, а простушкой их Светочка никогда не была. И верные выводы из подслушанного телефонного разговора сделать бы сумела.

— Нет, Светочка тут решительно ни при чем! — заявил Иван Сергеевич. — Вот и жена моя тоже на нее подумала. И следователю сказала.

— И что?

— Он проверил, что девушка делала в момент ограбления. У нее было твердое алиби или как там это называется.

На этом подруги и простились с Иваном Сергеевичем. Пусть считает, что Светлана не имела отношения к краже в его квартире. У подруг было свое мнение на этот счет. И не успели они выйти из дома, как Леся набросилась на Киру:

— Ты понимаешь, как они действовали?

— Кто?

— Светка и Витька! Они были сообщниками. Она наводчица, а он вор!

— Не надо так уж сразу!

— Да, да! Он уже сидел в тюрьме!

— Леся, он сидел за хулиганство, а не за квартирную кражу!

— Ну и что?

— А то! Одно дело в пьяном виде разбить телефонную будку, потому что ничего не соображаешь, и хмель в тебе бродит. И совсем другое, если в трезвом состоянии взять и залезть в чужую квартиру.

Но Леся цепко держалась за свою идею.

— Пойдем к Витькиным родителям и поговорим с ними!

— И о чем ты им скажешь? Что у тебя есть подозрения, будто бы их погибший сын не только хулиган, но и вор? И у тебя язык повернется такое спросить?

— Ну, можно ведь как-то аккуратно все выяснить!

Кира молчала. А Леся начала закипать:

— Ты так молчишь, потому что это была моя идея!

— Вовсе нет.

— Ты всегда считала, что ты умней.

— И не думала даже.

— И сейчас ты не хочешь идти к Витьке, потому что не сама это придумала!

— Хорошо. Давай сходим.

— Сама схожу. Мне одолжений не нужно!

И вставшая в позу Леся устремилась вперед. Жара на нее так, что ли, подействовала? И Кира, посмотрев вслед подруге, только пожала плечами. И как так получается, что, не зная за собой никакой вины, она тем не менее чувствует себя виноватой? Может быть, в самом деле надо было идти с Лесей? Но, представив себе, как они придут к Витьке домой и как будут выпытывать у его родителей подробности жизни их убитого сына, Кира вздрогнула.

С родителями Витьки она и без того была в сложных отношениях. Когда-то Витька ухаживал за ней. Понимал он это дело согласно своей хулиганской натуре весьма своеобразно. Но чтобы доказать предмету страсти силу своих чувств, постоянно выкидывал разные глупые фокусы. Например, писал на стенах про Киру разную пошлую ерунду. Дразнил ее на уроках, переменах, занятиях физкультурой и на пении тоже дразнил. Утаскивал ее портфель и не отдавал его, пока Киру не начинало колбасить. Пачкал и разрисовывал тетрадки. Вырывал страницы из ее дневника или заливал чернилами страницы учебников.

Но, безусловно, вершиной его ухаживаний стал звонок в «Скорую помощь», после которого к дверям Кириной квартиры явились санитары с носилками, желая забрать роженицу, которой совсем худо.

— Муж звонил! — твердили очень сердитый молодой доктор и энергичная медсестра Кириной бабушке. — Жена рожает. Где женщина?

— У меня только девочка, — лепетала Кирина бабушка. — Она еще в школу ходит.

— Что же вы, бабуля, не знаете, какие нынче школьницы бывают! Лучше следить надо было за своей внучкой.

— Раньше думать ей и вам надо было.

— А теперь уже поздно скрывать что-либо! Посторонитесь.

Обнаружив в квартире в самом деле одну лишь Киру без всяких признаков беременности, врач ничего смешного в этом не увидел и страшно расшумелся.

— Пожилой человек! — вопил он на бабушку. — А хулиганите!

В общем, после ухода врачей Кирина бабушка вытрясла из внучки, где живет ее ухажер. И опрометью понеслась туда. По горячим следам ее общение с родителями Витьки получилось очень эмоциональным. Витьку выдрали, что для него было не впервой. Но Киру почему-то стали считать доносчицей на их сына и презирать.

Кроме того, родители Витьки всегда изрядно поддавали, а теперь и вовсе не просыхали. Так что Кира сильно сомневалась, чтобы общение с ними оказалось плодотворным. Она отправилась на работу к Коле. К тому самому Коле, автослесарю, который довольно долго и плотно встречался со Светой, обманывающей его с Виктором Степановичем и еще с энным количеством молодых и не очень молодых мужчин.

— Как ни крути, они встречались. Должен же он про ее «бизнес» хоть что-то знать!

Коля был на работе. Он сидел в яме под днищем коричневой «семерки» и ругался нехорошими словами. Ни к Кире, ни к Светке его словесный поток не имел никакого отношения. Он возмущался отечественными машинами. Вернее сказать, тем железом, которое под этим названием разъезжает по дорогам нашей необъятной родины.

— Не понимаю! — выбираясь из ямы, возмущался парень. — Как они умудряются?

— Что?

— Что, что! Гнить! Машине всего пять лет, а у нее уже все днище ржавчиной изъедено. И ведь лично хозяина знаю. Он ее из гаража в редких случаях выкатывает. Зимой вообще не эксплуатирует. И что? Все равно железо тает, словно сахар в стакане чая. — И, подав Кире в знак приветствия локоть, рука была слишком измазана маслом и грязью, Коля спросил: — Чего притащилась? Новости есть? Убийцу поймали?

— Нет.

— А хочешь, я тебе сам скажу, кто их шмякнул?

— Ты знаешь? — изумилась Кира.

— А чего тут знать? Валька их и прикончил!

— Зачем ему? Он Свету любил!

И тут же Кира прикусила язык, вспомнив, что им рассказал Владя про отношения между Светкой и Валей. А Коля тем временем продолжал:

— А как же иначе? Смотри сама. Произошло все у Вальки дома. Это раз! Витьку он, по всем понятиям, приглашать не должен был, не нашего Витька теперь полета птица. Пьет сильно, как и его родители. И вообще опустился. Это два! А Валька к своей репутации строго относится. Надо ему было такого гостя? То-то и оно, что не надо. Ты вот Рассохину Гальку помнишь?

— Конечно.

— Была она у Вальки в гостях?

— Нет.

— А почему?

— Не знаю. Я думала, сама не захотела.

— Он ее не пригласил! Специально предупредил, чтобы не вздумала явиться!

— Почему?

— А потому, что она, видите ли, за узбека замуж вышла. И с его семьей теперь вместе живет.

— И что?

— Для меня вот тоже ничего — узбек, русский, еврей или негр. Какая разница? Был бы человек хороший. Я людей не по этническому признаку делю. Для меня есть добрые, а есть злодеи. Есть зануды, а есть шутники. Есть дураки, а есть умные. Верно?

— Конечно. Совершенно верно!

— Но для нашего Валечки это фу-у! Как можно?

И Коля продолжил, оживляясь все больше:

— Или вот, к примеру, Васька Головлев. Ты про него что слышала?

— Ничего такого. Грузчиком в овощном магазине работает.

— Вот! И его Валька тоже не пригласил! Потому что грузчик! Не та птица!

— Валя такой сноб? — изумилась Кира. — Не замечала.

— А ты с ним много общалась в последнее время?

Я имею в виду, до того, как вся эта история приключилась?

— Почти совсем не общалась. Если во дворе встретимся случайно, то привет, привет. И дальше разбежались.

— Вот! — поднял измазанный маслом палец Коля. — А мне пришлось! Когда вся эта история со Светкой закрутилась, как узнал я про то, что она со стариком мне из-за денег изменяла, до того мне тошно стало. Видеть ее не мог. С души воротило. Ну, я ее послал. А она мне в отместку к Вале переметнулась.

— И при чем тут это?

— Так я его по-товарищески пошел предупредить, какая Светка оторва и дрянь. Долго толковали. Целый вечер просидели. Выпили, разумеется. Тогда-то он мне свою жизненную позицию и поведал. Что рядом должны быть только достойные его понимания люди. Богатые, успешные, счастливые. А все, кто лузер, кто за бортом, те пусть там и остаются!

Жизненная позиция Вали оказалась для Киры полнейшей неожиданностью. И нельзя сказать, чтобы привела девушку в восторг. Но, с другой стороны, кто она такая, чтобы критиковать Валю? Каждый живет так, как сам того хочет. Его дело, с кем дружить, а кого сторониться.

— И я так же подумал! — воскликнул Коля. — И думал, что Валя от Светки откажется. Зачем ему баба, которая в любой момент рога ему наставить может? Это же стыд и позор! Как же ему потом успешным и счастливым жить с рогами-то?!

— А он что?

— Вроде бы все понял. Поблагодарил. Но... Но от Светки не отказался!

— Потому что любил ее без памяти!

— Не уверен, — покачал головой Коля. — Не больно-то у него влюбленный вид был. Скорей, загнан-

238

ный. Словно он в полнейшей жопе сидит. А пожаловаться никому не может, потому что в эту самую жопу его наша милая Светочка и загнала.

Что же, у Киры остался только один вопрос. Как Свете это удалось? Но Коля на него ответить не сумел.

— Про то, что у Вали в голове творится, я не знаю. Но зато я тебе скажу одну интересную вещь, — произнес он, когда Кира уже собралась уходить.

— Какую?

— Светка ведь от меня не первый раз загуляла.

— Да?

— Да. Были у нее и другие мужики. Точно знаю.

— Знаешь, потому что ты ее ловил? С поличным?

— Ловил.

— И прощал? Почему?

— Трудно объяснить, — задумчиво произнес Коля. — Красивая она была. Красивая, даже дух захватывало иной раз, на нее глядя. Вот за красоту я ей многое прощал. Хотя уже после первой ее измены понял: с этой женщиной семьи не построишь. Жена должна быть верным другом. А со Светкой все время словно на пороховой бочке.

— И к чему ты это рассказываешь?

— А к тому, что один раз мы с ней крепко повздорили. И она мне так прямо и заявила, что поклонников у нее хоть пруд пруди. И она прямо сейчас от меня к Вале уходит. Дескать, он в нее давно влюблен. И все такое.

— Так ведь и был влюблен.

— Может быть. Только в тот раз она от него больно быстро вернулась. Утром уже снова дома была.

— Почему?

— Она-то мне сказала, что из любви ко мне вернулась. Что просто в сердцах разного наговорила. Что Валя ей даром не нужен. Но я-то ее как облупленную знал. И понял: врет она! Понимаешь? Врет!

— Врет?

— Ну да. Не сама она от Вали ушла. Прогнал он ее.

— Ой!

— Точно тебе говорю. Она прямо дрожала вся от обиды и злости.

— Тебе показалось!

— Я с ней несколько лет прожил. И что-что, а дураком никогда не был. Людей, а особенно женщин, чувствую, как самого себя. Прогнал Валя в тот раз Светку. А вот почему потом невестой своей согласился признать, этого я тебе не скажу. Но думаю, что не по доброй воле он это сделал. Что-то или кто-то его заставил.

Разговор с Колей побудил Киру по-новому взглянуть на взаимоотношения между бывшими одноклассниками. Если Валя не любил и даже презирал Светку, то почему назвал ее своей невестой? Да еще терпел все ее выходки, когда она при нем откровенно заигрывала с другими мужчинами? И зачем Светка так унижала Валю? Мстила ему? За то, что когда-то он отверг ее?

Все это было необъяснимо. И, чувствуя, что она уже решительно ничего не понимает, Кира поехала к Вале домой, чтобы поговорить с ним наедине.

ГЛАВА ЧЕТЫРНАДЦАТАЯ

Валя возился с двумя собаками, оказавшимися в его владениях. Прошедшую ночь Клюшка провела в обществе Мальмы. И, как ни странно, собаки подружились. И теперь весело резвились, носясь по лесистой части участка под наблюдением Вали и Михаила.

Дрессировщик Кеша в это время стоял на стреме и следил, чтобы никто из посторонних не увидел разыскиваемую всеми «преступницу» на Валином участке.

— И представьте себе, нисколько не боится! — с восторгом сообщил Кире Михаил. — Просто не узнать собаку. Как думаете, она такой останется всегда?

Кроме всего прочего, Клюшка оказалась сообразительной зверюгой. И быстро научилась следом за Мальмой выполнять многие команды. Сидеть, лежать, приносить брошенный мячик. Конечно, она продолжала приседать от резких звуков. Но, по крайней мере, не кидалась прочь и луж под собой тоже больше не прудила.

Наконец Валю возня с собаками притомила. И он направился к дому. Кира за ним, прикидывая, чем бы пронять Валю. Но он начал разговор сам.

— Представляешь, сегодня мне следователь звонил. Сказал, чтобы я завтра приехал к нему. Как думаешь, зачем?

Чем могла порадовать своего бывшего одноклассника Кира? Да ничем. Потому так прямо ему и ответила:

— Ты у них главный подозреваемый.

— Кира! — взмолился Валя. — Я знаю об этом! Помоги мне!

— Я?!

— Да, ты! Именно ты!

— Чем я могу тебе помочь? Обратись в частное детективное агентство.

— Агентство? — казалось, задумался Валя. — Само собой, обращусь. Но сейчас я прошу о помощи тебя!

— Я же не сыщик!

— Мне Танька про вас с Лесей все рассказала!

— Что именно?

— Ну, что вы разных преступников много раз ловили. И преступления словно орешки щелкаете. Кто украл, кто убил, кто мог это сделать.

— Положим, пару раз нам с Леськой в самом деле

повезло. И мы нашли преступников. Но то же было совсем другое дело.

— Почему другое? Потому что мы учились вместе?

— И поэтому тоже.

— Так ты мне тем более должна помочь! Мы же не чужие!

И, схватив Киру за руку, Валя горячо взмолился:

— Кира, помоги! Я чувствую, что менты подозревают именно меня. Они меня арестуют!

— Вполне возможно.

Кира не стала упоминать, что и у нее самой есть подозрения в причастности Вали к этим двум убийствам. Очень уж все ловко складывалось. И мотив у Вали был. Да еще не один, а как минимум два мотива — ревность и оскорбленное чувство собственного достоинства.

И возможность совершить преступление у него тоже была. Ведь это же он всех созвал. В том числе и две жертвы пригласил. И еще показания сразу нескольких свидетелей, которые в один голос утверждали, что Валя Светку ни капли не любил. И даже совсем напротив — ненавидел и презирал ее.

Но сам Валя, не подозревая о мыслях своей бывшей одноклассницы, слезно молил Киру о помощи.

— Но почему я? Почему они думают на меня? Я не мог убить Свету! Я ее любил! Все это знали!

— Боюсь, что не все, — вздохнула Кира. — И даже, напротив, многие считали, что любви между вами нет.

— Как это нет? А зачем же тогда я с ней...

— А затем, что она тебя чем-то держала! Не любовь у вас была, а зависимость. Словно у двух каторжников, которые одной тяжелой цепью связаны.

Валя побледнел так сильно, что Кира даже испугалась.

— Кто так говорит? — прошептал он.

— Все, и я в том числе.

— Но почему?!

— Да потому, что ты человек по натуре себялюбивый и гордый. Ты даже с нашими бывшими одноклассниками, которые не слишком преуспели в жизни, не захотел общаться. А Светку, которая тебя прилюдно и постоянно унижала, ты принял и назвал своей невестой.

— Потому что любил!

— Брось. Скажи лучше правду!

— Я ее любил!

Кира покачала головой.

— Если ты и дальше намерен мне врать...

— Я не вру! — перебил ее Валя.

— Будешь продолжать мне врать или, во всяком случае, скрывать от меня правду, — невозмутимо продолжила Кира, и ухом не поведя, — то я не смогу тебе ничем помочь.

Валя замолчал, обдумывая слова Киры. Она молча ждала его решения. Наконец Валя глубоко вздохнул, словно пловец перед прыжком в воду и сказал:

— Мне от тебя скрывать нечего! Я ее любил! И мечтал, чтобы она стала моей женой!

Кира была разочарована. И своего разочарования не скрывала.

— Ну и дурак! — воскликнула она. — Какой же ты дурак!

— Сама дура!

— Это мое личное дело. А тебе могу дать только один совет.

— Какой? — буркнул Валя.

— Если у тебя есть что-то такое, что может дать ментам козыри против тебя, то советую тебе это уничтожить до того, как ты попрешься к следователю.

— Я невиновен! Свету я любил! И она меня тоже. Поэтому мы и были с ней вместе.

— Дело твое, — повторила Кира. — Но я тебе уже все сказала.

К этому времени они уже подошли к дому. Тут Кира увидела возвращающуюся из города Лесю. И, забыв про строптивого Валю, поспешила к своей подруге.

— Какая ты молодец, что не поперлась со мной к Витькиным родителям!

Такими словами встретила подругу Леся.

— А что такое?

— Это ужас какой-то! Они совсем спились! Представляешь, они даже не понимают, что у них сын погиб!

— Как это?

— А так! Пьяные в зюзю! И, по словам соседей, в таком состоянии находятся постоянно.

— Слушай, а как это возможно?

— А почему нет?

— Ну, чтобы так водку хлестать, деньги нужны, и немалые.

И Кира принялась быстро загибать пальцы, подсчитывая:

— Допустим, в день на двоих они выпивают две поллитровки. Возьмем самую дешевую — рублей по шестьдесят. Это все равно получается сто двадцать — сто пятьдесят рублей с немудрящей закуской. В месяце у нас тридцать или тридцать один день. Пьют они без выходных, следовательно... Это четыре с половиной тысячи рублей.

— Да.

— И это только на водку! А надо еще что-то кушать. Платить за квартиру, свет, газ, воду и телефон. Или им все это уже отключили?

— Вовсе нет! У них очень даже неплохо в доме. Грязно, конечно. Но они не бедствуют.

— Странно, — пробормотала Кира. — Они работают?

— Нет.

— На пенсии?

— Тоже вроде бы нет. На здоровье не жалуются. И не старые еще.

— Тогда откуда у них деньги?

— Мне тоже стало это странно, — призналась Леся. — Тем более что водку они пьют не самую дешевую. Я бутылки пустые у них в коридоре видела. «Флагман» они пьют. «На березовых бруньках» пьют. И «Дипломат» тоже пьют.

— Да, неплохие. Но откуда же деньги?

— Они сказали, что Витька их содержит.

— Что?! — изумилась Кира. — Витька? Откуда у него-то были деньги?

— Этого они не знают. И самое интересное, что деньги у Витьки появились внезапно. И всего год назад. До этого его родители с хлеба на воду перебивались. И хорошей водки в глаза не видели. Соседи говорят, они спирт в аптеке покупали. Или еще настойку боярышника брали. Она тоже на спирту. Эту гадость и пили.

— Ишь ты! А теперь, выходит, они в элиту среди алкоголиков выбились. Странно!

— Не то слово!

— Они тебе рассказали, где Витька работал?

— По их словам, у него завелся маленький, но весьма прибыльный бизнес. Что именно, они не знают. И, сдается мне, никогда этим не интересовались.

Кира кивнула. Этот рассказ вполне укладывался в рамки ее представлений о Витькиной семье. Они и прежде не больно-то интересовались проблемами сына. А уж после того как он вырос, наверное, и вовсе предоставили его самому себе.

Жаль, конечно, что Лесе ничего не удалось выведать у Витькиных родителей, но Кира никогда особо и не рассчитывала на них. У нее был свой план. И, отведя Лесю подальше от чужих любопытных ушей, она посвятила в него подругу.

Наступивший вечер не застал подруг врасплох. К тому времени, как стемнело, они уже успели основательно подготовиться к предстоящей экспедиции. И в первую очередь подруги избавились от ненужной им свидетельницы. От Таньки. Та по-прежнему жила с ними в одной комнате. И могла заметить, что подруг нет в их кроватях.

С целью нейтрализации Таньки ей был предложен фруктовый компот, где в числе многих ингредиентов имелась клубника. Да, всего-навсего безобидная клубничка. Но по какой-то загадочной причине Танькин организм реагировал на эту ягоду всегда одним и тем же образом. Годы шли, а ничего не менялось. Капля клубничного варенья, и Танька оставалась наедине с унитазом на несколько часов, а то и на целые сутки. Стоило ей съесть самую крохотную ягодку, как в животе раздавалось характерное бурчание. И Танька исчезала со сцены.

Все это касалось не только свежих ягод, но и клубничного мороженого, пирожных с клубничным кремом, клубничного джема и варенья. Так что поле для деятельности у подруг было самое широкое. Но когда девушки преподнесли Таньке большую кружку ледяного компотика с ловко замаскированным клубничным сиропом, они чувствовали себя настоящими отравительницами.

— Стыдно-то как! — прошептала Леся.
— Это для ее же пользы!
— В смысле, чтобы похудела?
— И это ей тоже не помешает.

Танька компот выпила с благодарностью.

— Вкусно? — поинтересовалась у нее Кира.

Танька молчала. Ее лицо приняло сосредоточенное выражение, словно она прислушивалась к глубинным изменениям внутри себя. Потом ее полное лицо исказилось. И она простонала:

— Девчонки! Вы что, туда клубнику положили? Мне же ее нельзя!

— Ах! Забыли! — фальшиво воскликнула Кира. — Прости! Прости!

Но Таньке было уже не до них.

— О-охо!

Отставив пустую кружку в сторону, Танька начала лихорадочно чесаться. А потом сорвалась со стула и понеслась в направлении туалетной комнаты. Больше в этот вечер подруги ее не видели и были твердо уверены, что когда Танька все же сумеет доплестись до их комнаты, то у нее совершенно не останется ни сил, ни желания будить подруг и беседовать с ними.

Но рано подруги радовались. Оказалось, что и у остальных гостей есть планы на их счет. Михаил, который остался в доме вместе с Клюшкой, решил в качестве благодарности просветить Киру насчет тонкостей выращивания крупных собачьих пород.

А в Лесю вцепилась влюбленная парочка — Олег и Ниночка. Эти двое упорно хотели узнать, какие санкции собирается применить к ним злой Бадякин. И почему-то сочли Лесю самым подходящим парламентером во вражеское гнездо.

— Не пойду я! — отказывалась Леся, краем глаза наблюдая за попытками Киры избавиться от занудливого Михаила.

Но тот твердо поставил себе цель потратить неожиданный отпуск на то, чтобы сделать Киру авторитетным специалистом в области собачьих болезней. Обе группы находились поблизости. И могли слышать реплики друг друга. В результате получалась настоящая словесная чехарда, в которой было так же мало смысла, как и пользы для плана подруг. Но разве их кто-нибудь спрашивал?

— Леся, на тебя вся надежда.

— При чем тут я? Не понимаю.

— Кирочка, вы меня совсем не слушаете!

— Слушаю.

— Леся, ты ему понравишься! Я знаю вкусы своего мужа.

— Итак, Кира, кишечных паразитов лучше всего выводить в два этапа. Первый занимает приблизительно...

— Такие аппетитные пухленькие блондинки как раз во вкусе Бадякина.

— А вот завтра мы с вами, Кирочка, немного попрактикуемся в извлечении кожных паразитов. Это тоже очень важная часть ухода за каждым животным. Вы мне поможете!

— Леся, мы же не можем прятаться от моего мужа всю жизнь! Помоги нам!

В конце концов ошалевшие подруги пообещали помочь. Всем! И в деле обезвреживания Бадякина. И в вычесывании клещей, блох и прочей живности из густой Клюшкиной шерсти. И их отпустили. Вернее, Лесю отпустили лишь после того, как Ниночка убедилась, что девушка прямиком и на приличной скорости двигается в направлении бадякинских хором.

На этот раз Кира пошла с подругой. Одно дело — отпустить ее на встречу с безобидными алкоголиками — родителями Витьки, и совсем другое — пустить ее одну в логово жуткого Бадякина, вооруженного к тому же автоматом.

— Может быть, мы к нему еще и не попадем, — утешали друг друга девушки.

Однако этой надежде не суждено было сбыться. Бадякин был дома. Мало того, он увидел подруг из окна. И сам вышел на улицу, чтобы пригласить их в дом. Как ни странно, сегодня он был настроен мирно.

— Извините меня за вчерашнее, — сказал он первым делом. — Вообще-то я человек мирный. Но как представлю, что Нинка мне рога в это время наставляет, прямо в глазах от ярости темнеет. Вот дрянь! Разве так дела делаются?

У подруг были самые смутные догадки, как следует делать такие дела. И они не постеснялись спросить у Бадякина его мнения.

— Предупредить надо, — объяснил он. — Развестись. А потом уж блядовать с разными посторонними кобелями!

— А вы бы ее отпустили?

— Я? Нинку? Да я ее сам готов был прогнать.

— Почему?

— Надоела! Вечно глаза на мокром месте. Харкнешь во дворе, бледнеет. Нос высморкаешь, платочек тут же тащит. В гостях десертную вилку со столовой перепутаешь, истерика на целую неделю! Дура, одним словом!

Сегодня Бадякин произвел на подруг совсем другое впечатление, нежели вчера. И как они могли его бояться? В принципе, ведь он несчастный мужик. И супружеская жизнь у него была несчастная.

Вот, к примеру, приходил он вечером домой после тяжелой нервной работы. А дома вместо жареной картошечки с лучком и свининки его поджидал ресторанный ужин. И оно ему было нужно? Если от устриц Бадякина мутило, омары вызывали изжогу, а сложные гарниры из отварной спаржи, приготовленной на пару, моркови и цветной капусты навевали тоску по домашнему пюре с хорошим ломтем сливочного масла и мелко порубленным укропчиком.

— Так ведь сама не готовила ничего из моих любимых блюд и повару запрещала! Сколько раз я ее просил: хочу жареную курицу с обычной жареной картошкой. Нет же! Навертит из этой курицы чего-то такого, что курицу уже и не узнать. И орехи, и апельсины в ней. И финики ей в жопу засунет, да еще медом сверху польет. Тьфу, гадость! В рот взять невозможно! Не курица, а пряник!

Кроме кулинарных проблем, у Бадякина к жене имелись еще и претензии сугубо интимного плана.

— В постель ложимся, никогда меня сама не обнимет. А я к ней сунусь, вечно кислую рожу состроит. И давай ныть: то у нее голова болит, то желудок, то мигрень, то месячные. И давай вместо секса таблетки пить. Не женщина, а какой-то переносной лазарет.

Но, несмотря на все вышеперечисленные отрицательные качества своей жены, Бадякин отпустить ее упорно не соглашался. И это была плохая новость.

— Поймите меня, девчонки, — втолковывал он им, — кабы она меня добром предупредила, что уходит. Так и шут с ней! А она же нет, тайком сбежала. Да еще не куда-нибудь к матери в деревню, а с полюбовником. К морю подались.

— Почему к морю?! — невольно вырвалось у Леси.

— Навел я справки. Этот хлыщ ее — Олег — на работе отпуск взял. Сказал, что в Египет летит.

Это была даже еще более скверная новость, чем первая. Оказывается, Бадякин уже знает, где работает Олег. Наверное, знает, и где тот живет!

— Знаю, знаю! — заверил подруг Бадякин. — Мои ребята там уже стоят. Только Олег вернется, живо ко мне доставят. Ну, и Нинку тоже.

— И что вы с ними сделаете?

— Еще не решил, — окончательно помрачнел Бадякин. — А что вы бы мне посоветовали?

— Принять Нину назад, — выпалила Кира.

Леся вытаращила глаза и изумленно воззрилась на подругу. Что она плетет? Нина послала их сюда с прямо противоположной целью: не мирить ее с мужем, а помочь им расстаться. Но Кира ответила подруге успокаивающим взглядом. Мол, не волнуйся. У меня все под контролем.

— Помириться с Нинкой? — удивился Бадякин. — Чтобы она снова доставала меня своими манерами и гастрономической стряпней? Не хочу!

— А чего хотите?

— Чтобы духу ее в этом доме больше не было.

— Так ее духу тут и так нету. Чем же вы недовольны?

— Нет, вы не понимаете, — заупрямился Бадякин. — Это же она так решила. А надо, чтобы решение от меня исходило. Я — мужик! Я — глава в доме. Как скажу, так и будет. Непорядок это, когда баба сама за себя все решать станет!

Дальше последовали рассуждения на тему, что слишком много воли дали бабам, отсюда и мировые кризисы, и вообще природные катаклизмы.

— Раньше бабы дома сидели, детей рожали. Мужу поперек слово пикнуть боялись. Потому что знали, чуть что не по нему, может и розгами «приласкать». Потому и порядок в мире был. А теперь сплошной разброд. Бабы сами не знают, чего хотят. А туда же, с мнением своим повсюду лезут!

Подруги слушали и усмехались. Знавали они таких демагогов. И все они в конечном итоге оказывались под шпилькой у какой-нибудь ловкой дамочки. Те слушали своих господ и повелителей, кивали и на словах во всем с ними соглашались. А сами вертели этими простаками, как им заблагорассудится.

Но кажется, Ниночка была не того сорта девушкой. И преданно заглядывать в глаза Бадякину, о чем он так страстно мечтал, не умела и учиться этому искусству не собиралась. Ей был необходим спутник жизни с тонкой душевной организацией. А Бадякин был прост как скала и убийственно прямолинеен. Ему хотелось обожания и потворства его маленьким слабостям вроде пюре с укропом. А Ниночка хотела видеть рядом с собой человека, который пришел бы в восторг от ее черепахового супа.

В общем, Бадякин и Ниночка совершенно не подходили друг другу. Оба они были неплохими людьми. Но бывает так, что две отличные лошадки, каждая из которых в отдельности прекрасно работает, не могут ходить в одной упряжке. Вот так и у Бадякина с Ниной. Так что Ниночка поступила правильно. Оставалось только вложить это же мнение в голову Бадякина.

— И у меня есть идея, как это сделать, — произнесла Кира.

Вернувшись назад, подруги отвели Ниночку в сторонку и долго что-то ей втолковывали. Ниночка отрицательно трясла головой, дрожала губками и моргала своими огромными глазками. Увидев, что на ресницах его любимой повисли слезки, Олег отважно бросился на ее защиту.

— Зачем вы ее расстраиваете?! — накинулся он на подруг. — Вас просили помочь нам. А вместо этого вы довели Ниночку до слез! Ниночка, чего они от тебя хотят?

— Они хотят, чтобы я вернулась к мужу с повинной.

— Что?! Да как они могут!

У Олега даже глаза потемнели от гнева. И он воскликнул:

— Пойдем, Ниночка, эти особы встали на сторону

твоего врага! Не слушай их, родная. Все будет хорошо. Я не дам тебя в обиду.

И он увел задыхающуюся от рыданий подругу в их комнату.

— Свет не видел такого кретина! — со злостью воскликнула Кира. — Только до Нинки стало доходить, как ей развязаться с мужем, как этот чертов идиот вмешался и все испортил!

Но в этот момент она заметила Михаила, который, сияя приветливой улыбкой, направлялся к ней с толстой книжкой, на обложке которой была нарисована половинка собаки с очень натурально выполненным кишечником в разрезе. В кишечнике, как успела заметить Кира, было много всякого разного, но одинаково неприятного.

— О, нет!

И Кира мгновенно испарилась. Михаил растерянно повертел головой по сторонам, недоумевая, куда же делась девушка. Но тут к нему подошла Евгения Валентиновна. И Михаил с радостью переключился на нее.

— Это удивительно интересно! — услышала Леся голос тети Жени. — Познавательно и занимательно! И откуда вы все это знаете? Иной раз мне кажется, что у вас не голова, а настоящий компьютер! Гораздо более мощный, чем все современные компьютеры.

Комплимент заставил Михаила переключиться на тему мозга и его исследований. Леся прислушалась и вздохнула. Редкое занудство. Но тетя Женя слушала, раскрыв рот. И только время от времени делала судорожные движения челюстями, маскируя зевоту под приветливую улыбку.

— Слушай, а она его охмуряет! — поделилась Леся своим изумлением с Кирой, когда ей удалось найти подругу, забившуюся в самый дальний уголок.

— Охмуряет, — равнодушно согласилась та. — Ну и что?

— Но разница в возрасте.

— Не такая она у них и большая. Михаилу порядком за сорок. Тете Жене слегка за пятьдесят.

— Но он сущий заморыш!

— Нормальное телосложение для научного работника.

— Он лысеет!

— А она стареет! — отрезала Кира. — Слушай, ну чего ты к ним прицепилась? Хотят вить любовное гнездышко, это их личное дело. У нас есть задача поинтересней. Пошли! У нас еще куча дел!

Для начала подруги прилюдно выкатили «гольфик» и громко обсудили, как далеко до города и есть ли смысл возвращаться назад. Разумеется, это действие немедленно привлекло внимание окружающих.

— Куда это вы на ночь глядя собрались? — подошла к ним Карина.

— Так. На одну тусовку пригласили.

— На всю ночь?

— До утра!

— Эх, — неожиданно тяжело вздохнула Карина. — Будь я в другом состоянии, с вами бы поехала! Взяли бы меня?

— Обязательно!

Потом к подругам подошли Коля со своей девушкой и Сергей с Кешей. Они обменивались враждебными взглядами. Сергей взял Карину за руку. А Кеша смотрел на это с плохо скрытой злостью.

— Куда едете?

— Гулять.

— На всю ночь?

— Да! Надоело тут сидеть. Все равно ничего не происходит.

— А что вам нужно, чтобы происходило? — поинтересовался Коля. — Еще одно убийство?

— Мы совсем о другом.

— О чем же?

— Тебе не понять.

— Такой тупой? — обиделся Коля.

Обижать его подругам не хотелось. Коля не сделал им ничего плохого. И всегда был славным товарищем. Поэтому они объяснили, верней, попытались ему объяснить:

— Ты мужчина.

— Ну и что?

— А мы свободные девушки.

— И что?

— Свободных мужчин тут в доме нету. Все при дамах.

— И что с того?

— А мы девушки молодые, нам замуж нужно.

— А-а-а! — осенило наконец Колю. — Так вы за принцем собрались в поход?

— И правильно! — неожиданно вмешалась Карина, кинув мимолетный взгляд на Кешу. — Так и нужно. Не ждать, а брать быка за рога!

— Вот, вот! А то мы все ждем-ждем кого-то. Сколько можно?

— Пора самим взяться за поиски принца. А то ожидание выматывает больше любой работы.

— Правильно, — одобрила подруг и тетя Женя, которая теперь старалась держаться поближе к Михаилу, демонстрируя всем, что это ее собственный золотник, к которому больше никому другому прикасаться нельзя.

И все парочки дружно встали тесней друг к другу, словно осознав, до чего плохо, когда ты один. Характерно, что Карина сделала шаг вовсе не в сторону мужа, а по направлению к Кеше. Конечно, потом она спохватилась и подошла к мужу. Но все уже успели заметить ее оплошность.

— Если следователь явится, скажите, что мы будем завтра, — сказала Леся и пообещала: — Часикам так к двенадцати или к часу.

Все пожелали подругам веселого праздника и отличного клева. И подруги укатили. Разумеется, ни на какую тусовку они не поехали. Какие уж там женихи, когда преступник не пойман! Они оставили «гольфик» в небольшой лесополосе, метрах в трехстах от дома Вали. И вернулись обратно.

Уже изрядно стемнело. И поэтому подругам без проблем удалось выполнить задуманное. Они прокрались через участок к дому. Потом Кира дернула за спрятанную в стене дома бечевку. И тут же из окна их комнаты выпал толстый канат, сплетенный (простите нас, тетя Женя!) из ее льняных простыней.

Одно утешало подруг в этом варварском шаге: простыни были такими жесткими, что нормально спать на них можно будет только лет через пять постоянной круглогодичной эксплуатации и стирки. А до этого только ворочаться всю ночь и утешать себя мыслью, что простыни не какие-нибудь, а из экологически чистого вологодского льна.

Оказавшись у себя в комнате, подруги затаили дыхание. Нет, Таньки не было. Клубничный компотик продолжал свою очистительную миссию. И Танька сидела в туалете.

Что и требовалось доказать. Дождавшись, когда в холле второго этажа затихнут шаги и все домочадцы, почистив зубы и совершив другие вечерние гигиенические процедуры, отправятся по своим спальням, никем не замеченные подруги выскользнули в холл.

Тут была еще одна крохотная комнатушка, где по-

лагалось храниться швабрам и прочему хламу. Но пока
что она была пуста. И тут пахло не пылью и санитар-
ными средствами, а свежим деревом. Совсем даже неплохой запах. Да и комнатка была достаточно велика.
Почти целых три квадратных метра. Больше, чем нужно для ночного дежурства.

— Теперь главное — не спать!

Эти слова Кира прошептала, когда они с Лесей
устроились в комнатке. Почему именно тут, а не у себя
в спальне? Дело было в том, что у этой каморки было
одно преимущество, она находилась рядом с комнатой
Вали. И в дощатой стене подругами еще несколько часов назад был проделан глазок. Один из сучков совсем
плохо держался в высохшей древесине. Так что выко-
вырять его не составило особого труда. И теперь у них
появился отличный наблюдательный пункт за комнатой хозяина дома.

— Но почему Валя? — допытывалась Леся у подруги. — Почему ты думаешь, что это он?

Кира отвечала странно:

— Я так вовсе и не думаю.

— Зачем же мы тогда тут сидим? — удивлялась
Леся.

— Потому что он явно что-то скрывает. А я хочу
знать, что именно.

До часу ночи ничего не происходило. Одно утешало подруг, Валя не собирался раздеваться. Он прилег
на свою широкую кровать. Но прилег как был, в брюках, рубашке и кожаной жилетке, с которой не расста-
вался сегодня целый день.

— Чего он не спит?

— Ждет.

— Чего ждет?

— Когда все уснут.

Кира оказалась права. Когда в доме затихло, Валя

осторожно встал, извлек из-под кровати какой-то сверток и направился к окну. Тут подруги его потеряли из виду, потому что их глазок имел ограниченный радиус обзора. Но, судя по звукам, Валя открыл окно. И теперь собирался через него вылезти на улицу.

— Почему не идет через дом?

— Опасается.

— Чего?

— Как бы кто-нибудь не увидел его с этим свертком.

— А что у него в свертке?

В ответ Кира так зыркнула на подругу, что та мигом замолчала.

— Мы пойдем за ним и узнаем, — сказала Кира. — Ты готова?

Конечно, Леся была готова. Только вот к чему? Этого Кира ей не объяснила. А сама Леся постеснялась спрашивать. И так Кире постоянно приходится ей все разжевывать, словно маленькому ребенку. А сейчас она была напряжена и явно не в настроении возиться с подругой.

— Куда он идет? — шептала она. — Куда? Неужели все-таки он это сделает?

Лесе до смерти хотелось спросить, что имеет в виду Кира. Но она держалась. Из последних сил, но держалась.

ГЛАВА ПЯТНАДЦАТАЯ

Подруги дождались, когда Валя окончательно выбрался из своей спальни через окно. Потом они помчались в свою комнату. Таньки все еще не было. Она отдыхала в туалете, опасаясь покинуть унитаз. Ощутив мимолетный всплеск раскаяния за свой поступок, подруги все же порадовались, что ее нет.

Никто не помешал девушкам выбросить на улицу канат из простыней Евгении Валентиновны и спуститься по нему вниз. Оказалось, что спускаться куда легче, чем карабкаться вверх. Навязанные узлы и тут пригодились — помогли подругам, тормозя их скорость при спуске.

— Как хорошо снова оказаться на твердой земле!

Кира ничего не ответила. Она бдительно поглядывала по сторонам. Девушки еще сверху, из окна своей спальни, увидели, что Валя двигается от дома в сторону своего гаража. И сейчас уже удалился от них на приличное расстояние.

— Неужели он возьмет машину?

— Почему бы нет?

— Это привлечет к нему внимание.

— Какая разница? Пока в доме спохватятся, он уже уедет. Никто не успеет его остановить и посмотреть, что у него там за сверток.

И тут Кира оказалась права. Валя в самом деле подошел к своему «Мерседесу». Машина выделялась в темноте из-за благородного сливочного цвета с золотистым отливом. Сиденья в машине были кожаными и тоже светлыми. Еще светлей, чем сама машина. Положа руку на сердце, машина больше подошла бы женщине. Но ездил на ней Валя.

И сейчас он сел за руль.

— Скорей! — поторопила подругу Кира. — Эх, напрямик не успеем! Придется через кусты!

И она первой ринулась в заросли дикой малины, которые Евгения Валентиновна распорядилась пока что не уничтожать. Во всяком случае, до тех пор, пока не поспеет первый урожай их собственной садовой ягоды. И теперь, чтобы напрямик попасть к спрятанному в лесополосе «гольфику», подругам пришлось, в буквальном смысле этого слова, продираться через малину.

Они исцарапались и перекололись в самых чувствительных местах. Их руки, лицо и прочие обнаженные части тела покрылись мельчайшими иголочками, которые застряли и в одежде, и в волосах, и немилосердно кололись, стоило чуть пошевелиться.

Никто другой не пошел бы на такой подвиг. Но подруги пошли и выиграли время. Они запрыгнули в свой «Гольф», как раз в тот момент, когда мимо лесополосы проезжал Валин «Мерседес».

— За ним! Теперь главное — не упустить его!

Кира нажала на газ. И, не зажигая фар, двинулась вперед. Хорошо еще, что Валя не подозревал о слежке и ехал спокойно, не гася своих фонарей. Иначе подруги бы просто потерялись в темноте.

— Куда он едет?

— На озеро.

— Дорога в другую сторону.

— В другую сторону идет пешеходная тропинка. А Валя на машине. Он едет правильно.

И все же Кира сомневалась. Что понадобилось Вале не озере в столь поздний час? Будет купаться? Как ни странно это звучало, но Валя явно собрался сделать именно это. Сверток в его руках оказался полотенцем, плавками и трубкой с маской для подводного плавания.

Подруги оставили машину неподалеку в кустах и подобрались к берегу как раз в тот момент, когда Валя входил в озеро. Снова им повезло! И теперь они с чувством исполненного долга могли любоваться на то, как Валя плещется у берега. Вода была ему там по грудь. Он вошел еще поглубже и нырнул.

— И что теперь? — недоумевала Леся. — Ради этого мы сюда и приперлись?

Кира тоже была смущена. Но старалась не показывать виду.

— Он снова ныряет, — сказала Леся. — Честно говоря, мне это уже надоело. Сейчас он выйдет на берег, увидит нас и...

Леся осеклась. Потому что Валя вынырнул. И в его руках что-то было. Что-то довольно тяжелое. Издалека подруги не могли разглядеть, что это такое. Но одно было совершенно ясно: когда Валя входил в озеро, у него в руках не было ничего, кроме маски. А теперь маска была у него на лице. И в руках еще что-то тяжелое.

Выходит, что на дне озера он что-то нашел.

— Пошли к нему! — дернулась Леся.

— Подожди! Как мы объясним ему свое присутствие?

— Чего там объяснять! Пришли купаться, и все тут. Одному ему, что ли, можно в озере по ночам плескаться? Он его купил? Или нас купил?

— Не возмущайся. Мы же сказали, что едем в город. Тусоваться.

— Подумаешь. Передумали!

— Он сразу поймет, что мы за ним следим!

— Ну и что?

— Давай хотя бы сначала посмотрим, что он там нашел.

— Слишком далеко. И слишком темно. Лично я даже самого Валю с трудом различаю. Где уж там увидеть, что он нашел!

— Это невооруженным глазом, — сказала Кира. — А если вооружиться...

И с этими словами она полезла в свою объемистую сумку и извлекла оттуда бинокль.

— Откуда он у тебя?

— Позаимствовала у Кеши. У него таких штук полно! Он же выслеживает диких зверей.

— А он... Он знает об этом?

— Какая разница! Завтра верну! Он и не заметит.

Леся не стала осуждать подругу. В конце концов,

на войне как на войне. Любые средства хороши, лишь бы победить врага. И Леся молча схватилась за бинокль.

— Ну, что там?

— Никак не настрою!

— Дай сюда! — рассердилась Кира. — Я сегодня битый час провела, чтобы подкрутить под себя, а ты все портишь!

Она выхватила у Леси бинокль и расстроенно произнесла:

— Ну, я так и знала. Сбила мне всю настройку! А! Вот так снова хорошо. Ого!

Последнее вырвавшееся у Киры замечание относилось явно не к Лесе.

— Ого! — повторила она. — Не может быть!

— Что там?

— Оно!

— Что — оно?

Вместо ответа Кира выбралась из камышей и помчалась в сторону копошащегося на берегу возле своей находки Вали. И что было делать Лесе? Только бежать следом. Она так и сделала, недоумевая, что же все-таки заставило Киру так поступить.

— Валя! — крикнула Кира на бегу. — Мы все видели! Не вздумай удрать!

Напрасно она так крикнула. Потому что, услышав ее голос, Валя вздрогнул. Выпустил из рук то самое, поднятое им со дна озера. Оно упало на землю с глухим металлическим звуком. А лицо Вали исказилось от страха.

— Это не мое! — закричал он и, не тратя больше слов на объяснение, бросился к своей машине.

Запрыгнул он в нее, как был, в одних плавках, не обращая внимания на то, что пачкает мокрыми трусами дорогую кожаную обивку. Единственное, что сделал Валя, приведя себя в порядок, только сорвал с лица маску, чтобы не мешала обзору. И затем газанул с места с такой скоростью, словно за ним гналась стая чертей.

Кира не успела его догнать. Когда она подбежала к тому месту, где минуту назад стоял Валя, там только и осталось от него, что запах бензина в воздухе. Впрочем, нет. Было и еще кое-что. А именно, весьма странная груда металла на земле. Любопытная Леся, также подоспевшая, нагнулась к этой куче и хотела ее поднять, но ее остановил окрик Киры:

— Не смей!

Леся так и замерла в полупоклоне, уставившись на Валину находку. Между металлом и Лесиным любопытным носом было всего сантиметра три. Так что Лесе удалось хорошенько все рассмотреть. Она и рассмотрела. А потом протерла глаза, подняла их на Киру и прошептала:

— Что это такое?

— Думаю, то самое, о чем ты и подумала, — мрачно произнесла Кира.

— А о чем я подумала?

— Не притворяйся. Я же вижу, что ты побледнела!

Леся снова уставилась на металл у себя под ногами. На самом деле штуковина была странная. И выглядела она, как огромные щипцы с очень короткими ручками и огромными хватательными поверхностями, густо усаженными длинными острыми шипами — зубами чудовищной Лесси. Все вместе это напоминало гигантские челюсти. И все же девушкам не хотелось верить в то, что они видели.

— Это не может быть той самой штукой!

— Очень даже может! — отрезала Кира. — Металлические челюсти. Самое настоящее орудие убийства. То самое, которым были убиты Светка и Витя. И которое разыскивают менты по всей округе.

— И оно... Оно все это время было тут?

— Наверное.

— И это Валя его спрятал?

— Раз он его достал, значит, знал, где искать. Значит, он и спрятал.

Логика Киры была просто убийственна. И Леся отлично это понимала, но тем не менее все же проблеяла:

— Но если... Если это Валя его спрятал, значит...

— Вот именно, — кивнула Кира. — Он и убил. Теперь ты, надеюсь, понимаешь, почему он от нас сбежал? Ему было, чего опасаться!

— И что нам теперь делать?

— Что делать? — проворчала Кира. — Срочно вызывать ментов! Вот что нам нужно делать!

— Но Валя...

— Звони и скажи им, что мы знаем, кто убийца!

Менты прибыли быстро. Так быстро, что подруги даже удивились. Они что, в соседних кустиках отдыхали?

— Мимо проезжали, — заявил угрюмый следователь Потемкин. — Хотели обратно в город возвращаться, а тут ваш звонок. Пришлось вернуться. Ну, что тут у нас?

— У нас тут вот.

И девушки посторонились, чтобы показать ему свою находку. Следователь переменился в лице, мигом сообразив, что показывают ему подруги. Он наклонился над страшной находкой. Но когда выпрямился и заговорил, его голос звучал ровно.

— Любопытно, любопытно! — произнес следователь. — И откуда же она тут взялась?

— В озере лежала. На дне.

— А вы ее нашли?

— Вы что? — возмутилась Кира. — Говорят же вам, на дне лежала!

— Туда нырять надо было. А у нас даже масок с собой нету!

— То есть вы в воду не ныряли?

— Мы? Нет!

— А откуда же тогда у вас орудие убийства?

Этот вопрос очень не понравился подругам. И особенно то, в каком контексте и каким тоном он был задан. И подозрительность, которая явно читалась на лице следователя, подругам тоже не понравилась. Чего он на них так таращится? Уж не думает ли он, что это они сначала убили Светку и Витьку, потом, шутки ради, притащили сюда на берег озера свое орудие убийства, а затем вызвали ментов, чтобы еще немного развлечься.

— Ничего такого я про вас не думал, — отводя глаза в сторону (так что подругам стало совершенно ясно, именно так он и думал, зараза!), произнес следователь. — Но откуда оно тут взялось?

— Его достал Валя.

— Хозяин дома, ваш школьный друг?

— Да.

Следователь помрачнел.

— Мотив убийства у парня, собственно, был, — произнес он. — Ревность. Он ревновал свою невесту к своему приятелю. И, обладая наследственным горячим нравом, мог отомстить обоим.

— Так вы его подозревали?

— В первую очередь подозревали именно его. Но простые подозрения к делу не подошьешь. Однако теперь против него есть еще и это.

И следователь осторожно поднял щипцы вверх. С них потекла вода. И в свете, который исходил от фар на милицейской машине, капли заиграли красным. Словно кровь жертв стекала с этого жутковатого орудия. Но пока подруги готовились рухнуть в обморок, убежать и вообще изо всех сил боролись со своими эмоциями, следователь вдумчиво осмотрел щипцы и произнес:

— Занятная вещица. Сразу видно, самодел. Интересно!

— Что вам интересно?

— Клеймо тут имеется.

— Клеймо?

— Ну да, посмотрите сюда сами.

И следователь показал пальцем на небольшую выпуклость в виде листка клевера с четырьмя листочками.

— Видите, это клеймо ложится внутрь челюстей, — произнес следователь. — И на телах жертв оно тоже отпечаталось.

— Значит, это оно самое?! — прошептала едва слышно Леся. — Орудие убийства? Ошибки нет?

Но следователь ей не ответил. Он рассматривал щипцы-челюсти, сгибая и разгибая их. Челюсти исправно клацали, заставляя подруг каждый раз вздрагивать.

— Интересно будет посмотреть на этого умельца, который придумал и изготовил такую штуку, — наконец произнес следователь. — Золотые руки у человека! Надо же такое придумать!

Восторг, прозвучавший в голосе следователя, заставил Киру задать необдуманный вопрос:

— Вам нравится?

— Нравится?! Это же в самом деле похоже на челюсти! А-а-ам!!!

И следователь для наглядности в последний раз щелкнул длинными зубьями. На этот раз прямо перед носами подруг. Может быть, он и несколько раз щелкнул. Но последние щелчки он издавал в полном одиночестве. Успех представления был грандиозный. Аудиторию подкосил уже первый лязг. Девушки издали дружный слабый писк, больше похожий на голос новорожденного птенца, и, словно сбитые кегли, попадали на землю. Прямо под ноги растерявшегося следователя.

— Девочки! — воскликнул он. — Вы это чего?

Подруги пришли в себя от того, что кто-то весьма энергично запихивал их в салон машины. Там пахло бензином, грязными тряпками, ржавчиной и еще какой-то дрянью. От этого запаха подруги расчихались и поняли, что машина отнюдь не их собственная.

У Киры в «гольфике» пахло совсем иначе. Немножко освежителем воздуха, немножко ее собственными духами, немножко сигаретами, которые курили ее многочисленные знакомые, и совсем чуть-чуть металлом и маслом.

— Не надо нас сюда! — запротестовала Кира. — Это слишком сурово!

— За что?! Отпустите нас!

— Я лишь хотел доставить вас в медицинское учреждение, — оправдывался Потемкин.

— Зачем?

— Подлечить маленько, то-се...

— С нами и так все было в порядке! — рассердилась на него Кира. — И нечего было хлопать перед нами этими жуткими челюстями!

— Простите, — принялся рассыпаться в извинениях следователь. — Я должен был предполагать, что вы испугаетесь.

— Испугаетесь! — фыркнула Кира. — Это вы еще мягко выразились!

— Мы с подругой пережили настоящий стресс!

Но следователь не выглядел таким уж удрученным.

— Зато теперь я совершенно твердо знаю, что вы к этой штукенции не прикасались.

— Конечно, нет!

— Как вам эта ерунда могла прийти в голову!

— Работа у меня такая, — извинился следователь. — Думать про всех и разное.

После этого следователь зафонтанировал. Он схватился за телефон и, позвонив своему помощнику, принялся выкрикивать противоречивые команды.

— Немедленно поезжай на Пятую Ливневую! Да, да! Именно в тот самый дом. У меня в руках две свидетельницы, которые видели, как хозяин дома вынимал из тайника орудие убийств. Да, срочно. Нет, слушай, не срочно. И вообще, на Ливневую ты не торопись. Парень не такой дурак, чтобы сунуться домой. Скорей всего, сейчас он удирает на север. Почему на север? Тогда на юг. Или на восток. Не знаю я, куда он едет!

— Нужно объявить план «Перехват»! — подсказала ему Леся, но следователь только выразительно покрутил пальцем у виска.

Мол, это в кино так все просто. А в действительности для «Перехвата» нужны согласованные действия многих людей. И с бухты-барахты без всякой санкции вышестоящего начальства такие дела не делаются. Нечего и пытаться.

Вместо этого следователь продолжал кричать в трубку:

— Да, позвони на посты ГАИ. На какие, какие! На ближайшие. Откуда я знаю, по какой дороге он поедет? Позвони на все, куда дозвонишься. Да и попроси, чтобы они задерживали все светлых «Мерины». Не знаю я номер. А? Что? Спросить у свидетельниц?

Следователь вопросительно посмотрел на подруг, но те в ответ лишь дружно затрясли головами. И следователь со вздохом произнес в трубку:

— Нет, свидетельницы его тоже не знают! Не знают они номер, я говорю. Но ты скажи там ребятам на посту, что в нужной машине будет кожаный салон и водитель в плавках!

Отдав эти распоряжения, следователь угомонился.

Он извлек из бардачка своей машины многократно свернутый полиэтиленовый пакетик с надписью «Пятерочка», вытряхнул его. И, стараясь не прикасаться к орудию убийства, благоговейно и почти не дыша положил его в пакет.

Подруги наблюдали за этими его действиями с откровенным недоумением. И чего он так старательно возится, если перед этим только ленивый эти щипцы не залапал? Но, кажется, самому следователю эти простые рутинные действия помогли сосредоточиться. Потому что когда он наконец устроил пакет из «Пятерочки» в салон своей машины и выпрямился, то выглядел совсем иначе. Бодрым, полным сил и уверенным в себе.

— Не беспокойтесь, девочки! — произнес он. — Мы поймаем мерзавца!

И словно в подтверждение этих слов зазвонил его телефон.

— Алло! Да! Слушаю. Как? Уже поймали?

Но в голосе следователя, когда он повернулся к подругам, чтобы сообщить им радостную новость, не было и следа от былого изумления.

— Задержание произошло успешно, — сказал он вместо этого. — Хотите со мной?

Еще бы! Конечно, подруги поехали с ним. Верней, за ним на своей собственной машине. Не бросать же им свой верный «гольфик» у озера, где бродит всякий подозрительный народ.

До поста ГАИ, где произошло задержание, пришлось добираться довольно долго. Почти сорок минут.

— У меня какие-то нехорошие предчувствия, — произнесла Кира, когда они уже выходили из машины.

— Почему?

— Не мог Валя за такой короткий срок так далеко уехать!

— У него же под капотом не десятки, а сотни лошадиных сил.

Кира только хмыкнула.

— Товарищ капитан! — четко, по-военному, отрапортовал парнишка в форме. — Задержанный тут у нас. В наручниках.

— Оказал сопротивление?

— Побуянил малость. Бухой он, товарищ начальник.

Это было и вовсе удивительно. Когда это Валя успел наклюкаться? И с какой, позвольте спросить, целью? Хотел снять стресс, удирая и прекрасно понимая, что за ним будет погоня?

— Здоровый такой, гад! — продолжал ругаться постовой. — Двоим нашим фингалы поставил, прежде чем мы его скрутили.

Маленький Валя одолел двух здоровущих парней?! Фантастика!

— У человека в момент опасности проявляются удивительные способности, — сказала Леся в качестве оправдания.

И с этими словами все дружной толпой вошли в помещение поста.

— Тут он, у нас, красавец! — сказал парнишка, указывая на полуголую мужскую фигуру, сидящую у стены. — Сейчас-то тихий, к стене отвернулся. Стыдно ему. А вы бы только посмотрели на него всего полчаса назад. Всех грозился перестрелять. И автомат у него имелся, представляете?!

— Автомат? — пробормотала Кира. — А зачем же он тогда?..

Но договорить ей не удалось. Потому что голая мужская фигура ожила и зашевелилась.

— Девчонки! — пронесся по помещению бадякинский рык. — Как хорошо, что вы приехали! Скажите этим козлам, кто я такой!

Кира молчала. Она была слишком подавлена таким поворотом. Конечно, она ожидала, что Вали они тут не найдут. Но одно дело — ожидать, а совсем другое — увидеть вместо маленького чернявого Вали рослого и видного, что ни говори, Бадякина.

Сходство между ними было только в одном. Оба были в трусах. Впрочем, Валя уехал в плавках. А на бедрах Бадякина красовались довольно длинные трусы с пальмами, тропическими пляжами и розовыми фламинго. Совсем неподходящие рисунки для такого детины.

Но в трусах или без оных, зачем он им сдался? Верните жестокого убийцу Валю и заберите себе этого чудака Бадякина.

И против всякого здравого смысла, Кира ощутила вдруг жуткую злость на этого кретина Бадякина. Разумеется, он не виноват. Но кто просил его раскатывать по округе в одних трусах? Одежды у него дома мало? Нищенствует он, скотина этакая?

— Это не он! — пролепетала Леся, тоже не сводя глаз с Бадякина.

— Как это не он? — изумился парнишка с поста. — Да вы сами посмотрите! Все, как вы говорили! Мужик в трусах. И салон в машине черный кожаный!

— И все равно это не тот человек! — воскликнула Кира, которой удалось наконец справиться с параличом лицевых мышц. — И салон в машине должен быть светлый. Не та машина. Не тот мужик!

Бадякин, который прислушивался к разговору, неожиданно обиделся:

— Чем это я вам не подхожу? Вроде бы все во мне хорошо.

— Молчи уж!

— А чего молчать? — возмутился Бадякин. — Как есть, так и говорю! Все, что полагается, тоже при мне!

И он поиграл мощными плечевыми мышцами. И даже сделал попытку напрячь брюшной пресс. Обе попытки ему удались. А Леся внезапно ощутила непонятное томление и противоречивые чувства. С одной стороны, ей хотелось сейчас наброситься на Бадякина и просто отколошматить его за то, что он так некстати оказался не в том месте и не в то время. Сорвал им, можно сказать, всю операцию. Ведь пока постовые отвлекались на его персону, Валя спокойно мог проскользнуть мимо поста незамеченным.

Но, с другой стороны, бадякинские мышцы заставили мысли Леси принять романтическое направление.

— А то, что я права дома оставил, так это же ерунда, — продолжал Бадякин, не замечая странного взгляда Леси. — Просто за пивком холодненьким выехал в ближайший магазин. Куплю, думаю, пару бутылочек запотевших. И к чему мне тут возле дома водительские права?

Чувства Леси сделали кувырок и вернулись в исходное состояние. Скотина бадякинская!

Судя по запаху, который исходил от Бадякина, двумя бутылочками холодненького пивка дело тут явно не ограничилось. Да и магазин находился что-то больно уж далеко от дома самого Бадякина. Но, в конце концов, напомнила себе Леся, это были его личные проблемы. Так же, как и автомат, разрешение на который Бадякин тоже забыл дома.

— Ну что? Берем его? — вполголоса спросил у подруг следователь.

— Нет!

— Говорят вам, это другой мужик.

— Ну, мало ли, — вздохнул следователь. — Вдруг бы вы передумали.

— Нет!

— Но раз не тот, значит, не тот. Уходим.

Так они и сделали. Ушли, оставив Бадякина одного разбираться с постовыми. Кажется, ребятам крупно повезло. Потому что, когда подруги выходили за дверь, Бадякин предлагал постовым по тысяче баксов, если они доставят его до дома и лично убедятся, что права и разрешение на оружие у него есть.

— Документы нужно с собой возить, — наставительно произнес один из получивших фингал под глазом оперативников, существенно смягчившись от предложенной крупной суммы вознаграждения.

— А куда бы я их положил, дурья твоя башка? В труселях у меня карманов нет и не предвидится. Я не пи...р какой-нибудь, чтобы с карманами на трусах щеголять. Я простой русский мужик, и трусов на карманах у меня поэтому быть не может!

Удаляясь прочь, Леся мимолетно удивилась, до чего странные правила накладывает этническая принадлежность на бадякинское нижнее белье. Однако сейчас его карманы на трусах, а точней их отсутствие, были от Леси так же далеки, как и отсутствие у самого Бадякина водительских прав и разрешения на ношение оружия. Плевать ей! Пусть сам выпутывается, небось уже не маленький. А у них с Кирой есть собственные дела, которые куда важней.

— Надо ехать домой! — сказала Леся. — Вдруг Валя там?

Следователю и самой Кире это предположение показалось просто нелепым. Но так как сами они ничего лучше предложить не могли, то послушно двинулись в направлении Валиного дома. Часы на панели машины мигали и настойчиво сообщали, что время совсем позднее. Однако окна Валиного дома светились. А один из столбов, поддерживающих ворота, странно искривился, словно по нему ударили чем-то очень тя-

желым. Земля вокруг была засыпана осколками стекла
и фар.

— Что у них случилось?

Подруги вбежали в дом. В холле никого не было.
Но из гостиной раздавались возбужденные голоса. Ра-
зобрать, о чем там говорят, подругам не удавалось. Да
и не собирались они подслушивать. Слишком бурлила
у них кровь и громко стучало в ушах. Тут уж не до под-
слушивания, когда в тебе столько эмоций. И по боль-
шей части все неприятные.

— И как нам быть дальше?!

Этот вопрос задал Кеша. И он же первым увидел
вошедших в комнату подруг в сопровождении следователя Потемкина и двух его помощников. Лицо Кеши
при виде их исказилось. Он заметно побледнел и упал
на свой стул.

— Все! — со стоном произнес он. — Сцапали голу-
бушек!

Подруги изумленно переглянулись. О чем это он?
В поисках ответа на свой вопрос они обвели глазами
собравшихся. Но все смотрели на них с одинаковой
смесью ужаса и восхищения.

— Вы это чего? — удивилась Кира. — Что вы на нас
так смотрите?

Молчание. И смущенные взгляды. Наконец Карина отважилась и произнесла:

— Девочки, Валя нам все уже рассказал про вас!

— Что?!

— Он знает, кто убийца. И мы теперь тоже знаем!

Следователь оживился и выступил вперед.

— Интересно будет послушать! — произнес он. —
И кто же, по мнению Валентина, убийца?

Карина растерянно посмотрела на него.

— Но вы ведь тоже знаете, — пробормотала она и,

подняв дрожащую руку, указала на Киру с Лесей. — Вот они. Разве вы не потому их арестовали?

— Тьфу ты! — вздохнул следователь. — А я-то, дурак, уже размечтался! Нет, уважаемые, произошла ошибка.

— Какая же ошибка? Наоборот, все верно! Валя сам так сказал!

— Он сказал, что мы с Кирой убийцы?! — возмутилась Леся.

Кира тоже хотела возмутиться, но в этот момент Карина ответила:

— Нет. Нет, но он сказал, что знает, кто убийца. И сразу же убежал. А мы стали рассуждать, кого же он имел в виду.

— И при чем тут, спрашивается, мы с Лесей? — строго спросила у нее Кира.

— Ну, все были на месте в доме, — растерянно произнесла Карина. — А вас не было!

— И только поэтому вы решили, что убийцы — это мы?

— Ну да.

Леся с Кирой переглянулись. Молча. Потому что никаких слов у них не находилось. У следователя, похоже, тоже. Но теперь его интересовал уже другой вопрос. И он спросил у Евгении Валентиновны:

— Так он был тут?

— Кто?

— Ваш Валя! Ваш сын! Он возвращался домой сегодня ночью?

— Да.

— Когда?

— Ну, час назад. Или чуть больше.

— И куда поехал?

Тетя Женя растерянно развела руками.

— Мы не знаем, — ответили все остальные нестройным хором. — Он нам не сказал.

Из всех дальнейших вопросов и ответов проклюнулось следующее. После того как подруги спугнули Валю на озере, он в самом деле вернулся домой. Довольно странный поступок для жестокого убийцы, который должен был бы дать деру, а вовсе не возвращаться. Однако Валя вернулся. И при этом он находился в таком сильном эмоциональном возбуждении, что, въезжая в ворота, разбил свою машину и перебудил весь дом. Влетел в двери весь в крови. При аварии порезался стеклом. И орал: «Мне нужна машина! Срочно!»

Машину Валя взял у Кеши. Даже не взял, а просто сел в нее и поехал. Остановить его Кеша не успел. Пока отгоняли разбитый Валин «Мерседес» от ворот, пока освобождали дорогу, пока заводили машины, Валя уже скрылся из виду. Догонять его было бесполезно.

Странное поведение хозяина дома совершенно деморализовало всех гостей. И после столь поспешного Валиного бегства спать уже никто не ложился. Все сидели и пытались понять, что же произошло.

— А он все время повторял: «Я знаю, я видел убийцу!» — всплакнув, произнесла тетя Женя. — А еще говорил: «Теперь я выведу его на чистую воду!» И еще: «Теперь он у меня попляшет!»

Следователь поморщился.

— А конкретнее? Какие-нибудь имена называл?

Нет, никаких имен Валя не называл. И дома тоже не задержался. Он быстро переоделся. Смыл с себя кровь из многочисленных порезов после аварии. Бросил свой разбитый «Мерседес» там же у ворот, в один из столбов которого врезался, и умчался прочь.

— Уже на моем фургончике!

— А вы пробовали ему звонить?

Оказалось, что пробовали. Но Валя на звонки сначала не отвечал. А потом просто отключил трубку.

— М-да-а-а, — протянул следователь, дослушав

рассказ до конца. — Дела у вас творятся! Это же просто ни в какие ворота не лезет.

Некоторое время он молчал, переваривая полученную информацию. А потом вытащил свой знаменитый и уже порядком исчерканный блокнотик и принялся выяснять у Кеши номер его грузовичка и все прочие отличительные приметы. Их оказалось много. И Кеша добросовестно перечислил все, включая и прыгающую через барьер овчарку на кузове.

— Отлично! — произнес следователь, закончив допрос, и захлопнул свой блокнотик. — Объявляем вашего Валю в розыск.

Все тут же загомонили:

— Как? Зачем?

— Как подозреваемого в совершении особо опасного преступления.

Тетя Женя судорожно вскрикнула. Прижала к груди руки и встала. Наверное, она хотела что-то возразить следователю. Защитить сына. Она даже начала говорить. Но уже на первом слоге ее дыхание прервалось, глаза закатились, а сама она стала тихо оседать на пол.

На помощь ей кинулись Михаил и Кеша. Причем Михаил ревниво отталкивал желающего помочь Кешу. И бормотал разную ласковую чепуху. Раньше подруги слышали от Михаила такие слова, только когда он обращался к своей Клюшке.

Что же, хоть в одном тетю Женю можно было поздравить. Она определенно заняла важное место в сердце Михаила. Может быть, даже потеснив там Клюшку. Но тете Жене было не до амурных побед. Она пришла в себя неожиданно быстро. Открыла глаза, обвела ими всех собравшихся и четким ясным голосом произнесла:

— Не трогайте моего сына! Не трогайте. Он ни в чем не виноват!

— Уважаемая, — с раздражением обратился к ней следователь, — я вас понимаю. Вы — мать. Но вы не можете знать, виновен ваш сын или нет.

— А я знаю!

— Это будет решать следствие.

— Нет, не следствие, а я!

— Почему вы?

— Потому что это я! Я все сделала!

— Что именно?

— Это я их убила! Светку и Виктора!

— Зачем? — только и нашелся что пробормотать следователь.

— Из мести! — твердо произнесла Евгения Валентиновна. — Эти двое... они оскорбили моего сына. И я их убила!

После этого ошеломляющего признания в комнате воцарилась гробовая тишина.

ГЛАВА ШЕСТНАДЦАТАЯ

Следующий день принес подругам одни волнения. Тетя Женя была арестована и уже настрочила свое признание. Валя по-прежнему находился в бегах. Никто не снимал с него подозрений, так как вина тети Жени еще не была доказана. Но она упорно стояла на своем:

— Я ненавидела Светку за ту власть, которую она обрела над моим сыном. И за то, как она этой властью пользовалась.

И иногда принималась плакать.

— Мой бедный мальчик! Если бы вы знали, как невыносимо матери видеть свое дитя страдающим. А Валя страдал! Он так любил Свету. А она... Она была настоящим исчадием ада! Она изменяла моему мальчику! Позорила его! И ничуть не стеснялась посторонних.

Она совершенно не думала о том, что люди станут говорить о моем сыне.

А дальше следовало очередное признание в убийстве:

— Я не могла терпеть это дальше. И убила мерзавку. И ее любовника тоже убила! Чтобы знал, как наставлять рога моему сыну!

Следователь пытался повлиять на нее.

— Вот вы вроде бы взрослая, самостоятельная женщина. Неужели вы не подумали, что каждый человек сам строит свою жизнь. Если вашего сына устраивали его отношения с покойной, то какое право вмешиваться вы имели?

— Сразу видно, что у вас нет сына!

— Нету. У меня дочь.

— Наверное, маленькая!

— Семь лет.

— Вот именно. И я уверена, что вы решаете за нее, в чем ей ходить, с кем дружить и какую школу посещать.

— Вообще-то этим занимается моя жена, — смутился следователь. — Но вы правы. Разумеется, мы контролируем нашего ребенка. Но это для ее же пользы!

— И я тоже! Я тоже сделала это для пользы моего сына! Он похудел, осунулся и все время выглядел несчастным, когда связался с этой Светланой! Я же все видела! Он бы погиб, останься эта девица с ним. Или, во всяком случае, заболел бы!

В общем, Евгения Валентиновна написала подробное признание своей вины. Единственное, что она обходила молчанием в своей исповеди, было то, где и у кого она раздобыла столь странное орудие убийства.

— Нашла, — твердила она на все вопросы следователя. — Уже давно. Копалась в земле и нашла.

Следователь протоколировал ее слова и потирал руки. Надо же, как быстро и легко раскрылось это запутанное дело. Оказывается, всему виной была материнская любовь. Ослепленная ею женщина совершила ужасное преступление, искренне считая, что защищает своего сына. И кого тут винить? Ее сына? Несостоявшуюся невестку? Ее любовника? Нет, все же вина лежала на самой тете Жене, которой не удалось справиться со своими чувствами.

— Но вы понимаете, что ваш сын никогда не простит вам этого?

— Я сделала то, что должна была сделать!

И все. Больше ничего от Евгении Валентиновны следователю выяснить не удалось. В своем поступке она не раскаивалась. И даже твердила, что, повторись ситуация снова, она бы поступила точно так же.

Обо всем этом подруги узнали от самого следователя. Так как их вызвали в отделение для дачи свидетельских показаний по поводу вчерашнего купания Вали на Мутном озере.

— Как вам показалось, он нырял в определенном месте?

— Ну да. Нырнул, а обратно вынырнул уже со свертком.

— Он знал, где искать?

— Наверное.

— Могло это быть простой случайностью?

Но подруги считали, что случайно темной ночью на озеро с маской не ездят. Ездят с какой-то точной целью.

— Что же, — вздохнул следователь, — так и запишем.

Так как убийца был найден, то все, кто был на Валиной даче, смогли наконец вернуться в город к своему привычному образу жизни. Это было настоящее счастье. И только одно смущало и тревожило друзей. Валя до сих пор не объявился. Больше всех возмущался этим обстоятельством Сергей.

— Он что, не знает, что его мать арестовали?! Уже сутки почти прошли. И где он болтается? Девчонки, вы с ним дружили больше остальных. Если этот тип объявится, дайте мне знать.

— Ладно. А зачем?

— Объясню ему, что мать у него одна. И даже если она оступилась и была не права, то нельзя от нее за это отворачиваться. В конце концов, она пошла на эти убийства только из любви к Вальке! Он должен это понять. И простить ее!

Он так пристал к ним, что подруги пообещали сообщить, едва только Валя появится.

— Пусть передачи ей носит. И адвокат ей нужен.

— Пусть. Нужен.

И тут неожиданно вперед выступил Михаил.

— Я займусь адвокатом для Жени, — заявил он.

— Вы?!

— А что тут такого? Она помогла мне и Клюшке. Дала нам кров и приют. Теперь моя очередь помочь ей. Именно для этого и нужны друзья, не так ли?

— Так.

— Вот и договорились. У меня есть знакомый адвокат. Если что-то можно сделать, он сделает.

— Да, но деньги, — пробормотал Сергей. — Кто будет за это платить?

— Я заплачу, — спокойно произнес Михаил. — Пусть вас это не тревожит.

И, повернувшись к подругам, добавил:

— А вы, девочки, прошу вас, помогите мне собрать из Жениных вещей все, что ей понадобится в изоляторе. Адвокат уже продиктовал мне список того, что можно ей передать. Вот он. Поможете?

Согласиться-то подруги согласились и вещи для тети Жени все собрали по адвокатскому списку. Но отнюдь не были уверены, что милиция задержала нужного человека.

— Конечно, она могла убить Светку. Помнишь, тетя Женя сама сказала, что с раннего утра возилась с
цветами в саду. И на ней был практичный прорези-
ненный фартук и резиновые перчатки. Я точно помню. Очень удобная униформа для того кровавого
убийства, которое было совершено.

— И железных инструментов у нее в корзинке было полно. Все эти рыхлилки и копалки. Среди них
могли заваляться и челюсти. На дне корзины мы их и
не увидели бы.

— Она могла взять оружие, пойти за Светкой в лес,
убить ее там, а потом вернуться и как ни в чем ни бывало копаться на грядке.

Эту тему подруги обсуждали всю дорогу до дома.
Но не могли до конца поверить в то, что тетя Женя
могла стать убийцей.

— Хоть режьте меня, но все-таки мне кажется, что
она просто покрывает своего сына, — сказала Кира,
когда подруги наконец-то вернулись домой.

Лесе тоже так казалось. Скорее уж Валя убил Светку с Витькой, а потом спрятал орудие убийства на дне
озера. А если все же это тетя Женя, то Валя мог что-то
заподозрить, возможно, видел, как мать плескалась в
озере, или еще какие-то детали насторожили его. Вот
и поехал на берег, чтобы проверить свою догадку.

Есть и такой вариант: мать и сын действовали сообща. И теперь тетя Женя просто покрывает сообщника, взяв всю вину на себя.

— Господи, прямо голова идет кругом!

— Мать или сын, в сущности, нам-то с тобой какая
разница? — пожала Леся плечами.

— Как это — какая?! — возмутилась Кира. — Очень
даже большая!

— Светку и Витьку все равно не вернешь. А тетя
Женя уже во всем призналась.

— Потому что она покрывает сына!

— Ну, так мы мы ничего не докажем! Если Валя — убийца, то тетя Женя будет стоять на своих показаниях. Она же обожает сына. И ни за что его не выдаст!

— Тогда мы должны на него повлиять! Не дело, если мать будет мотать срок за него.

Внезапно спор подруг был прерван звонком во входную дверь. Взбудораженная Леся взвизгнула. Кира вскрикнула. А кот Фантик, который праздновал у миски с едой возвращение хозяйки домой после многодневного отсутствия, внезапно изогнулся дугой и грозно зашипел. В принципе, так бурно он реагировал только на одного человека: на Таньку.

Это была очень давняя история. Когда-то Танька, желая помочь Кире на кухне, ринулась к плите, где закипало молоко для заварного крема. Ни в коем случае нельзя было допустить, чтобы на молоке поднялась пенка. Крем приобретал от этого совершенно неправильный вкус, которого никто из подруг не любил. Неуклюжая Танька схватила кастрюлю, но наткнулась на Фантика, который был еще маленьким любопытным котенком и вечно крутился у всех под ногами, и выплеснула всю кастрюльку на пол. Несколько капель горячего молока обожгли лапки и нос Фантика.

Сильных ожогов Фантик не получил, но был настоящим котом и умел помнить обиды и обидчиков. Зачислив когда-то Таньку в разряд неблагонадежных неумех, он никогда не забывал этого. И другим не стеснялся напомнить, кто такая Танька.

Вот и сейчас Кира спешила к дверям и думала, что увидит именно ее. И точно!

— Кира, ты должна мне помочь! — И зареванная Танька ввалилась в квартиру к подругам. Фантик на всякий случай сиганул на шкаф, подальше от неуклюжей особы. А сама Танька прошлепала в комнату, свернув по дороге подставку для зонтиков и шляп. Все разлетелось по полу, но Танька даже не обернулась.

Скорей всего, она просто не заметила учиненного разгрома. А если бы и заметила, то ей было не до того.

— Все неправда! — рыдала она, закрывая зареванное лицо руками. — Мне звонил Валя!

— И что сказал?

— Он никого не убивал!

— Ну да. Вину взяла на себя тетя Женя.

— И она не убивала! Убийцей был мужчина!

— Откуда ты знаешь?

— Мне Валя сказал!

— А он откуда знает?

— Он видел его! Он же нам сказал!

— Убийцу? Видел?!

— Ну да. Только тогда он не знал, что это убийца. Думал, просто человек зачем-то в воду кулек бросил. Это уж он потом смекнул, что в озеро просто так ничего не бросают. И решил посмотреть, что там.

— И нашел сверток с орудием убийства?

— Да! А тот человек, который его выбросил, был, во-первых, мужчина, а во-вторых, чужак.

— Почему?

— Он не знал, что там у берега, где он сверток выкинул, совсем мелко.

— Мелко? — изумилась Леся.

Они с подругами купались в этом озере. И Леся отлично помнила, что стоило ей сделать несколько шагов, как она совсем ушла под воду. И довольно долго не ощущала под ногами никакой опоры. Она так прямо Таньке и сказала.

— Ну а в том месте была мель, — пояснила та. — Озеро же искусственное. А вы не знали?

— Нет.

— Вот и тот человек не знал. А на самом деле это озеро экскаватором копали. И прямо у берега начинается уже приличная глубина.

— Это мы поняли. И что дальше?

— А то, что в том месте, где выкинули сверток, в свое время планировали сделать пляж. И сделали. Только потом озеро наполнилось из подземных ключей и вышло из берегов. Старый пляж затопило, но все равно там гораздо мельче, чем в остальных местах. И все местные это знают.

Подруги растерянно переглянулись. В принципе, все верно. Если бы Валя или Евгения Валентиновна захотели избавиться от орудия убийства, то могли найти местечко понадежней. А не стали бы топить опасную улику в самом мелком месте озера.

— И что это значит? — нерешительно посмотрела Кира на подруг.

— А то и значит! Что Валя не виноват! И Евгения Валентиновна не виновата! Она сына покрывает. А сын-то ее и непричастен к этим убийствам!

В принципе, такое могло быть. Но могло быть и то, что Валя, прослышав про арест матери, теперь делает все возможное, чтобы отвести от нее подозрения. И от себя заодно.

— А мы чем можем помочь? — спросила Кира у Таньки.

— Поймайте убийцу!

— Мы даже не знаем, кто он.

— Валя же знает! — воскликнула Леся. — Танька, скажи нам, кто этот человек!

Но Танька их разочаровала, помотав головой:

— Нет. И Валя не знает, кто убийца!

— Не знает? Как не знает? Но ты же сказала, что он видел убийцу!

— Видел. Но не разглядел, кто именно. Только понял, что это был мужчина.

Очередной облом! А они-то уже размечтались, что сейчас все прояснится.

— Нет, Валя не знает, кто убийца, — сокрушенно

помотала головой Танька. — Но у него есть план, как это можно узнать.

План — это уже кое-что. Подруги вытянули шеи и жадно уставились на Таньку. А та заговорила. Чем дальше она говорила, тем отчетливей подруги понимали: план очень даже неплох. Заключался он в следующем. Одна из девушек должна сказать, что преступника она почти вычислила. Осталось уточнить мелкие детали, чтобы сдать его ментам с потрохами.

Что дальше, ясно. Срабатывает эффект «подсадной утки». Почти наверняка, но есть колоссальный риск. И ясно, для кого. «Уточке» может не поздоровиться.

Но закончила Танька свое повествование такими словами:

— Валя считает, что убийца один из нас. Кто-то из тех, кто был приглашен к нему в загородный дом, убил Светку и Витьку.

— Мы тоже так считаем.

— И даже если никто из нас лично и не убивал, заботясь об алиби, то у этого человека был снаружи сообщник. А его действия координировал человек, находящийся в доме.

— И что?

— А то, что этот сообщник, опасаясь разоблачения, попытается устранить опасность.

Кира хмыкнула. Это и так им ясно.

— А кто же все-таки выступит в роли наживки? — задала главный вопрос Леся.

Танька недоуменно посмотрела на нее, потом на Киру.

— Ну, как же, — пробормотала она. — Я думала, что самые ловкие и опытные вы, разумеется.

— Мы? — сделали вид, что неприятно изумились подруги.

На самом деле они не были ни капельки изумлены. С самого начала, когда Танька начала излагать Валин план, они ждали, что она ткнет в них пальцем. Но Танька их изумление приняла за чистую монету. И страшно смутилась.

— Ну, не я же, — пробормотала она.

— Почему не ты?

— Никто не поверит, что я самостоятельно смогла разоблачить преступника. У меня другая роль. Вы же знаете.

Это была правда. Ей одноклассники отводили другую роль — тайного осведомителя.

— А почему бы не обратиться за помощью в милицию? — спросила Кира.

Но Валя и слышать ничего не хотел про милицию.

— У них уже есть одна жертва — моя мать. Не хватало еще, чтобы они и меня загребли. И кто тогда отомстит убийце и спасет маму? — заявил он Таньке.

И Танька, разумеется, была с ним во всем согласна. И все же Валя обратился за помощью в частное детективное агентство. Там ему пообещали помощь и поддержку. И все же Кира колебалась. Не очень-то приятно, когда на тебя начнет охотиться зловещий убийца.

— Хорошо, — внезапно произнесла Леся, прервав Кирины сомнения. — Мы согласны!

— Леся!

Танька с Кирой воскликнули это хором. Но если в голосе Таньки слышался восторг, облегчение и благодарность, то в голосе Киры — одно лишь возмущение.

— Леся! Ты хоть понимаешь, что ради Вали мы будем серьезно рисковать?!

— Ничего с нами не случится. Я согласна!

Кира покачала головой. Но разрешить подруге действовать в одиночку тоже не могла, а потому сказала:

— Я тоже согласна!

— Вот и отлично! — оживилась Танька. — Тогда я прямо сейчас начну действовать.

Заметно повеселевшая, она бросилась к выходу. Когда за ней захлопнулась входная дверь, со шкафа легко спрыгнул Фантик и пристально посмотрел на обеих подруг.

«И во что вы снова вляпались?! — читалось в его негодующем взгляде. — Учтите, ничего путного с этой особой, которая даже кипящее молоко с плиты снять толком не может, у вас не получится!»

— Фантик, она изменилась.

«Блажен, кто верует! Но мое мнение вы теперь знаете! И я его не изменю!»

И, негодующе дернув хвостом, Фантик ушел.

— Слушай, может быть, он прав? — покосившись на умного кота, шепотом спросила у подруги Леся.

Интуиции Фантика она доверяла даже больше, чем своей собственной. Но тут уж взбеленилась Кира:

— Прав или не прав, а маховик уже запущен. Теперь его не остановить. Уверена, пока мы тут обсуждали, Танька уже успела выболтать свою «тайну» половине наших друзей. Так что нам уже поздно отступать назад.

До вечера подруги побыли дома, давая преступнику время, чтобы узнать от Таньки новость, прийти в себя от шока и выработать план действий по устранению двух опасных свидетельниц. Подруги решили усложнить преступнику задачу и запустить дезу о том, что они обе знают его истинное имя. Или, во всяком случае, будут его знать в самое ближайшее время.

Когда стало смеркаться, подруги двинулись на Валину дачу. Туда же должны были прибыть все участники недавних событий. И там перед всеми подруги якобы назовут имя преступника.

Разумеется, тот должен был помешать им. Как? Существовало несколько способов, чтобы устранить слишком осведомленных подружек. Во-первых, при выходе их из дома. Во-вторых, по дороге за город. И наконец, уже на самой даче.

Несколько успокаивало подруг только то обстоятельство, что Валя клятвенно обещал, что повсюду им будет обеспечена надежная охрана. Он сам нанял, не пожалев денег, отличных профессионалов.

— Вы их даже и не заметите, — гордо сообщил он подругам, позвонив им по телефону, чтобы поблагодарить за содействие.

Все верно, подруги их и не замечали. Не было возле них никого, похожего на телохранителя.

— И тех частных детективов, к которым обратился Валя, тоже что-то не видно, — пожаловалась Леся.

Хотя Валя торжественно поклялся обеим подругам, что нанятые им детективы настоящие профи. Все бывшие менты с многолетним стажем работы. И из органов ушли по одной-единственной причине — их бесила жуткая бумажная волокита, которая съедала львиную долю времени и тормозила все дела.

— Но работать хуже они от этого не стали! Так что под их крылышком вы будете в полной безопасности!

Подругам очень бы хотелось в это верить. Но что-то упорно не давало им покоя. Из головы не шла печальная мордочка Фантика, когда он понял, что его драгоценная хозяйка все-таки уступила Танькиной просьбе. Маленький, несчастный, он стоял на пороге и жалостливо смотрел вслед подругам. И когда они вышли из дома и оглянулись назад, то увидели трогательную картину. Фантик стоял на окне и царапал лапками стекло.

— У меня какое-то тревожное чувство, — пожаловалась Леся. — Такое впечатление, что за нами следят.

— Очень на это надеюсь! — проворчала Кира в ответ. — Иначе вся наша задумка не будет стоить и ломаного гроша.

Выход из дома был согласован с Валей и нанятыми им телохранителями. Но где гарантии? Девушки встретили множество людей, но все они были их соседями. Хм-да!

Процесс погрузки в «гольфик» тоже прошел без свидетелей. Машина завелась с первой попытки и беспрепятственно покатила по улицам города. И в ворота Валиного дома они въехали с ощущением, что самое страшное их ждет еще впереди.

Тут собрались уже почти все одноклассники. Но взгляды, которыми они встретили подруг, были далеко не дружелюбными.

— И что вам не сидится спокойно? — сердито произнес Коля, едва девушки выбрались из своей машины. — Что там Танька болтала, будто бы вы нашли преступника? Это верно?

— Верно. Танечке надо верить. Ее сплетни всегда основываются на реальных фактах.

— Так что вы там еще разнюхали?

— Кто хоть убийца?!

— Спокойствие, — произнесла Кира, обращаясь одновременно ко всем собравшимся. — Только спокойствие. В свое время вы все узнаете его имя.

— А разве убийца не Евгения Валентиновна? — пискнула Карина.

— Нет.

— А зачем же ее тогда арестовали?

— Это ошибка. Но после нашего сегодняшнего разоблачения настоящий убийца будет отдан в руки правосудия. А тетя Женя окажется на свободе. И с нее будут сняты все обвинения.

По толпе гостей пронесся гул.

— Кира, не томи ты нас! — взмолился Сергей. — Скажи наконец, кто этот подонок?

— Пока не могу. У меня нет основной улики.

— И когда она будет?

— Через час. Максимум через два. Мне должны позвонить по телефону и подтвердить некоторые сведения, о которых я наводила справки в городе.

— И тогда ты будешь знать точно имя убийцы?

— Точнее не бывает.

— Конечно, — поддержала подругу Леся. — Для этого вас всех и пригласили. И все вместе мы решим, как с ним быть дальше.

— Но сейчас уже вечер! — возмутилась Нико — девушка Коли. — А если вы будете ждать еще несколько часов, то настанет глубокая ночь.

— И что?

— Не хочу снова ночевать в этом жутком месте, — заныла Колина подружка.

— Никто тебя и не заставляет. Назову имя убийцы, и можете с Колей ехать и спать, где вам заблагорассудится.

Карина, которая недолюбливала Колину девушку, хихикнула:

— Если только, конечно, убийцей не окажешься ты сама! Или твой Коля.

— Что? При чем тут мы?

— А при том, что Коля встречался со Светкой. Жил с ней.

— Ну и что? — фыркнула Нико. — Это было давно.

— Не так уж давно!

— А твой муж ухлестывал за Светкой прямо у тебя на глазах. Может быть, это ты ее убила?

— Не смей оскорблять мою жену!

— Не тронь Карину!

Коля крикнул в лицо Сереге и Кеше:

— Между собой бабу поделить не можете, а туда же! Других учить лезете!

И не успели подруги и глазом моргнуть, как поднялась настоящая склока. Сначала за Карину вступился Кеша, потом на него набросился Сергей, а Коля принялся разнимать, да и сам оказался втянутым в ссору. Влюбленная парочка, Олег и Ниночка, которым все посоветовали заткнуться, возмущенно доказывала, что хотя они лично и не убивали никого, но свое мнение могут высказать. И нечего им рот затыкать. И даже Михаил, заметно осунувшийся после ареста тети Жени и все больше молчащий, тоже что-то робко вякал.

Одним словом, плотину прорвало. Вся грязь, взаимные обвинения и подозрения лились на головы ушатами. И почти полчаса прошло, прежде чем все высказали то, что у них накопилось, пришли в себя и угомонились.

Этому в немалой степени способствовали собаки, которые тоже присутствовали при ссоре. Мальма и Клюшка так сдружились, что теперь всюду выступали парой. Забавно было смотреть на огромную Клюшку, которая во всем слушалась свою мелкую подругу. Но тем не менее общество Мальмы пошло ей на пользу. Теперь Клюшка уже не так шарахалась от людей. И даже смогла вытерпеть их довольно громкие крики.

Но в конце концов ее терпению пришел конец. Мальма заливалась лаем уже давно, выразительно поглядывая на подругу. Мол, не хочешь ли присоединиться? И наконец Клюшка открыла свою огромную пасть и издала короткий звук.

— ГАВ!!!

Звук был таким, словно шел из пустой железнодорожной цистерны. Гулкий, металлический и очень громкий. И этот «ГАВ!!! — Не шумите» сделал свое дело. Почти все перестали ссориться и стали с опаской поглядывать на Клюшку. Даже самые отчаянные спорщики постарались уменьшить громкость своих голосов. Но ссориться шепотом — это совсем неинтересно. Никакого азарта. А потому ссора очень быстро сошла на нет.

10—4

И хотя Михаил увел собак в их домик, но сил продолжать скандал ни у кого не осталось. И все просто расползлись по дому, кидая на подруг мрачные взгляды. В общем, обстановка была весьма неприятной. А по прошествии часа стала и вовсе невыносимой.

— Ну, что там у вас?
— Долго еще?
— Сколько нам ждать?
— Когда вам позвонят?

Эти вопросы так и сыпались на головы подруг, которые сидели в столовой. Каждые пять минут перед ними появлялся кто-то из одноклассников, чтобы узнать новости. А новостей не было. Да и быть не могло. Какие новости, когда подруги сами ждали, что убийца выдаст себя.

А надоедливые вопросы сменились откровенными угрозами.

— Мы больше не хотим ждать!
— Мы уезжаем!

Подруги поглядывали на Таньку, но та изо всех сил делала вид, что она тут вообще ни при чем. Подлая душа!

— Я сама позвоню! — наконец сказала Кира, не выдержав натиска. — И потороплю своих информаторов.

— Вот! Вот! — оживились все. — Вот именно! Потороп и!

Для этого разговора Кире пришлось выйти из дома. И отойти подальше, чтобы ее разговор не услышали из окон. Чтобы создать видимость секретных переговоров, она в самом деле стала набирать номер. Разумеется, Валин.

— Слушай, — произнесла она в трубку. — Мне необходимо знать, как...

Но договорить он не успела. Что-то мягкое, но властное схватило ее сзади за шею и сдавило горло.

Так что теперь ни дышать, ни тем более говорить Кира не могла. Она вообще не могла издать ни единого звука. Только короткий сдавленный писк.

А напавший на нее человек тем временем сжал горло жертвы еще сильней. И Кира поняла: пришел ее последний час. Убийца настиг ее. И надо же так случиться — она даже не видит его лица! И последней Кириной мыслью, которую она подумала своим возмущенным сознанием, было:

«Где эти телохранители, черт их побери?! Самое время вмешаться!»

И тут у Киры перед глазами вспыхнули звезды, понеслись картинки из ее прошлой жизни. Очень яркие и все глубже уводящие к истокам — в детство и даже младенчество. А когда Кира вспомнила, как она весело гукала в пеленках, ее сознание окончательно отключилось.

ГЛАВА СЕМНАДЦАТАЯ

Леся вдруг почувствовала нарастающее чувство тревоги. Что это? Горящий камин, который они по общему согласию разожгли, чтобы хоть как-то скрасить затянувшееся ожидание, не грел Лесю. Несмотря на яркий огонь, перед которым она сидела, все тело сковал непонятный холод.

— Что-то меня знобит, — пожаловалась она сидящей рядом с ней Карине.

— Может быть, ты заболела?

Карина озабоченно пощупала лоб Леси и обратилась к сидящему рядом с ней Кеше:

— Ты как думаешь?

Кеша Лесин лоб тоже пощупал.

— С ней все в порядке. Просто нервы. Карина, ты не хочешь прилечь?

— Кешка, ну что ты со мной как с маленькой? — вспыхнула Карина, но Леся ясно видела, что забота Кеши ей приятна, и возмущение, которое она демонстрирует, просто кокетство. — Туда не ходи, сюда не садись. Тут дует, там жарко. Замучил совсем!

— Но ты ждешь ребенка. И вообще, ты должна больше о себе заботиться!

Леся мельком подумала, что у Карины есть муж, которого и должны были волновать эти проблемы. Но Сергей снова где-то болтался. Во всяком случае, рядом с Кариной находился только Кеша, который за последние дни стал ее говорящей тенью. Вот посмотришь на них, и подумаешь... Но додумывать эту мысль Леся не стала. Ее вновь захлестнула волна тревоги. Теперь уже вполне конкретной.

Где же Кира? Почему так долго не возвращается? И когда волнение стало совсем уж непереносимым, Леся поднялась и сказала:

— Я выйду!

— Я тоже с тобой! — немедленно вызвалась Карина.

Кеша услышал ее слова и тут же дернулся.

— Там ветер и свежо. Не ходи. Простудишься.

— Все будет в порядке.

— Но в твоем состоянии...

— Кеша, я не умираю, я всего лишь беременна. Это не опасно для здоровья и, кроме всего прочего, скоро пройдет.

Прислушивающаяся к этому разговору Нина неожиданно вмешалась:

— Карина, что ты издеваешься над человеком? Он же волнуется за тебя. И справедливо. Накинь хотя бы мою шаль!

Шаль Карина покорно накинула. Тем более что та была необыкновенно красивой. Нежно-голубая —

словно морские волны с прыгающими в них, тоже си-
ними, дельфинами. Шаль была очень большой. И Карина почти целиком закуталась в нее.

— Теперь ты доволен? — спросила она у Кеши.

Кеша повеселел.

— Иди, моя хорошая.

И он проводил Карину долгим обожающим взглядом.

— А Кешка в тебя влюблен, — заметила ей Леся,
когда они вышли на улицу.

— Знаю.

— А ты?

— А что я? — грустно произнесла Карина. — Я —
замужем. И жду ребенка.

— Мне кажется, что для Кеши чужой ребенок не
помеха. Он бы взял тебя и с пятью детьми от пяти разных мужей.

— Да, Кешка... он такой, — мечтательно произнесла Карина. — Но дело не в нем. Во мне.

— А что с тобой не так? Ты любишь мужа? Извини,
но ни за что в это не поверю.

— Да уж, любви-то никакой между нами давно нету, — вздохнула Карина. — Не могу я так поступить
из-за самого Кешки.

— Почему?

— Ну, сама посуди, он такой классный! Такой ве-
селый! Такой умный и талантливый! У него еще все
впереди. А тут я, да еще с ребенком! Это же какая обу-
за! У него денег почти совсем нету. А у Сергея их, наоборот, полным-полно. Он сможет дать ребенку все!
А Кешке придется себе во всем отказывать!

— Так ты из-за него опасаешься? Чтобы не быть
ему в тягость?

— Конечно!

— Это ты зря! Он никогда не сочтет, что ты или твой ребенок ему в тягость. Не такой он человек!

— В том-то и дело! Сам он этого никогда не скажет и даже не подумает. Но я-то все знаю и понимаю: ребенок — это большие траты! Как я могу заставить Кешку рваться на куски!

— Он с радостью будет делать все возможное и невозможное! — горячо воскликнула Леся.

— Нет, не могу я. И потом, о ребенке надо подумать. У него есть отец. Сергей сделает для ребенка все, что нужно. Конечно, сам Сергей совсем не такой, как мне бы хотелось. Но он богатый человек и сможет содержать и меня, и своего ребенка без всякого ущерба для себя.

— Но ты же его не любишь!

— Не люблю.

И чтобы прекратить разговор, который явно становился ей неприятен, Карина остановилась и заявила:

— Что-то я уже устала, да и ветер сильный. Прав был Кешка, надо было его слушать. Но я постою тут возле дома. У стены, смотри, ветра совсем нет. А если станет холодно, я в дом вернусь.

И, передав Лесе шаль Ниночки с весело прыгающими в волнах дельфинами, она сказала:

— А ты иди, пройдись.

И Леся, с благодарностью закутавшись в шаль, тем более что ей она шла куда больше, чем брюнетке Карине, двинулась по тропинке.

— Тебе идет! — крикнула ей вслед Карина. — Очень красиво!

И Леся пошла дальше вокруг дома. Сначала мысли Леси крутились вокруг Карины и ее запутанных отношений с мужем и другом детства. Но потом Леся вспомнила про более важное дело — о Кире. Где же она все-таки? Куда пропала?

— Кира! — крикнула Леся, чтобы привлечь внимание подруги. — Кира! Где ты?

Где-то неподалеку послышались шаги.

— Ты тут?

В ответ за углом дома раздался какой-то шорох. И голос, вроде бы Кирин, произнес:

— Иди сюда!

Обрадованная Леся понеслась на зов. Но, завернув за угол, налетела на что-то тяжелое, что ударило ее прямо по лбу. В голове у девушки мгновенно зашумело, перед глазами понеслись веселенькие радужные кружки и искры. А потом Леся издала сдавленный стон и рухнула на землю.

Ударивший ее человек наклонился и поднял бесчувственное тело. Дельфины теперь прыгали уже далеко не так жизнерадостно. И выглядели скорей тревожно.

— Еще одна готова! — удовлетворенно пробормотал человек и похвалил сам себя. — Какой ты все-таки молодец, котик. Полдела одним махом, о-па! — и сделано!

Некоторое время он размышлял, разглядывая девушку.

— И что дальше делать? — произнес он, советуясь как бы сам с собой. — Надо бы ее в себя привести. А то до машины тащить такую толстушку, грыжу, пожалуй, заработаешь.

И человек влепил Лесе две увесистые пощечины.

— Ой! — вздрогнула та, придя в себя. — Ой, это ты? А зачем?..

Но договорить Лесе не удалось.

— Молчи, дура! — рявкнули на нее почти басом. — Идти можешь?

— Нет, — прошептала Леся.

И в этот же момент голова Леси дернулась от сильной оплеухи.

— А теперь? — со злорадством поинтересовался тот же голос.

Леся подумала и быстро сказала:

— Теперь могу.

— Молодец!

— Только помоги мне встать!

Резкий рывок, и Леся оказалась на ногах.

— Что ты так грубо?

— Шагай давай! А то мигом подбодрю!

И Леся получила новую затрещину. Когда она немного пришла в себя и по крайней мере смогла что-то разглядеть сквозь плавающую перед глазами муть, то увидела перед собой нож. Довольно большой и очень острый.

— Видишь это?

— Вижу!

— Конечно, это не челюсти. Но если разок пырнуть тебя этим ножиком, войдет как в масло. Поняла?

— Да.

— Тогда без шуток у меня. Молчи и слушай! Сейчас мы с тобой пойдем к моей машине. Твоя подружка тебя уже там ждет. Мы сядем в машину и уедем.

— Как это?

— Молча! И если ты вздумаешь выкинуть какую-нибудь штуку: закричишь или поднимешь шум, этот ножик я всажу тебе прямо в печень.

— Не надо в печень! Она очень плохо заживает.

Преступник промолчал. Но про себя подумал, что проткнутая печень не должна бы ее волновать. При любом раскладе жить девушке осталось от силы полчаса. Ей и ее подружке. Слишком пронырливыми они оказались. И слишком много узнали. Но сказал он другое:

— Шевелись. И останешься жива!

Леся шагнула. Увы, первая попытка шагнуть позорно провалилась. Она чуть не упала. И почувствовала, как лезвие ножа проткнуло ей кожу.

— Аккуратней!

— Хорошо, — пролепетала Леся, чувствуя, как по правому боку стекает тонкая теплая струйка. — Не убивай меня, пожалуйста!

Машина преступника стояла вместе с остальными машинами. Самая обычная, ничем не примечательная дорогая машина с тонированными стеклами. Связанной и лежащей на заднем сиденье Киры Леся сначала не заметила. Увидела она ее в тот момент, когда дверца машины открылась.

— Кира!

И снова болезненный укол в бок.

— Молчи, дура! Помни уговор! Ты молчишь и живешь. Заорешь, я тебя живо прирежу!

Леся подавленно кивнула. И полезла в машину. Она скрылась в ней больше чем наполовину, когда преступник ударил ее головой о стойку машины. Леся застонала и в ту же минуту снова потеряла сознание. На этот раз преступник не стал приводить ее в чувство.

— Полежи так!

И, заталкивая тело Леси в машину, он внутренне уже торжествовал победу. Еще бы! Обе девушки были в его руках! И, ликуя, он допустил непростительную неосторожность: забыл поглядывать по сторонам. И потому не увидел еще одно действующее лицо. А именно господина Бадякина собственной персоной.

Господин Бадякин ненадолго задержался на посту ГАИ. Непростая жизнь научила его выкручиваться. И, будучи человеком простым, без всяких там мешающих жизни принципов, он умело давал взятки в тех случаях, когда чувствовал за собой вину и понимал, что без денег тут не обойтись. Взятки у него брали охотно. Простое выразительное лицо Бадякина навевало мысли, что лучше уж взять взятку, чем остаться без оной и без зубов.

Поэтому долго Бадякин торговаться с гаишниками не стал. Они быстро прониклись пониманием его жизненной ситуации. Потом вместе душевно поругали коварный женский пол. И гаишники довезли Бадякина до дома вместе с его машиной. А получив от него приличное вознаграждение, и вовсе стали его задушевными корешами.

Оставшись один, Бадякин почувствовал жажду. Нет, еще выпить ему не хотелось. Это было что-то другое, скорее духовная жажда общения. Для Бадякина такое состояние было внове, и, томимый смутным чувством, что не все он сказал этой пухленькой красотуле, гостившей в новом доме в их поселке, он некоторое время пошатался по своему большому и совершенно пустому дому. И наконец понял, что должен не сопливиться, а действовать.

Определенно между ним и блондиночкой осталась какая-то недосказанность. И Бадякин хотел ее ликвидировать. Он рассчитал верно. Раз симпатичная блондиночка со своими привлекательными формами оказалась возле их поселка, то, значит, она гостит у этого своего школьного друга, о котором столько рассказывала ему в свой прошлый визит.

Тогда-то она пришла к нему с подругой — рыжей и сухопарой. Тоже симпатичной, но не во вкусе Бадякина. Хотя и для той рыжей он мог бы раздобыть парочку холостых приятелей. Парочку не потому, что Бадякин был приверженцем всякого там шведского разврата. Вовсе нет. В глубине души Бадякин оставался простым деревенским парнем со строгими моральными устоями, крепко вбитыми в него широким солдатским ремнем отца.

Из двух кандидатов рыженькая могла выбрать, кто больше приглянется. Не совсем понятно зачем, но ему хотелось быть великодушным с этой рыжей. Может быть, потому что она была подружкой пухленькой блондинки?

Покрутившись по дому, Бадякин решил:

— Хватит! Ночь там или не ночь, мне однофигственно. Пойду и извинюсь!

До нового дома Бадякин добрался быстро. И сразу же понял, что в доме не спали. Но тут же Бадякин вспомнил, что был уже тут один раз. И тогда показал себя не с лучшей стороны. Но был пьян, и ему-то казалось, что ведет он себя вполне нормально. Но сейчас протрезвел. И ему стало стыдно за самого себя.

— Не пойду! — решил Бадякин и повернул назад.

Сделав несколько шагов, он снова передумал. Слишком соблазнительным было вставшее перед ним видение пухленькой блондиночки.

— Подожду! Выйдет же она когда-нибудь во двор. Тогда и поговорю с ней.

И Бадякин остался ждать. Устроился возле стены дома, соорудил из сухих поленьев нечто вроде сиденья и замер. Ждать он умел. Сказывались навыки, полученные в одной из «горячих точек». Там-то Бадякин и заработал себе контузию и, как ее следствие, некоторую неконтролируемую вспыльчивость, особенно проявляющуюся после принятия изрядной доли алкоголя.

Бадякин знал за собой этот изъян. И даже обращался к врачам. Врачи много раз и охотно предлагали Бадякину лечь в больницу и немного подлечиться, уверяя, что подобные последствия контузии при бадякинских доходах легко излечимы. Но Бадякин постоянно откладывал. Ему все казалось, что жизнь его конченая. И траты времени и сил на врачей совершенно излишни.

Но сейчас, сидя на поленьях, от которых одуряюще пахло деревом и стружкой, он неожиданно поймал себя на мысли, что созрел для визита к психиатру.

— Пойду вылечусь! — произнес Бадякин вслух. — Не годится людей пугать. Особенно девушек.

Он до конца не отдавал себе отчет, насколько сильно это решение было связано с образом блондиночки, о которой он все время думал. Однако помечтать всласть Бадякин не смог. Внезапно его внимание привлекло к себе какое-то движение. Он взглянул в ту сторону и замер.

Возле полянки, где гости оставили свои машины, тусовались двое. Мужчина и женщина. Мужика Бадякин уже видел в этом доме. А женщина... женщиной была его собственная жена! Нинка! У Бадякина даже челюсть от возмущения отвисла. Его жена тут! В этом доме! И как раз в этот момент мужик усаживает ее в свою машину.

Вернее сказать, Бадякин увидел только филейную часть женщины, торчащую из машины. Но ему хватило и сс. Попа была обтянута шалью с дурацкими дельфинами. Шаль Нинке совершенно не шла. Но она таскала ее с непонятным упорством, уверяя, что это подарок дорогого ей человека.

И Бадякин все понял! Его словно молнией шандарахнуло. Этот кобель, который сейчас утрамбовывает его личную собственную бабу, и есть тот самый Олег, к которому сбежала его Нинка! Они с ним все время прятались тут в доме. Под самым носом обманутого мужа. Сволочи! Небось потешались над ним, гады! Перенести подобное оскорбление Бадякин никак не мог. Все благие порывы были им забыты в один момент. Дико взревев, он выскочил из своего укрытия и огромными скачками помчался в сторону перепугавшегося мужика и Нинки. Не дать им удрать! А то сейчас запрыгнут в машину, и все — поминай, как звали.

— Стоять! — ревел Бадякин на скаку. — Разговор есть!

Попутно он прихватил с поленницы увесистое сучковатое полено, которым сейчас и размахивал над головой. И второе, поменьше, которое просто держал в левой руке. Оба полена были тяжеленными, но Бадякин не ощущал веса. В крови у него бушевал адреналин. И увесистые поленья казалось ему легче пушинки.

Знакомый мужик при виде несущегося на него Бадякина, вооруженного поленьями, сделал попытку проскользнуть в машину. Он уже открыл дверцу рядом с водительским сиденьем и сунулся было в нее, но не тут-то было.

— Стоять на месте, я сказал!

И, взревев от натуги, Бадякин метнул то полено, что поменьше, в дверцу машины. Мужик успел отшатнуться. И его поленом не задело. Зато оно со всего маху влетело в дверцу машины. Дверца с грохотом захлопнулась, стекло посыпалось мелкими крошками, а в металле осталась внушительная вмятина.

От мужика Бадякина отделяло всего три хороших прыжка. Жалкие мгновения. И мужик возле машины понял, что воспользоваться машиной ему уже никак не удастся. Нужно спасаться иначе. И он кинулся бежать. Бадякин едва удержался от смеха, когда увидел этого типичного ботаника, который собирался тягаться с ним, с Бадякиным, в скорости. Конечно, последние годы Бадякин мало времени уделял спорту. Но когда с шести лет занимаешься боксом, борьбой и бегом, то окончательно потерять форму уже невозможно.

Так что Бадякин играючи догнал противника. И замер, едва не налетев на выставленный нож. Но Бадякин был профи. И с ножом на него ходили. Много раз. Бывало, что и не один человек, а сразу трое. И теперь Бадякин видел, что мужик держит нож не слишком умело. Но все же нож есть нож. Страшное оружие. Только не для Бадякина. У него имелось полено!

— И-и-иех! — выдохнул он и взмахнул поленом.

Нож полетел на землю. А правая рука мужика безвольно повисла. По характерному треску Бадякин сразу понял, что там перелом. И возможно, не один.

— А-а-а! — тонким голосом заверещал мужик. — Вы меня ранили! Рука! Ой, как больно!

Но Бадякин уже вошел в раж.

— Сейчас я тебе покажу, как чужих баб уводить! — вопил он, размахивая сучковатым поленом и планомерно опуская его на голову, плечи и прочие части тела соперника.

Мужик пытался прикрыться руками. Но Бадякин легко доказал, что это неблагоразумно, мигом сбив противника с ног. Теперь ему было удобнее обрабатывать его не поленом, а ногами. Обут Бадякин был удачно — в тяжеленные ботинки с грубым кантом, который при каждом ударе рассекал кожу противника.

— Получай, дерьмо! — вопил он.

Вскоре от нарядного мужика ничего не осталась. Вместо него на земле валялась окровавленная бесформенная куча, скулящая от ужаса и боли.

Вся экзекуция заняла считаные минуты. От дома уже бежали люди, потревоженные криками и шумом. Жильцы и еще какие-то незнакомые мужики с накачанными мышцами спортсменов. Но Бадякин уже угомонился. Он плюнул на поверженного противника и произнес:

— Будешь знать, как с чужими женами на машине кататься! Паскудник!

И он пнул лежащее тело в последний раз. Просто

так, вполсилы, для острастки. И пошел к машине противника. За трофеем.

— Нинка! Нинка, вылазь! — велел он жене, все еще прячущейся в машине. — Не бойся, не убью я тебя!

В ответ в машине раздалось робкое шевеление. Но доносилось оно с другой стороны. Бадякин заглянул в салон и обнаружил, что его жена там не одна. Под ней лежала еще одна девушка. Та самая рыжая и долговязая, которой Бадякин совсем недавно собирался подобрать женихов из числа своих холостых приятелей. С кляпом во рту.

— Эге! — несколько озадаченно произнес он, извлекая у нее изо рта кляп. — А ты тут чего делаешь?

Еще больше его изумило поведение девицы. Вместо того чтобы ответить, она залилась слезами. И сделала попытку повиснуть у него на шее. Руки были скованы наручниками.

— Спаситель! — рыдала от счастья девица, осыпая обалдевшего Бадякина поцелуями. — Спасибо вам! Огромное!

— Эй, перестань! Я женатый человек. Нинка! Слышь, Нинка! Что тут у вас происходит?

И Бадякин потряс попу своей жены. Та зашевелилась — и раздался стон.

— Ладно притворяться! — начал злиться Бадякин. — Вылезай!

— Не ругайте ее! — неожиданно произнесла рыжая. — Он ее по голове ударил, когда в машину заталкивал.

— Эх, мало я ему врезал! — разозлился еще больше Бадякин. — Бить свою бабу только я сам имею право! Ну, ладно!

И он вытащил жену из машины и прислонил ее к ней.

— Стоять! — велел он и тут же изумленно воскликнул: — Эй, да ты же не Нинка!

В самом деле только сейчас Бадякин понял, какого
дурака он свалял. Снова он лопухнулся! И еще как!
Избил постороннего человека, который к его жене не
имел ровным счетом никакого отношения. Потому что
Бадякин уже убедился, что его Нинки в машине нет.
Там были рыжая в наручниках, вытирающая слезы и
сопли, и очумевшая блондиночка, которая еще не
пришла в себя толком от удара по голове и теперь осо-
ловело покачивалась на нетвердых ногах.

— Нет, надо мне идти и лечиться, лечиться надо
мне, — бормотал Бадякин, чувствуя себя гаже некуда.

Но девушки, казалось, и не думали на него сер-
диться или бояться его.

— Спасибо вам! — кричала рыжая.

— Милый, — шептала блондиночка, — ты нас спас!

И когда к Бадякину подскочили с двух сторон здо-
ровенные амбалы, рыжая девица первой закричала:

— Не трогайте его! Это он нас спас!

Бадякин повертел головой по сторонам. От кого он
их спас? От того мужика, которого так здорово отмете-
лил, приняв за любовника жены? Вроде бы больше
никого подходящего поблизости не было. Но Бадякин
решил не торопиться с выводами и спросил:

— Девушки, а что это у вас тут происходит?

Ответили ему не только девушки, но и подоспев-
шие обитатели дома. Все заговорили разом. И уже через несколько минут Бадякин отказался от мысли вообще что-нибудь понять. Единственное, что он понял:
тот мужик, которого он избил, все-таки получил, похоже, за дело.

— Потому что он и есть убийца! — торжественно
заявила рыжая, которую уже избавили от наручников
и она больше не шмыгала носом.

— Убийца?

— Да! Да! Он и нас с Лесей хотел убить!

— Зачем?

— Думал, что мы можем вывести его на чистую воду.

— А вы?

— А мы его и так вывели! — торжествовала рыжая. Но тут же опомнилась и самокритично прибавила:

— Только если бы не вы, то рассказывать об этом мы бы могли только чертям в аду.

К этому времени из дома высыпали уже все. Но люди толпились в стороне. Никто из них не решался подойти первым к поверженному телу. Только абмалы с накачанными мышцами подошли. Они же надели на убийцу наручники. Но все равно всем было жутко.

— Так кто же убийца?

И с этими словами из-за спин амбалов вышел невысокий молодой человек с явной примесью армянской крови. Бадякин его немного знал. Это и был хозяин этого сумасшедшего домика.

— Валя!

К мужчине бросилась полная девушка. Бадякин поморщился. Полная-то полная. Но не в его она была вкусе. Слишком рыхлая. Но Валя обнял ее и прижал на мгновение к себе.

— Все в порядке, Танюша! — сказал он ей. — Все прошло удачно. Ты просто молодец!

И повернувшись к амбалам, приказал неожиданно прорезавшимся у него начальственным голосом:

— Поднимите его! Хочу взглянуть, кто же убил Светку и Витька!

Амбалы шустро подняли избитого бадякинским поленом мужика. Сам Бадякин сейчас с трудом признал в своей жертве того франтоватого мужчину, которым тот был несколько минут назад. Но по толпе пронесся недоуменный возглас:

— Сергей!

— Это наш Сергей!

— Серега! Дружбан! Скажи, что это не ты!

— Кто бы мог подумать?! Сергей — убийца?!

— Это ошибка! Не верю!

— Недоразумение!

Подруги тоже недоуменно переглядывались. Они-то хорошо понимали, что никакой ошибки тут нет.

— Недоразумения никакого нет! — закричала Кира громко, чтобы все услышали.

Именно Сергей явился, чтобы расправиться с ними. И его слова, когда он волок свои жертвы к машине, ясней ясного говорили, что ни на что хорошее подругам рассчитывать не приходится. Сергей собирался убрать их как опасных свидетелей. Ему-то было невдомек, что вся эта шумиха вокруг неожиданно появившихся улик — просто ловушка. Ловушка, в которую он и попался.

— Попасться-то он попался, но кабы не Бадякин, где бы мы сейчас с тобой были? — произнесла Леся, дотрагиваясь до шишки у себя на лбу. — Убил бы он нас. Как и Светку. Как и Витьку.

— Валя! — подскочила Кира к хозяину этой постановки. — Как ты мог?

— Что?

— Ты же гарантировал нам с Лесей полную безопасность! Мы тебе поверили! А ты нас подвел!

— С вами же ничего не случилось.

— Но только не благодаря тебе или твоим телохранителям. Кстати, ты их для кого нанял? Для себя?

— Для вас.

— А чего они тогда возле тебя трутся?

Валя гневно уставился на провинившихся здоровяков. А те, осознавая свою вину, потупились. Но еще пытались как-то оправдаться.

— Мы выжидали! Девушки были живы, просто он посадил их в машину. Рано было вмешиваться!

— Выжидали!!! — завопила Кира вне себя от возмущения. — Лучше бы вы подумали, какого черта мы садимся к нему в машину!

— А кстати? Зачем вы сели? — спросил Валя. — Такого уговора между нами не было!

— Уговора! — задохнулась Кира. — Тебе бы нож под ребра сунули, ты бы не только в машину сел!

— Он угрожал вам ножом? И где нож?

— Не знаю!

Нож нашелся на приличном расстоянии от убийцы. От удара поленом он отлетел в сторону. И там воткнулся в землю. Валя его поднял и осмотрел.

— Хм, хм, — произнес он задумчиво. — То же самое клеймо, как и на челюстях. Один мастер делал.

Подруги тоже посмотрели. В самом деле, у основания гарды стояло клеймо — четырехлистник клевера. Они могли поклясться, что такое же клеймо было на металлических шипастых челюстях, которыми были умерщвлены Светка и Витя.

— Кто сделал тебе оружие? — накинулся на Сергея Валя. — Какой урод?

Сергей молчал. Трудно разговаривать, когда у тебя половина зубов выбита, а другая сломана и торчит из десен острыми осколками. Да и все его лицо так чудовищно распухло, что губы совсем не шевелились.

— Оставь его для ментов, — сказала Кира. — Они разберутся. И насчет клейма, и насчет мастера, и насчет того, зачем он все это натворил.

Так как Сергей в данный момент для допроса был все равно непригоден, Валя решил передать его в руки следователя Потемкина. Тот прибыл из города примерно часа через полтора. И страшно рассердился на всех.

— Что за самодеятельность!? — возмущался он. — А если бы убийца присоединил к своему списку еще две жертвы? Вы об этом подумали?

— У нас все было под контролем.

— Вижу. На подозреваемом живого места нет. Одни синяки и раны! Кто его так?

Бадякин насторожился, полагая, что сейчас возьмутся за него. Но Валя его приятно удивил.

— Так, — неопределенно произнес он. — Все понемножку руку приложили. Понимаете, накипело! Он же наших друзей убил! Мы с ними десять лет на одной парте, а он их взял и убил! Урод!

— Понимаю, — проявил следователь снисхождение. — И нож, говорите, у него имелся? Что же, так и запишем в протоколе. При задержании подозреваемый оказал вооруженное сопротивление. Тогда травмы будут выглядеть вполне логичными.

Сергея увезли на милицейской машине. А Бадякин внезапно почувствовал, что рядом с ним кто-то стоит. Скосив глаза, он увидел пухленькую блондиночку, которой только что, сам того не подозревая, спас жизнь.

— Спасибо! — прошептала девушка, подняв на Бадякина прозрачные голубые глаза. — Вы наш спаситель!

Бадякин зарделся.

— Да чего там, — пробормотал он. — На моем месте любой бы так поступил.

— Не любой. А только вы!

В глазах девушки горел восторг. И внезапно Бадякин почувствовал, как у него за спиной вырастают крылья. Он смущенно отвел взгляд. И его челюсть снова отвисла. На крыльце дома стояла его жена Нинка. Опять в своей дурацкой шали! На всякий случай Бадякин протер глаза. И посмотрел снова. Точно! Нинка!

Леся заметила, куда смотрит Бадякин. И поняла, что если немедленно не вмешается, то он снова может наломать дров. Она повисла у него на локте и проворковала:

— Боже мой! Вы — такой благородный! Таких больше нет на свете! Вы — настоящий рыцарь! На коне! На белом!

Разумеется, после того как его сравнили с рыцарем, да еще на белом коне, Бадякин не мог идти и бить морду Нинке и ее любовнику. Да и злости он к беглой супруге больше не испытывал. Правильно она все сделала. Не подходили они с ней друг другу. Вот и пусть катится ко всем чертям. Сама живет как хочет. И ему не мешает делать то же самое.

И Бадякин взял Лесю под руку и произнес:

— Раз уж я оказался спасителем, может быть, вы с подругой объясните мне, что тут у вас происходит, черт возьми?

— С радостью, — ответила Леся.

И вдруг заметила, что на душе у нее стало куда светлее. А сердце забилось чаще.

ГЛАВА ВОСЕМНАДЦАТАЯ

Следующие два дня у подруг не было никаких известий от следователя Потемкина. Они только знали, что тетю Женю выпустили. Не понадобились ей услуги нанятого Михаилом адвоката. Но, как говорится, дорога ложка к обеду. И, сидя в камере, тете Жене было очень важно осознавать, что на свободе остался человек, на которого она может положиться и который ни за что не оставит ее в трудную минуту.

— Верно люди говорят, друг познается в беде, — высказалась по этому поводу Кира, обращаясь к Фантику.

Кот ходил по квартире с самодовольным видом. Фантик уже много раз слушал пересказ подруг о произошедших с ними событиях. И Кира была уверена, что он все понял. И теперь, с одной стороны, был доволен, что его хозяйки остались живы, а с другой — что его предупреждение тоже не оказалось напрасным.

— Что ни говори, а Танька нас здорово подвела! — призналась коту Кира. — Но она не виновата. Она же не знала, что Валя пригласит для нашей с Лесей охраны таких кретинов.

«А я тебя предупреждал! — промурлыкал Фантик, крутясь возле Киры. — Нельзя доверять особе, которая не способна донести молоко с плиты до стола!!»

И теперь Кира была с ним совершенно согласна. Танька была влюблена в Валю и уговорила подруг на риск ради его спасения. А он... он просто воспользовался благородством девушек, даже не потрудившись обеспечить им надежную охрану. И Танька не проконтролировала процесс, всецело доверившись человеку, которому доверяться, судя по всему, не стоило.

— Если бы не Бадякин, мы бы не разговаривали сейчас тут с тобой! — сообщила коту Кира в заключение. — И учти, он сегодня вечером пригласил нас всех в ресторан. И когда они с Лесей зайдут за мной, ты на него посмотришь и оценишь. Только умоляю: веди себя прилично!

Фантик дал понять, что человек, который спас жизнь его хозяйке, достоин самого теплого чувства с его стороны. И пусть этот человек грубиян и имеет самое отдаленное представление о хороших манерах, это не столь важно. Куда важней то, что он уже сделал для Киры с Лесей. И лично он, Фантик, этому человеку очень благодарен.

И, сообщив это Кире, кот уселся в уголке и принялся вылизывать свою шкурку, наводя на шерсть глянец перед приходом важного гостя. Он и Фатиме велел прихорошиться и постараться, чтобы Лесин кавалер почувствовал, как ему все тут рады.

Самой Леси дома не было. Она отправилась провожать свою маму. К счастью для них всех, Лесина мама так и не узнала, какой опасности подвергалась ее дочь все это время. И какого кавалера умудрилась себе подцепить. Так Лесина мама и уехала в полной убежденности, что через пять недель ее дочь будет пристроена за обстоятельного и положительного во всех смыслах финского жениха.

Узнай бедная женщина о том, что ей в зятья набивается миллионер отечественного разлива, страдающий последствиями полученной на войне контузии, да еще такой, от которого уже сбежала одна жена, она вряд ли пришла бы в восторг. Поэтому Леся благоразумно молчала о своих далеко идущих планах. И ее мама укатила к себе в Финляндию со спокойной душой.

— Мы свободны! — с этим криком влетела Леся в квартиру подруги. — Мама уехала!

— Точно?

— Точней не бывает! Я проводила ее до машины. Дождалась, когда она отъедет. И еще сунула денег водителю, чтобы он не останавливался до самой границы!

Что и говорить, Леся свою мамулю любила. Просто обожала! На все была готова, лишь бы та уехала наконец туда, где она счастлива.

— А когда явится Бадякин?

— Через час.

— Как? — ахнула Кира. — Всего через час?

— А что?

— Ты на себя в зеркало посмотри! А потом уж спрашивай, что!

Леся глянула и ахнула. Волосы растрепались. Лицо обгорело. И еще на лбу красуется синяк от полученного еще тогда в машине Сергея удара. И сама она при этом вся какая-то взъерошенная и неухоженная. Одним словом, вид не для званого ужина в ресторане!

— Что делать?! — заметалась Леся. — В салон к парикмахеру и визажисту уже не успею!

— Немедленно в ванну! Мойся и приводи себя в порядок. Только не очень уж там возись. Время на исходе!

Леся помчалась к себе домой. А Кира принялась наводить красоту. Она уже заранее решила, что наденет длинное вечернее платье из золотого шелка. К платью полагались черные лаковые босоножки с модными в этом сезоне матово-золотыми украшениями. Платье изумительно подчеркивало достоинства Кириной фигуры. И при высоком росте девушки шелк спадал книзу красивыми переливающимися на свету фалдами.

На голове Кира соорудила высокую прическу. Благо волос у нее было много. Да такие жесткие, что накрутить из них можно было что угодно и как угодно. Кудри все терпели и прощали своей хозяйке. Закончив приготовления, Кира окинула себя в зеркале оценивающим взглядом.

— Ты неповторима! — сообщила она своему отражению.

А ровно в восемь часов десять минут в дверь раздался звонок. Прибыли Леся и Бадякин.

— Уже выхожу! — крикнула Кира, делая знак Фантику, что пора начинать демонстрировать свои теплые чувства к гостю.

Но когда дверь открылась, Кира ахнула, простонапросто позабыв про все заготовленные уловки.

— Восторг! — выдохнула она. — Какая вы красивая пара!

Прежде она привыкла видеть Бадякина, так сказать, в его свободной манере. То он щеголял в старой вытянувшейся футболке, то в драных джинсах, а то и вовсе в одних длинных трусах с пальмами. Но сегодня он оделся согласно торжественному случаю.

На нем был дорогой, отлично сшитый костюм из легкой светлой ткани. Светло-зеленого цвета. Брюки на полтона светлей, чем пиджак. И лацканы пиджака были отделаны такой же светлой тканью. Рубашка у Бадякина сверкала белизной. А красиво повязанный галстук с ручной вышивкой был в тон костюму.

— Потрясающе! — произнесла Кира, а Фантик одобряюще мяукнул.

Кажется, ему Бадякин понравился. И это был обнадеживающий признак. Фантик умел чувствовать людей. И знал, кому из них стоит доверять, а с кем нужно держать ухо востро.

Для сегодняшнего вечера Бадякин выбрал небольшой тихий ресторанчик. Им предоставили отдельную залу, где проводились небольшие банкеты и прочие мероприятия. Зал был украшен живыми цветами и оформлен под улочку в маленьком европейском городке. На стенах нарисованы уютные домики с черепичными крышами. И их окна были украшены ящиками с живыми цветущими петуньями и геранями.

На заднем плане виднелась очень правдоподобная Эйфелева башня. Играла мелодичная музыка. Так что создавалось полное ощущение, что они сидят в маленьком уличном кафе поблизости от центра Парижа.

— А по какому случаю мы тут? — спросила Кира.

— Отметим успешное окончание вашего расследования.

— Лучше бы уж вы вдвоем с Лесей посидели, — запоздало смутилась Кира. — Зачем вам еще и я? Только мешать вам буду.

— Не переживай, — усмехнулся Бадякин. — Третьей лишней ты точно не будешь. — И, помолчав, торжественно добавил: — Потому что, кроме вас двоих, я пригласил сюда всех ваших одноклассников... Следователь тоже обещал быть.

— Как? — восхитились подруги. — И Потемкин тоже придет?

— Раз обещал, значит, придет. Его мои охранники у работы встретят. И на машине доставят сюда.

— И он нам все расскажет?

— Когда приедет, ясное дело, расскажет. Мы ему убийцу, можно сказать, на блюдечке с голубой каемочкой, а он от нас даже рассказ зажилит? Нет уж, не пойдет так! Для того я его и позвал, чтобы он ваше любопытство удовлетворил.

— Да мы ничего, — пробормотали подруги.

— Вижу, как вы ничего. Уже два дня ни о чем другом и думать не можете. И вообще, что за разговоры? Как сказал, так и будет!

И Бадякин решительно стукнул кулаком по столу. Но подруги даже не вздрогнули. Они уже привыкли к его своеобразной манере вести беседу. И знали, что за бушующим вулканом скрывается чувствительная и мягкая натура. Отзывчивая на ласку и тепло.

Постепенно стали собираться все приглашенные Бадякиным гости. Первыми явились тетя Женя и Михаил. Подруги кинулись к Евгении Валентиновне, чтобы поздравить ее с освобождением.

— Это я вам должна сказать спасибо! — улыбалась женщина. — Милые мои! Миша рассказал мне, что вы рисковали жизнями ради меня и Вали. Спасибо вам. Миша, ты так же считаешь?

— Конечно! Спасибо вам, девочки!

— А где же Клюшка? — спросила у них Кира, чтобы скрыть свое смущение.

— Собаку мы решили оставить дома, — сказал Михаил. — Ее вид не вполне подходит для публичных мест. Люди могли бы испугаться.

Вторыми пришли Коля со своей Нико. За ними потянулись остальные. И последними, за исключением самого главного гостя — следователя Потемкина, явились Кеша с Кариной.

— Не хотела ехать, — оправдывался Кеша за свое опоздание. — Еле ее уговорил!

— Почему, Кариночка? — встревожились подруги. — Ты плохо себя чувствуешь?

— Ужасно! — простонала Карина. — А как бы вы себя чувствовали на моем месте?

— Не знаем. Мы же не беременны.

— При чем тут это?! Мой муж — психопат и зверский убийца! Вот что ужасно. Ведь я жила с этим человеком многие годы! И даже когда-то любила его!

— И еще у тебя будет ребенок от него, — вмешалась по-прежнему вездесущая Танька. — Вот что ужасно!

— Ах, нет! — легко отмахнулась Карина от этой проблемы. — Ребенок-то и не его вовсе!

— Как это?

— Ребенок не от Сергея.

— А от кого же тогда?! — вырвалось у Леси.

Вопрос был явно глупым. И Карина даже не стала на него отвечать. Вместо этого она лукаво засмеялась и покосилась на покрасневшего Кешу. И последовавшую за этим признанием Карины немую сцену прервало появление следователя Потемкина.

— Ну что?! — воскликнул он, влетая в зал и в своей всегдашней манере потирая ручки. — Все уже в сборе?

— Все.

— А чего тогда ждем? Почему за стол не садимся?

— Вас ждали.

— И напрасно! — произнес следователь, плюхаясь на ближайший стул. — Потому что я голоден как зверь. И пока не поем хорошенько, ничего вам рассказывать не стану. И вы тоже садитесь и ешьте!

И следователь положил себе на тарелку внушительную горку мясного салата. Видя, что он шутить не намерен, все поспешно расселись за столом. И тоже приступили к трапезе.

Все жевали, одновременно косясь друг на друга и на следователя. А тот знай себе жевал и глотал. Но вскоре все утолили голод. И даже Потемкин. А потом и вовсе, отложив в сторону вилку и нож, он приступил к рассказу.

— Не скрою от вас, что в такой дикой и запутанной истории мне давненько не приходилось участвовать, — заявил он, многозначительно покачивая головой. — До последнего момента я не был уверен, что мы задержали нужного человека.

— Как же? — изумилась Кира. — Он попался с поличным.

— Когда пытался убить нас с Лесей!

— Да, но мотив?!

— Он думал, что мы можем выдать его следствию!

— То есть вам!

— Это-то мне понятно, — кивнул Потемкин. — Я имею в виду, какой у него был мотив для совершения первых двух убийств! Зачем он убил Светлану и Виктора? Этого я взять в толк никак не мог!

Подруги переглянулись. С тех пор как стало окончательно ясно, кто настоящий убийца, они тоже пытались понять, что же заставило Сергея убить двух их бывших одноклассников. И так ничего и не поняли. Остальные, судя по их потерянным выражениям лиц, тоже ничего не понимали.

— Уж про то, что он может убить Светку, вообще в голову никому прийти не могло! — сказала Танька. — Он же за ней волочился!

— На жену не смотрел, а все только — Светочка, Светочка.

— В гамаке ее качал!

— Чуть ли не на руках носил.

Следователь, очень довольный, кивнул головой.

— Все верно. Но это был отвлекающий маневр с его стороны.

— Отвлекающий? В каком же это смысле?

— В самом прямом! Все должны были поверить в то, что он влюблен в Светлану по уши. И только и мечтает, как бы и она полюбила его. А на самом деле... На самом деле Сергей мечтал совсем о другом.

— О чем же?

— О том, как он улучит удобный момент и убьет ее! А влюбленность должна была служить чем-то вроде алиби. И в определенной степени это сработало. Вот вы подумали на Сергея?

— Нет!

— В том-то и дело. Хотя он сам признался, что Светлана звала его на ночное свидание. Но все подумали, что речь шла о любовном свидании. Ведь верно?

Следователь усмехнулся:

— На самом же деле Сергей шел за Светланой с од-ной-единственной целью — избавиться от девушки раз и навсегда.

— Но зачем? Чем она ему мешала?

— Мешала, — ответил Потемкин. — И даже очень сильно мешала. И не она одна.

— А кто еще?

— У Светланы был сообщник.

— Кто? Виктор?

— Да, он самый. Эта парочка действовала вместе.

— И чем они занимались?

— О-о! — произнес следователь, утомленно прикрыв глаза. — Боюсь, что всех их преступлений мы теперь уже никогда не узнаем. Но могу вас заверить, что за последний год ими было совершено несколько квартирных краж, в которых Светлана выступала наводчицей. А ее друг брал на себя практическое осуществление кражи.

— Мы знаем, мы догадались! Светлана и Витька грабили тех больных, к которым ходила Света! — воскликнула Леся. — Мы с Кирой ходили к ним и разговаривали. И мы почти убеждены, что это было именно так!

— Да. Но Светлана и Виктор действовали крайне осторожно. И хотя у милиции возникли определенные подозрения, но предъявить девушке что-либо конкретное они не смогли. Тем более что Светлана, сообразив, что ее подозревают в пособничестве ворам, моментально пресекла свою миссию наводчицы.

— А ей это было просто не нужно! Она ждала наследства от одного старика — своего пациента!

— От Виктора Степановича!

— Мы про него знаем, — сказал следователь. — И с его внуками мы тоже уже имели удовольствие побеседовать.

— Вы их арестовали?

— Нет, — отрицательно покачал головой Потемкин. — С какой стати? Какие бы планы насчет Светланы они ни вынашивали, к ее убийству они не причастны.

— Ну да. Ее же убил Сергей.

— Ее и Виктора.

— Но зачем?

— Затем, что они мешали ему жить.

— Как мешали?

— Весьма ощутимо. И не ему одному.

И при этих словах следователь пристально посмотрел на Валю.

— А что я? — внезапно побагровел тот. — Я тут совершенно ни при чем! Знать не знал, что Серега задумал!

— Вы в самом деле могли не знать. Но не возражайте, смерть Светланы и Виктора была вам тоже на руку.

— Не понимаю, о чем вы говорите!

— Бросьте! — усмехнулся следователь. — Все вы понимаете!

— Нет! Не понимаю!

— Не нужно со мной лукавить!

— Я ничего не знал!

Танька тоже покраснела. И вскочила со своего места.

— Отстаньте от него! — закричала она. — Мы пришли сюда, чтобы вы рассказали нам, зачем Сергей убил Свету и Виктора. А вовсе не для того, чтобы выслушивать ваши непонятные намеки в наш адрес!

— А я и не намекаю. Я прямо так и говорю. Валя знал или, во всяком случае, догадывался, за что пострадала его так называемая невеста. И ее дружок!

— Откуда ему было знать?! — продолжала горячиться Танька, пока Валя не взял ее за руку.

— Остынь! — велел он подруге. — Все равно они ничего не докажут.

— Верно, — усмехнулся следователь. — Да и не мое это дело. Я — работник убойного отдела. А экономическими преступлениями занимаются у нас совсем другие люди. Они вами и займутся. Причем в самое ближайшее время.

Валя побледнел. За столами зашумели, уже решительно ничего не понимая. Одни подруги сидели с невозмутимыми лицами, их просто уже ничего не могло удивить. Когда за несколько дней узнаешь, что твоя бывшая одноклассница воровка и мошенница, второй одноклассник убийца, а многие тоже каким-то образом умудрились запачкать себя, то одним мошенником больше, одним меньше, — какая разница.

— Иногда так бывает, — продолжал следователь, — что двое людей, встретившись однажды, внезапно понимают, что просто идеально подходят друг другу. В делах, в любви, иногда в семейной жизни.

У Светланы и Виктора получилось именно так. Долгое время они существовали бок о бок, но параллельно. И хотя жили в одном доме, учились в одном классе, но не подозревали, что судьба послала им идеального напарника и сообщника. В школе Виктор считал Светку дурой и кривлякой. А она его — круглым идиотом и грубияном.

Потом их пути разошлись. Но, сами того не подозревая, они идеально подходили друг другу в одном. Нет, не в любви или сексе, хотя и это между ними случилось. Они подходили друг другу как сообщники. Каждый из них, действуя в одиночку, был всего лишь слабой пешкой, мелким мошенником. Но, встретившись и осознав, что рядом с ним теперь надежный партнер, их преступные натуры развернулись во всю ширь.

Это был союз двух преступных сердец. И первыми их скромными пробными опытами стали те квартирные кражи, где Светлана выступала наводчицей. Это было не слишком прибыльно и весьма рискованно. Поэтому после нескольких эпизодов и визита Светланы к следователю сообщники решили затаиться.

Виктору вовсе не улыбалось вновь оказаться за решеткой. И Светлана тоже была далека от восторга при мысли о зарешеченных окошках и тюремном белье в полосочку.

— Идея себя исчерпала. Преступникам требовалось нечто другое.

И они придумали. Еще бы, ведь теперь у них была не одна голова, а целых две, которые думали в унисон. Среди их общих знакомых было несколько весьма продвинутых и успешных граждан. Не все после школы пошли работать к станку или стали наемными работниками, гнущими спину на «дядю». Некоторые открыли свой бизнес. И очень даже преуспели. К их числу относились Сергей и Валя. Перед мошенниками встал выбор: на кого первого обратить свое внимание?

Сергей пришелся сообщникам по вкусу больше, так как его бизнес уже устоялся и не вызывал никаких сомнений в своей успешности и прибыльности. Валины дела в тот момент были не так хороши, какими казались у Сергея. Валя, не особо афишируя это, строил загородный дом. И все свои доходы вкладывал в это строительство. Поэтому со стороны казалось, что он не процветает.

Значит, Сергей! Они справедливо решили, что не может он вести свой бизнес кристально чисто. А если так, то всегда можно обнаружить щелочку. И качать из нее понемногу деньги в свой карман.

— Светлане отводилась в этом деле роль красивой приманки, — сказал следователь.

— Еще бы! Еще в школе все мальчики были у ее ног!

— И с тех пор красота Светланы еще больше расцвела. Когда ей это было нужно, она умела быть и милой, и остроумной, и нежной, и чуткой.

Против такого сочетания качеств не мог устоять ни один мужчина. И Светлана легко завоевывала мужские сердца и доверие своих любовников.

— Чтобы вы мне поверили, достаточно будет вспомнить эпизод из ее жизни, когда она, играючи, охмурила старика — своего пациента.

— Виктора Степановича!

— Его самого. Старик влюбился в юную медсестричку настолько сильно, что завещал ей все свое имущество. И это после всего нескольких месяцев общения! Вот что Светлана делала с мужчинами!

Все молчали, ожидая продолжения рассказа.

— А когда у нее появилась четкая цель, то свое обаяние она включила на полную катушку.

Разумеется, Сергей не смог устоять против чар своей потрясающей одноклассницы. Его даже не остановило то, что он женат. Впрочем, очень немногих мужчин от похода налево останавливает брак. Но Светлане была нужна вовсе не любовь Сергея. Ей был необходим доступ к его делам, к его рабочим файлам, к его бухгалтерии.

— Да что вы такое говорите! — воскликнул Коля. — Светка была тупей валенка! За нее все контрольные решал кто-то другой! Да что там контрольные! Она и в жизни была такой же тупой. Уж я-то знаю! Жил с ней. Она была самовлюбленной дурой! Круглой дурой!

— Она хотела казаться вам именно такой, — ответил Потемкин. — Но на самом деле она была далеко не так глупа. Капризна — да, избалованна — да, самовлюбленна — тоже да. Но глупа — нет!

Одним словом, Светлане удалось настолько войти в доверие к Сергею, что он перестал таиться перед ней. И Светочка поняла, что тут есть чем поживиться. Свои дела Сергей вел с большими огрехами. И провинностей перед государством, а также перед частными гражданами, которые строили с помощью его фирмы свои загородные дома, у него было предостаточно.

— Для чего предостаточно?

— Для небольшого шантажа, который собирались предпринять Светлана и Виктор.

Разумеется, не имея специальных навыков и знаний, Светлана не собиралась соваться в бухгалтерию и бумаги любовника. Ее сообщник Виктор тоже не собирался рисковать сам. Но после тюремной отсидки у него завелось некоторое количество нужных и не слишком чистоплотных знакомых. Деньги у парочки благодаря нескольким удачным кражам имелись. И они нашли специалиста, которому сообщили имеющуюся у них информацию.

— Он же доделал за них все остальное, — пояснил следователь. — Пронюхал, где, когда и кому Сергей втер липовые счета, предъявил фальшивые накладные, увеличив тем самым всю сумму строительства почти в полтора раза против реальной.

— Ого! — воскликнул Коля. — Это что же, с каждых двух домов он мог построить себе еще один? И почему люди к нему шли?

— А я не понимаю другого, — произнесла Кира. — Если Светлана с Витей наняли того финансового гения, который им все это раскопал, они же должны были его посвятить в свои планы?

— Отчасти, я думаю, так и произошло.

— И почему же тот гений не использовал полученные сведения против Сергея сам?

— Некоторые люди не способны на шантаж. Одни слишком осторожны, вторые просто трусливы и предпочитают не высовываться, а у третьих имеются свои моральные принципы.

Одним словом, Светлана со своим сообщником разжилась информацией. Их третий сообщник получил обещанное вознаграждение и исчез со сцены. А они решили, что пришло время действовать.

Получив первое послание от шантажистов с требованием мзды за молчание, Сергей был поражен. Он был уверен, что тщательно замел за собой следы. И величину грозящей ему катастрофы тоже понимал. Просочись эта информация в прессу или узнай о его махинациях с цементом его клиенты, он бы потерял все. Репутация в деловом мире ценится необычайно высоко. Фирма Сергея была на хорошем счету. Да, его дома стоили дорого, но они и были позиционированы как экологически чистое элитное жилье.

— Не понимаю, — покачала головой Нико. — Если его клиенты знали сумму, которую должны заплатить, то чем они могли быть недовольны?

— Одно дело знать, что платишь за свой собственный будущий комфорт. И совсем другое — знать, что тебя нагло надули, и стены, и даже фундамент в твоем доме построены из материала совсем не того качества, за которое ты заплатил.

— И что же, никто из этих клиентов не проводил экспертизы своей недвижимости? Не следил за работами?

— Повторяю, у Сергея была репутация порядочного и честного строителя, который всегда выполняет свои обязательства четко в срок. Так оно и было. Только при этом Сергей умудрялся мухлевать с материалами, счетами и чеками, обирая доверчивых клиентов.

Занимался он этим не первый год и вполне успешно. Но так как среди его клиентов были люди весьма серьезные, которые не привыкли к тому, чтобы их так нахально обманывали, то Сергею, просочись информация о его делишках, могло здорово не поздоровиться. Клиенты не стали бы подавать на него в суд за мошенничество, а просто приехали бы и по старой доброй привычке начистили бы ему морду, переломали руки-ноги и отбили еще чего-нибудь важное.

— У всех людей, живущих по понятиям, крысятничество считается едва ли не самым страшным грехом.

Сергей об этом, разумеется, отлично знал. И, начиная мухлевать со счетами, понимал, чем это может для него закончиться. Но жадность была сильней страха. А потом наступил час расплаты. Первый взнос шантажистам Сергей заплатил. Он, как все впервые попавшие в подобный переплет люди, считал, что шантажисты на этом успокоятся. А сам он впредь будет более тщательно заметать следы. Чтобы уж комар носа не подточил. И все обойдется, так сказать, малой кровью.

Он выплатил шантажистам шесть тысяч долларов. Потом еще столько же. А потом их аппетиты выросли. И они потребовали десять. При этом никаких бумаг Сергею не возвращали. И он понял: если будет продолжать в том же духе, то попросту разорится. Так или иначе, но таинственные шантажисты его все равно погубят.

— И что он сделал?

— То же самое, что и любой загнанный в угол человек.

После требования выплатить десять тысяч долларов Сергей понял, что готов на самые отчаянные меры, лишь бы избавиться от вымогателей. Но для начала ему было необходимо выяснять, кто эти негодяи.

— И он узнал?

— Узнал. Не стану вам объяснять, как, в общем, ему помогли частные детективы. И сообщили ему адрес и имя.

Когда Сергей узнал, что деньги идут к его бывшему однокласснику Виктору, он был поражен. Разумеется, он знал, что Виктор сидел в тюрьме. Но как и все прочие его не слишком близкие знакомые, считал Виктора обычным хулиганом и дебоширом. О том, что Виктор способен на более серьезные дела, он никогда не думал. Да тот до своего судьбоносного контакта со Светланой и сам не подозревал о своих способностях.

Однако Сергей не торопился уничтожать врага. Он хотел быть уверен, что у него нет сообщников. Не хватало еще, чтобы к шантажу за мошенничество прибавился бы еще шантаж и за убийство. И Сергей выжидал. А пока выжидал, продумывал планы, как бы ему расправиться с Виктором. О том, что он его убьет, у Сергея даже сомнений не возникло. Оставалось решить вопрос, как именно он это сделает.

Одно он знал точно: его имя должно остаться вне подозрений. Конечно, можно было бы нанять киллера. Но, во-первых, Сергей опасался впутывать лишнего человека. А во-вторых, Сергей был крайне обозлен. И хотел собственными руками умертвить врага.

Итак, Сергей следил за Виктором. И наконец понял, кто был сообщником. А Светлана и Виктор, не подозревая, что их вычислили, уже готовили наступление на новую жертву.

— Что? Опять?! — поразилась Леся. — Мало им было Сергея?

— Как говорится, аппетит приходит во время еды. Ободренные первым успехом, преступники решились на второе дело. И так как первое прошло у них, как они считали, очень удачно, ничего нового они придумывать не стали.

— Снова Сергей? — изумился Кеша. — И на чем еще они могли его поймать?

— Нет, вы меня неправильно поняли. Сергей и так исправно «доился». К чему было изобретать с ним еще что-то? Я сказал, что ничего нового преступники не стали придумывать, имея в виду лишь старую схему.

— То есть?

— По старой схеме решили доить новую жертву.

И следователь перевел взгляд на Валю.

ГЛАВА ДЕВЯТНАДЦАТАЯ

Тот побледнел, потом побагровел, а потом вскочил на ноги и заявил:

— Вы все равно ничего не докажете! Я не знал о том, что задумал Серега!

— Верно, — кивнул головой следователь. — Не знали. Но догадывались. Потому и организовали это светское мероприятие у себя в загородном доме. Вы пригласили туда всех главных действующих лиц, слегка разбавив другими участниками.

— Я ничего не знал, — упрямо твердил Валя. — Ничего! Сергей не посвящал меня в свои планы!

— Однако вы знали, что он подвергается шантажу вашей невесты и ее дружка.

Кулаки Вали судорожно сжались.

— Светка была мне не невеста. Она просто паскудная тварь! — выкрикнул он. — И я ничуть не жалею, что Серега ее убил.

Все были поражены. Но молчали. Одна Евгения Валентиновна тихо ахнула:

— Валя! Ты что такое говоришь?

Но Валя уже закусил удила. И, не обращая внимания на восклицание матери, гневно продолжал:

— От Сергея они хотели просто денег. А меня ей захотелось еще и унизить! Они потребовали, чтобы я перед всеми признал Светку своей невестой! Светку! Вы можете себе такое представить?!

— Но ты же ее всегда любил! — изумилась Леся. — Я прекрасно помню, как в школе ты ходил за ней по пятам.

— Ваша беда с подругой в том, что вы с ней застряли где-то в прошлом! — зло произнес Валя. — А я уже далеко не тот наивный пятиклассник, который влюбился в красивую девочку с бантиком в пушистых волосах.

За эти годы изменилось многое. Изменился весь мир. Изменилась жизнь. Изменилась Светлана. И изменился сам Валя. Былая влюбленность рассосалась без следа, когда Светлана однажды явилась к нему среди ночи. И распространяя алкогольный перегар, заявила, что согласна стать его женой. Валя посмотрел на нее и пришел в ужас. Он впервые видел Светлану в таком состоянии. А она еще и принялась выбалтывать ему о том, сколько мужчин у нее было и какие они все классные.

Светлана всего лишь хотела польстить Вале, дав ему понять, что из всех классных она предпочла его, маленького и незаметного. Но Валя понял ее по-своему. Его будущую жену не попробовал разве что ленивый. Жениться на такой девушке Вале даже в страшном сне не могло присниться!

— И ты ее прогнал?

— Вот именно, — буркнул Валя. — И она пошла обратно к Кольке, с которым тогда и жила.

— Верно! — воскликнула Леся. — Коля нам рассказывал, что она вернулась от тебя злая, как оса. Но не призналась, что ты ее просто послал подальше.

Но зло против Вали она затаила. И когда появилась возможность расквитаться с ним, она, не колеблясь, воспользовалась ею. В этот раз чутье изменило Светлане.

— Она хотела от меня не просто денег! — сказал Валя. — Она хотела триумфа. Она хотела моего унижения! И я был вынужден все это терпеть!

Вале было невыносимо трудно скрывать от Светланы свои истинные чувства. И к тому моменту, когда состоялся этот пикник в его новом загородном доме, он был уже буквально на грани. Отсюда его резкость со Светланой, когда они оставались наедине.

— Она получила от меня в подарок машину, получала деньги и еще много подарков! И все ей было мало!

Валя понимал, что жениться на Светлане ему нельзя ни в коем случае. Однако что творилось в голове у самой Светланы, трудно было понять. Возможно, она просто куражилась над унизившим ее Валей. А возможно... Возможно, в самом деле собиралась с его помощью остепениться. Проблема заключалась в том, что Валя не собирался ей этого позволить.

— А как он узнал, что Светлана имеет сообщника — Виктора?

— Светлана сама ему выболтала. У Светочки в числе прочих недостатков, — невесело улыбнулся Валя, — был и еще один. Она никогда не могла до конца поверить, что я совершенно равнодушен к ней. И единственное чувство, которое я к ней теперь испытываю, — это презрение. Я для нее оставался все тем же маленьким безобидным Валей, которого можно было использовать, издеваться над ним и всячески унижать!

А Валя уже всерьез размышлял о том, как бы избавиться от дорогой «невесты».

— И когда вы поняли, что Светлана с Виктором шантажируют не вас одного, а еще и Сергея, то у вас появилась идея. А почему бы не объединиться с ним?

— Ну да. А вам бы понравилось, если бы вами занялась парочка шантажистов?

— Мне скрывать нечего. Я квас из водопроводной воды не делаю.

— А я делаю?! — взвился Валя. — У вас и доказательства этому есть?

— Доказательства сейчас не у меня. Они нашлись на съемной квартире у Виктора. И переданы мною в соответствующие инстанции.

Валя тут же сник. От его амбиции не осталось и следа.

— Ну да, — пробормотал он. — Какой же я был дурак!

— Расстраиваться будете позже, — сказал следователь. — Сейчас речь о Сергее. И его преступлениях. Вы о них знали?

— Что вы! Понятия не имел!

— Но вы пригласили Сергея! Пригласили Светлану и Виктора. Устроили этот званый обед в вашем новом доме, хотя это совсем не в вашем духе. Вы же не из тех людей, кто держится за прошлое. Вы даже на встречах выпускников не появлялись все эти годы.

— А что мне было там делать?

— Так я повторяю вопрос, зачем вы позвали их всех?

— Ну, я хотел пообщаться с Серегой. Глядишь, вместе мы бы и придумали, как нам выкрутиться.

— Только ли для этого?

— Клянусь вам! Только поэтому! Понятия не имел, что он уже все сам для себя решил. И про готовящиеся убийства тоже не знал!

— Хорошо, вы не знали. Но предположить все-таки могли?

— Предположить я мог что угодно. Но знать ничего не знал!

Этим ответом следователю и пришлось довольствоваться. Валя не желал признаться, что знал о готовящемся в его доме убийстве. Не знал, и все тут!

— Ладно, пусть это останется на вашей совести, — произнес следователь. — Переходим к нашему главному действующему лицу — Сергею. — При этом следователь поглядел на Валю такими глазами, что ни у кого не возникло ни малейшего сомнения: лично он ни минуты не сомневается в том, что Валя если и не знал, то догадывался о грядущих убийствах. Однако при этом не только не сделал ни малейшей попытки их предотвратить, но напротив. Он сделал все от него зависящее, чтобы эти убийства произошли.

— А что же Сергей? — спросила у следователя Кира, чтобы вернуть его к теме.

— Сергей явился в дом Вали с четкой задачей: устранить шантажистов. Он уже давно продумал, как будет убивать обоих. И приглашение в загородный дом Вали было для него подарком судьбы. В гости он явился с оружием и маскировочным костюмом, который до поры до времени оставался у него в багажнике.

— И тут, — следователь сделал выразительную паузу, — Сергею необыкновенно повезло. Так повезло, что невольно удивляешься, с чего бы это ему так подфартило.

— В чем же ему так повезло? — спросил Кеша.

— Да с этими слухами о собаке-монстре. Он давно собирался представить убийства как результат нападения неизвестного дикого животного. Этот план родился в его голове как плод давней фобии — боязни собак.

— А можете пояснить это чуть поподробнее? — попросила Кира.

— Пожалуйста. Терзаемый своей фобией, он многократно сам мысленно переживал нападение озверевшей дикой собаки. И во сне это видел. И наяву представлял во всех деталях. Из кошмаров явилось и орудие убийства. На заказ ему изготовили нечто вроде челюстей гигантской собаки.

— Кстати, про оружие! — воскликнула Леся. — Мы видели на нем четырехлистник клевера.

— Да. По этому клейму мы и нашли мастера. Это было непросто. Но мы его нашли. И он описал нам человека, сделавшего ему столь странный заказ. Мастер хорошо запомнил Сергея, так что сомнений никаких нет. Это он заказал оружие. И воспользовался им. Остается только ответить на очень интересный вопрос: нет ли режиссера у этого чудесного совпадения — легенды о собаке-чудовище Лесси и способа убийства с помощью стальных челюстей.

И снова взгляд в сторону Вали. Но тот держался невозмутимо. И так же невозмутимо повторил свои прежние слова:

— Я про убийства ничего не знаю. Сергею не помогал. И о его страшных планах никакого понятия не имел.

Следователь ничего не сказал в ответ. Он покачал головой и продолжил рассказывать:

— Сергей утверждает, что план взвалить совершенные им убийства на некое мифическое животное возник у него стихийно. А те приготовления, которые он сделал, просто удачно уложились в конкретную ситуацию слухов вокруг дома Вали.

— Клюшка ни на кого не нападала! Никогда! — воскликнул Михаил, усмотрев в словах следователя угрозу для своей зверюги.

— Ни разу! — поддержала его Евгения Валентиновна.

— Никто вашего монстра-переростка и не трогает! — фыркнула Танька.

— Да, — подтвердил следователь. — Речь идет о куда более жестоком, чем любое дикое животное, существе — человеке.

Сергей был человеком неглупым. Он долгое время успешно занимался бизнесом. И научился извлекать из любой ситуации выгоду.

— Он всегда таким был! — снова воскликнула Танька. — Даже домашнее задание никому просто так не давал списать. Если один во всем классе решал трудную задачу, то давал ее списать только тем, кто мог ему за это быть как-то полезен.

— Ага! А Витька его как-то раз поколотил! До крови!

— Витьку потом к директору таскали. А Сергей отправился в больницу.

Следователь тяжко вздохнул.

— Вижу, что в вашем классе бушевали недюжинные страсти! Сергей тоже прекрасно помнит об этом инциденте. И уверял, что он сыграл не последнюю роль в его решении расправиться с Виктором. Детские обиды самые сильные. И иной раз мучают человека до самой старости.

Одним словом, Сергей умело подогревал панику, сея страх перед чудовищной Лесси и доводя людей до психоза. И он начал действовать. Репетиция прошла удачно. Убийство кроликов произвело на всех сильное впечатление.

— Так это он убил моих кроликов?! — воскликнула тетя Женя.

— Он.

— Ах, мерзавец! Негодяй! Убийца!

Кажется, весть о том, что Сергей причастен к смерти ее кроликов, тетя Женя восприняла куда болезненней, чем факт убийства двух человек.

— Мерзавец! — еще раз и с большим чувством произнесла она. — Убить его мало! Товарищ следователь, а можно его расстрелять?

— В нашей стране нет смертной казни.

— Жаль! — огорчилась тетя Женя. — Честное слово, очень жаль!

Сергей расправился с кроликами, жестоко и безжалостно уничтожив их всех. Он же спрятал ключи от дома. Так как не мог допустить, чтобы кто-то выскочил оттуда и помешал ему. На окнах стояли решетки, через которые не очень-то выпрыгнешь. В поднявшейся панике некому было пересчитывать друг друга и приглядываться, кого же нет в доме. Так что Сергей практически ничем не рисковал.

Он не учел одного, что у Вали имеется оружие. И что тот воспользуется им. Сергею пришлось бежать. А крутящаяся поблизости Клюшка подошла к загону с мертвыми кроликами. И подобрала последнего оставшегося в живых малыша, укрыв его потом в своей норе.

— Моя девочка всегда была доброй! — снова воскликнул Михаил. — Молодчина какая! Когда нужно, так и не побоялась!

Евгения Валентиновна взглянула на Михаила с

благодарностью. Еще бы, ведь это его собака спасла последнего кролика.

Но пока тетя Женя умилялась и в очередной раз благодарила Михаила за заботу, а он ее за доброту, все обсуждали более серьезные вопросы.

Ведь перед убийством кроликов Сергей напал еще и на Олега. Это была случайность, никем не запланированная. Сергей надел свой маскировочный костюм, чтобы проверить его в действии. И тут ему подвернулся бредущий пешком через лес припозднившийся Олег. И Сергей напал на него.

— Это было ужасно! — воскликнул Олег и даже глаза прикрыл. — Он сразу же прокусил мне плечо. Я еле вырвался! Это в самом деле был он? Сергей?

— Да. Никаких сомнений. Он признался.

— А шкура?

— Шкура была медвежья, — сказал следователь. — И это было самым серьезным промахом Сергея. Ваша Клюшка, я так помню, имеет шерсть короткую и серого цвета.

— Да.

— А шкура медведя была буро-коричневой и с длинным ворсом.

Именно эти волосы остались в руке Светланы. И они же намотались на пуговицу на костюме Олега.

— Наши эксперты проверили их. И сразу же дали заключение: волосы принадлежат бурому медведю. Причем не живому зверю, а умерщвленному много лет назад. Другими словами — шкуре.

— Ужас! — выдохнула Леся. — Надо же докатиться до такого кошмара! Напялить шкуру и бегать по лесу, притворяясь диким зверем. Он что, псих?

— Определенные проблемы с психикой у Сергея, безусловно, наблюдаются, — кивнул следователь. — Но является ли он сумасшедшим, будет выяснять экс-

пертная комиссия. На мой взгляд, нет. Он вполне отдавал себе отчет в своих действиях. И просто использовал свои детские страхи перед собаками для своих
преступлений.

— А как он заманил Светку в лес?

— Да очень просто. Он же убедил ее, что влюблен.
Целыми днями крутился возле девушки, очаровывая
бедняжку. А потом пригласил ее на ночное свидание.

— Валя об этом знал?

— Валя храпел в своей комнате! — быстро напомнила всем Танька. — Все это слышали!

Следователь повернулся к Евгении Валентиновне.

— Скажите, ваш сын храпит?

Тетя Женя заметно смутилась.

— Ну... — пробормотала она. — Иногда. Когда лежит в неудобной позе.

— Верно. Иногда. А в ночь убийства храп раздавался непрерывно.

— Мы даже не могли заснуть! — подтвердила Нико.

— Что и требовалось доказать! Валя добросовестно
отрабатывал свое алиби.

— Слушайте! — взорвался Валя. — Сколько раз вам
повторять, Сергей мне ничего не говорил о том, что
затеял!

— Может быть, он и не говорил. Но вы достаточно
хорошо знали его нрав. И знали, что можно от него
ожидать. Вот вы и ожидали. Сами вы никуда не ходили. Вы остались в своей спальне. Вы отпустили Светлану на смерть. И спокойно ждали, чем это закончится. Кроме того, на всякий случай громко храпели, чтобы утром все подтвердили: вы провели ночь в своей
постели.

— Я у вас получаюсь каким-то монстром! А я ничего не знал!

Следователь пожал плечами. Все молчали, обдумы-

338

вая слова Потемкина. И только Кира думала о том, что в этой истории есть и еще одна жертва, про которую пока что не было сказано ни слова. И она спросила:

— А как Сергей убил Витю?

Все оживились. Забыли про Валю. И с надеждой уставились на Потемкина, словно он был ясновидящим, способным прозревать прошлое и будущее.

— В самом деле! — воскликнул Коля. — Его загрызла не собака?

— Нет.

— Но ведь мы все слышали собачий вой.

— Со всех сторон!

— Там было много диких собак!

Следователь усмехнулся:

— Но ни одной из них вы так и не увидели, не так ли?

— Да, это так.

— И даже их следов не видели, верно?

— Верно.

— А следов вы не увидели потому, что их там и не было!

— Как это?

— Не было следов потому, что никаких собак там тоже в ту ночь не было.

— Но как же? Мы же их слышали!

— На это и рассчитывал преступник. Ему нужно было выманить свою жертву из дома. И он это проделал с помощью вот этой штучки.

И следователь вытащил из кармана резиновый шарик красного цвета с пластмассовой трубочкой на конце.

— Что это?

— Эта вещичка продается в одном магазинчике, специализирующемся на всевозможных розыгрышах. Ну, вы знаете — подушечки-пукалки; бьющие током зажигалки; сигареты, взрывающиеся чернилами.

И многие другие забавные штучки, про которые все знают, но на которые все равно покупаются.

Следователь надул через трубочку в шарик воздух. Все наблюдали за его действиями со сдержанным недоумением. Одна Леся внезапно напряглась и даже схватила Киру за руку.

— Помнишь, я нашла кусочек зеленой резинки? Возле Витькиной руки?

— Да.

— На том обрывке был точно такой же рисунок!

И Леся указала на шарик, который уже порядком раздулся в руках следователя. Там был изображен забавный песик, задравший голову на высоко стоящую луну. Шарик был уже надут. Воздух из него не выходил только потому, что следователь затыкал пальцем трубочку.

И вот, помедлив мгновение, он резко отпустил палец. Шарик в его руках задрожал, а из трубочки начал выходить воздух. И ресторанный зал немедленно огласился визгом, постепенно переходящим в жуткий вой.

— Ой! О бог мой! — вскрикнула тетя Женя. — Этот звук мы все и слышали в ту ночь!

— Очень похоже!

Вой продолжался до тех пор, пока из шарика через трубочку не вышел весь воздух. Только после этого мерзкий звук стих. Следователь проворно спрятал пищалку под стол. И вовремя! Потому что в это время дверь в их зал приоткрылась, и в нее заглянули несколько человек. На переднем плане маячило встревоженное лицо администратора.

— У вас все в порядке? — осведомился он, тревожно оглядывая зал.

— Да, — невозмутимо ответил Бадякин, который как бы отвечал за заказанный им банкет. — А в чем дело?

— И вы ничего не слышали? — изумился администратор.

— Какой-то неприятный вой. Не так ли?

— Вы тоже его слышали? Что это было?

— Должно быть, донеслось с улицы, — любезно подсказал следователь. — Какая-нибудь причуда очередного богатея. Раньше ездили с крякалками на своих машинах, а теперь придумали новинку. Ездят с воющими сиренами.

— Вот как? Сирена? Но мне показалось, что звук донесся отсюда. Из вашего зала.

— Вполне возможно. Наверное, мы с друзьями так напились, что воем разными голосами. Надо же нам как-то развлечься. Музыки нам уже не хватает.

Администратор смутился еще больше.

— Простите, ради бога! Не хотел вам помешать. Значит, у вас все в порядке?

— В полном порядке!

И, дождавшись, когда администратор исчезнет, Бадякин повернулся к следователю и произнес:

— Вы бы там полегче с этими вашими фокусами. А то весь ресторан всполошите.

— Зато наглядно! — воскликнул следователь. — Чтобы все поняли, что я имел в виду!

— Мы поняли. Этот прохиндей где-то раздобыл воющие пищалки и расставил их вокруг дома.

— Да, — кивнул головой следователь. — Он заткнул пробками трубочки, а к ним привязал капроновые, очень прочные нитки. Нитки же он протянул к дому и соединил в своей комнате. В нужный момент он просто дернул за эти нитки. И вокруг дома раздался собачий вой.

В поднявшейся суматохе Сергей выскочил из дома следом за Виктором. Тот даже не понял, какая опасность ему грозит. И последним, что он увидел в жизни, был наступающий на него Сергей с раскрытыми металлическими челюстями в руках. Напяливать на себя медвежью шкуру в этот раз он остерегся. Ведь вокруг были охотники с ружьями. Они могли запросто застрелить его.

Поэтому он вышел к своему врагу в истинном обличье. И Витька так и умер с недоумевающе изумленным выражением лица.

Впечатление от рассказа следователя было таким сильным, что долгое время все сидели молча. Лишь отпивая по глоточку воды и судорожно вздыхая.

— А что было потом? — спросила наконец Кира.

— Потом Сергею было необходимо избавиться от улик. Медвежью шкуру он просто-напросто через день отвез домой. Сама по себе она не являлась уликой.

— Верно, верно! Она всегда лежала у него в машине на заднем сиденье. Вроде покрывала!

— Да. Насчет медвежьей шкуры он не опасался. А вот челюсти со стальными шипами могли вызвать у всех законное подозрение. От челюстей следовало избавиться немедленно.

— Что он и сделал?

— Вот именно. Пошел на озеро. И выкинул сверток с оружием в воду.

— И его засек Валя? Случайно?

Следователь не ответил, но посмотрел на Валю своим выразительным взглядом. Мол, знаю, что ты будешь все отрицать. Но да будет тебе известно, что я тебе ни капли не верю!

— Да! — вконец осатанев, воскликнул Валя. — Да, я был там совершенно случайно. Пошел, чтобы смыть с себя стресс. Ничто не снимает стресс лучше холодной воды.

— И там у озера ты не узнал Сергея?

— Он стоял в тени деревьев. Я заметил только мужской силуэт. А затем в воду упало что-то тяжелое.

— И ты не удивился?

— Мало ли идиотов на свете? — фыркнул Валя. — Я решил, что это кто-то из отдыхающих возле озера туристов избавляется от мусора таким оригинальным способом. И еще про себя обругал нерях, загрязняющих озеро.

— А потом?

— А потом стали говорить, что Светку и Виктора убила не собака, а человек. Заговорили про эти челюсти. И я подумал: будь убийцей я, сразу же после последнего убийства постарался бы избавиться от улики. От челюстей.

— И вы вспомнили про упавший в воду сверток?

— Меня словно осенило! Я едва дождался ночи, чтобы поехать на озеро и без помех достать сверток.

До самого конца Валя не был уверен в том, что обнаружит в полиэтилене. Но когда он развернул его, то, к своему ужасу, увидел металлические челюсти. Те самые, которыми были убиты Светлана и Виктор.

— А чего удрал? — фыркнула Кира.

— Ты закричала, я испугался. Решил, что вы подумаете на меня.

— Мы так и подумали.

— Ну вот! Я и удрал!

— Не очень далеко! Ты же прямым ходом поехал домой, пока мы предупреждали все посты о твоей машине. Думали, что ты рванешь в город или подашься в бега.

— Интересно вы рассуждали! И куда бы я рванул в одних трусах и маске для подводного плаванья?! Разумеется, мне нужны были деньги, кредитки, документы, наконец!

Разумеется. Будь подруги чуточку попрактичней, они бы это сразу смекнули. И нечего винить следователя Потемкина. Это не он проучился с Валей в одном классе многие годы. И не он должен был знать его противоречивую натуру, где бесшабашность его русской половины души смешалась с практичностью армянских предков.

— Я убежал, и очень правильно сделал, — продолжал Валя. — Потому что иначе моя мать гнила бы сейчас в тюрьме. А я бы стал беглецом без дома и без имени. И кому от этого было бы хорошо?

Возражать ему никто не стал. Однако чувствовалось, что Валина популярность среди его бывших одноклассников окончательно сошла на нет.

— Знаешь, Валя, что я тебе скажу? — в сердцах произнесла Леся. — Не появлялся ты столько лет на вечерах встреч бывших выпускников, и нечего было начинать!

Одна только Танька ела Валю глазами с прежним обожанием. Но что взять с влюбленной женщины! Остальные же посматривали на него весьма холодно.

— Ну что же, — произнес Бадякин, видя, что следователь рассказал уже все, что знал, и теперь не скрывает своего желания поскорей оставить эту компанию. — Дело закрыто! Пора расходиться?!

Так и закончилась эта история. Но если кто думает, что загородный Валин дом остался пустовать, то очень ошибается. Евгения Валентиновна с Михаилом остались жить там. И их ни капли не смущали те жуткие преступления, которые произошли здесь. И даже совсем наоборот.

— Ведь благодаря этим преступлениям мы и познакомились, — лучась от счастья, сообщала всем и каждому тетя Женя, если люди вежливо выражали свое недоумение по поводу выбора места для жизни и отдыха. — Ах, как я счастлива с моим Мишей! Вы бы только знали!

Михаил ничего не добавлял. Но выглядел таким же

счастливым, как и тетя Женя. Вот уж действительно, правду говорят, что одному горе, другому радость.

Живут они вдвоем, не считая Клюшки. Она, разумеется, тоже осталась с ними и тоже вполне довольна своей внезапно переменившейся участью. Еще бы, ведь теперь ее драгоценный хозяин всегда с ней рядом. Михаил уволился из лаборатории, сказав, что уже стар для подобных фокусов. И вообще, достаточно потрудился на своем веку, может на старости лет и отдохнуть рядом с любимой женщиной и собакой.

Валя в своем загородном доме не появляется. Вот ему-то как раз теперь не до отдыха. Он по горло занят, отбиваясь с помощью целой свиты адвокатов от предъявленных ему обвинений. Оказалось, что недобросовестное ведение бизнеса иногда оборачивается куда бо́льшими убытками, чем можно себе представить. И сейчас Валя вплотную озабочен тем, как ему выкрутиться из сложного положения с меньшими потерями.

Его отношения с Танькой нестабильны. Когда он нуждается в ее помощи, они с ней лучшие друзья. А когда ему не до нее, он может не звонить и не объявляться неделями, а то и месяцами. Но Танька покорно все терпит. Она оказалась однолюбкой. И, однажды отдав сердце Вале, не торопится передарить его более достойному ее любви мужчине.

Суд над Сергеем состоялся. Подругам пришлось явиться на заседание, так как они были основными свидетельницами обвинения. Сергею дали двенадцать лет колонии строгого режима. И сразу же после суда, где Сергей чистосердечно признался в обоих совершенных им преступлениях, Карина окончательно перебралась жить к Кеше.

У них уже родился чудесный мальчик. Кеша без ума от ребенка. С удовольствием возится с ним, купает, кормит из бутылочки и гуляет с коляской. На прогулке он с гордостью повествует об успехах своего младенца, совершенно не давая другим родителям вставить хоть слово.

Карина тоже счастлива. Оказалось, что деньги и богатый муж — это далеко не все, что нужно в этом мире женщине для счастья. Можно жить в шикарных хоромах, но если рядом с тобой чужой человек, которому до лампочки и ты сама, и твои чувства, то вряд ли порадует очередная пара сережек с природными рубинами.

И она ничуточки не жалеет, что их с Кешей ребенок не получит ничего от богатства Сергея, как она намеревалась сделать. Это была ошибка. И Карина полностью ее осознала.

— Меня просто мой ангел-хранитель уберег! — радуется она. — Верно люди говорят: не было бы счастья, да несчастье помогло!

Коля и Нико до сих пор живут вместе. И даже собрались зарегистрировать свои отношения. О Светлане они не вспоминают никогда. Словно ее и не было.

Олег с Ниночкой тоже вполне счастливы. Бадякин без лишних просьб дал Ниночке долгожданный развод. И даже выплатил кое-какие отступные, чтобы ей было на что существовать первое время.

— И не думай отказываться! — возразил он. — Олег твой тебе пока что не муж. И содержать тебя не обязан. Так что я должен позаботиться, чтобы в случае чего ты бы ни в чем не нуждалась.

Что и говорить, жадным Бадякин никогда не был. И это было его очень и очень большое достоинство. Можно сказать, главное и единственное.

А сами подруги живут как прежде. После долгих переговоров Лесе удалось отменить визит финского жениха, облюбованного ее мамой. При этом произошел небольшой скандал. Но Леся держалась твердо. И сказала маме:

— Коли этот парень тебе так люб, вот ты сама и выходи за него замуж! А я не хочу!

После этого Лесина мама месяц не разговаривала с дочерью, игнорируя все ее попытки помириться. Затем, конечно, оттаяла.

— Но ты же понимаешь, эта ссора ничто по сравнению с тем, что устроил бы мне Бадякин, обнаружь он у меня в гостях неизвестного иностранного гражданина, — поделилась Леся со своей подругой. — Ведь верно?

Кира была целиком и полностью с ней согласна. Бадякин был не из тех мужчин, кто закрыл бы глаза на появление гостя мужского пола в доме у своей невесты. И хотя после проведенного лечения приступы ярости у Бадякина совершенно прошли, больше он с автоматом по поселку не носился и убить никого не угрожал, он все равно не понял бы, зачем Лесе нужен еще один жених, если у нее уже есть он, Бадякин.

Литературно-художественное издание

Дарья Калинина

КРАСОТКА НА ВСЕ РУКИ

Ответственный редактор *О. Рубис*
Редактор *Н. Высоцкая*
Художественный редактор *Н. Сазонов*
Технический редактор *Н. Носова*
Компьютерная верстка *Е. Мельникова*
Корректор *Т. Юрьева*

В оформлении обложки использован рисунок *В. Остапенко*

ООО «Издательство «Эксмо»
127299, Москва, ул. Клары Цеткин, д. 18/5. Тел. 411-68-86, 956-39-21.
Home page: **www.eksmo.ru** E-mail: **info@eksmo.ru**

Подписано в печать 10.09.2007.
Формат 84×108 $^1/_{32}$. Гарнитура «Таймс». Печать офсетная.
Бумага тип. Усл. печ. л. 18,48.
Тираж 5000 экз. Заказ № 2064

Отпечатано в типографии
ОАО "Издательство "Самарский Дом печати".
443080, г. Самара, пр. К. Маркса, 201.

Оптовая торговля книгами «Эксмо»:
ООО «ТД «Эксмо». 142700, Московская обл., Ленинский р-н, г. Видное,
Белокаменное ш., д. 1, многоканальный тел. 411-50-74.
E-mail: **reception@eksmo-sale.ru**

По вопросам приобретения книг «Эксмо»
зарубежными оптовыми покупателями обращаться в ООО «Дип покет»
E-mail: **foreignseller@eksmo-sale.ru**

International Sales:
International wholesale customers should contact «Deep Pocket» Pvt. Ltd. for their orders.
foreignseller@eksmo-sale.ru

По вопросам заказа книг корпоративным клиентам,
в том числе в специальном оформлении,
обращаться в ООО «Форум»: тел. 411-73-58 доб. 2598.
E-mail: **vipzakaz@eksmo.ru**

Оптовая торговля бумажно-беловыми
и канцелярскими товарами для школы и офиса «Канц-Эксмо»:
Компания «Канц-Эксмо»: 142702, Московская обл., Ленинский р-н, г. Видное-2,
Белокаменное ш., д. 1, а/я 5. Тел./факс +7 (495) 745-28-87 (многоканальный).
e-mail: **kanc@eksmo-sale.ru**, сайт: **www.kanc-eksmo.ru**

Полный ассортимент книг издательства «Эксмо» для оптовых покупателей:
В Санкт-Петербурге: ООО СЗКО, пр-т Обуховской Обороны, д. 84Е.
Тел. (812) 365-46-03/04.
В Нижнем Новгороде: ООО ТД «Эксмо НН», ул. Маршала Воронова, д. 3.
Тел. (8312) 72-36-70.
В Казани: ООО «НКП Казань», ул. Фрезерная, д. 5. Тел. (843) 570-40-45/46.
В Ростове-на-Дону: ООО «РДЦ-Ростов», пр. Стачки, 243А.
Тел. (863) 268-83-59/60.
В Самаре: ООО «РДЦ-Самара», пр-т Кирова, д. 75/1, литера «Е».
Тел. (846) 269-66-70.
В Екатеринбурге: ООО «РДЦ-Екатеринбург», ул. Прибалтийская, д. 24а.
Тел. (343) 378-49-45.
В Киеве: ООО ДЦ «Эксмо-Украина», ул. Луговая, д. 9.
Тел./факс: (044) 501-91-19.
Во Львове: ТП ООО ДЦ «Эксмо-Украина», ул. Бузкова, д. 2.
Тел./факс (032) 245-00-19.
В Симферополе: ООО «Эксмо-Крым» ул. Киевская, д. 153.
Тел./факс (0652) 22-90-03, 54-32-99.

Мелкооптовая торговля книгами «Эксмо» и канцтоварами «Канц-Эксмо»:
117192, Москва, Мичуринский пр-т, д. 12/1. Тел./факс: (495) 411-50-76.
127254, Москва, ул. Добролюбова, д. 2. Тел.: (495) 780-58-34.

Полный ассортимент продукции издательства «Эксмо»:
В Москве в сети магазинов «Новый книжный»:
Центральный магазин — Москва, Сухаревская пл., 12. Тел. 937-85-81.
Волгоградский пр-т, д. 78, тел. 177-22-11; ул. Братиславская, д. 12, тел. 346-99-95.
Информация о магазинах «Новый книжный» по тел. 780-58-81.
В Санкт-Петербурге в сети магазинов «Буквоед»:
«Магазин на Невском», д. 13. Тел. (812) 310-22-44.

По вопросам размещения рекламы в книгах издательства «Эксмо»
обращаться в рекламный отдел. Тел. 411-68-74.